三日月さんかく
ill.しんいし智歩
前世魔術師団長だった私、
「貴女を愛することはない」
と言った夫が、かつての部下

この戦いが終わったら絶対に絶対に、
僕の話を聞いてください！
……そのときはもう、
僕のことを子供扱いなど
させませんからね！

わかったよ、ギル。楽しみにしてる
結局その後ろ姿が、私がギルを見た最後だった。

あれ、本当はなにを伝える気だったの？

僕たちは白い結婚でいましょう
私、死んじゃって
聞けなかったけれど
私がそのままギルを見上げていると、
彼の表情はどんどん青ざめていった。

オーレリアよ。
ギル君と夫婦としてうまくやれそうか？

私、ギルを愛しています
一生ギルを大切にします
ギルが眼鏡の奥でちょっとだけ泣いた。

CONTENTS

I was the leader of the magic division in my previous life,

and my husband, who said,

"I will never love you," was a former subordinate.

前世魔術師団長だった私、「貴女を愛することはない」と言った夫が、かつての部下

I was the leader of the magic division in my previous life,

and my husband, who said,

"I will never love you," was a former subordinate.

三日月さんかく

ill.しんいし智歩

第一章 ◆ 魔術師団長バーベナ

我がリドギア王国と隣国《りんごく》トルスマン皇国《こうこく》とのあいだで戦争が始まったのは、うちのばーちゃんが亡《な》くなってから約半年後のことである。

うわぁ、マジか。

というのが、当時、魔術師団上層部の中でもいちばん下っ端《したっぱ》だった私バーベナの紛《まご》うことなき感想だった。だって生まれてから一度も戦争が起きたことはなかったし。

「ったく、しゃーねぇなぁ。『闇《やみ》より生《う》まれし漆黒《しっこく》の支配者《しはいしゃ》』であるこの俺様の闇魔術の出番が、ついに来ちまったみてーだな！」

「国境はここ数ヶ月ずっと緊迫状態で、時間の問題だったよ。……やれやれ、仕方がないな。この私も久しぶりに本気を出すよ――『暴風《ぼうふう》の槍《やり》』を」

「隣国はもう五十年以上、我が国の領土を狙っていましたから、来《きた》るべき時が来たというだけのことですの。けれど大丈夫《だいじょうぶ》ですのっ。このわたくし『水龍《すいりゅう》の姫《ひめ》』がいる限り、リドギア王国は決して負けたりいたしませんの！」

「ふぉっふぉっふぉっ、儂《わし》ら魔術師団の真の力を見せつけてやろうかのぉ。格の違いにひれ伏すがよい、貧乏《びんぼう》国家の豚《ぶた》どもめ」

「国王陛下のために、国民のために、華麗《かれい》なる未来のために!! 魔術師団よ、いざ華麗に出陣だ!! バーベナ、遅れるなよ!! 素早く迅速に、そして華麗にな!!」

「はーい」

そんなふうに戦争に投入された我らが魔術師団は、どんどん激化していく最前線で命の炎を燃やし尽くし、なぜか上層部から次々に英霊となってヴァルハラへと旅立っていった。

いや、本当に何でなんだ？

皆、あんなに強者ぶった台詞を吐いていたくせに、どうして上層部末席の私より先に死んじゃったんだ？

いつも「バーベナはわたくしたちの中でも最弱ですの」「面汚《つらよご》しレベルだろ」「爆破魔術特化型って、君、そんなにガサツで嫁の貰《もら》い手なんかないでしょ。どうしてもと言うならこの私が……ごにょごにょ」とか、私のことをからかっていたくせに、ひどすぎるだろ！

ついに私なんかが魔術師団長に就任《しゅうにん》することとなってしまう有様で、もう涙なんて枯れ果てているのに、ずっとずっと悲しい。ずっとずっと寂しい。

戦争がこんなにも、人の体や心、営まれ続けてきた日常や、輝いていたはずの未来、温かかった過去さえもズタズタに引き裂いて破壊し尽くしてしまうものだとは思わなかった。平和というものがこんなにも脆《もろ》く尊《とうと》いものだとは知らなかった。

苦しい。私も仲間の元へ、ヴァルハラへと向かいたい。また皆と笑って過ごしたい。戦場になんていたくない。

……でも戦わなければ。

皆が愛した魔術師団を残さなければ。

戦場という狂気の渦《うず》に飛び込んでも、皆の家族やその友人やその恋人や、枝葉のように広がり関係を紡いで生きる全く見知らぬ誰かを守らなくては。リドギア王国を存続させなければ。

だって私は魔術師団長。私の後ろには、まだ多くの愛すべき王国民が居るのだから。

弱音なんて吐いていられない。立ち止まることなど許されないのだ。

私の心の最後の支えは、大事な人の九割がヴァルハラで幸せに暮らしているということだけだった。

私も死んだら大好きな皆のところに辿《たど》り着けるはず。そう信じれば、今日の戦場でもまだ踏ん張っていられる。

▽

今日は風が強い。次の季節の到来を告げるような涼風《りょうふう》だ。

風は私の薄茶色《うすちゃいろ》の短い髪をバサバサとかき混ぜ、魔術師団所属の証《あかし》である黒いローブの裾を大きくはためかせてゆく。私はゴミが入らないように茶色い目を細めた。

私は今、敵国に奪われてしまった我が国の領地、ノーザックの城を丘の上から見下ろしているところだった。ここを奪還《だっかん》しなければならないとお上からの指示があり、私たち魔術師団も王国軍と共にやって来た次第《しだい》である。

風が落ち着いてから双眼鏡《そうがんきょう》を取り出し、領地の様子をレンズ越しに覗《のぞ》き込むと、敵軍の兵士たちが収穫間際の麦畑《むぎばたけ》を刈り取っているのが見えた。

ぎゃぁぁぁ、私たち王国民のパンがぁぁぁぁ!! 農家の人たちが頑張って育ててくれてるのにぃぃぃぃ!! もう配給少なくなってんのにふざけんなぁぁぁぁ!!

怒りがマックスである。

私が地団駄《じだんだ》の踏みすぎで、もはやそういう踊りみたいになってきた頃、後ろから声を掛けられた。

「バーベナ。今、時間はよろしいでしょうか?」

振り返ると、風に黒髪を靡《なび》かせた美少年がこちらを見つめて立っている。副団長のギルだ。

ギルは当時十三歳という若さで魔術師団入団試験に合格し、最年少記録を塗り替えた天才少年だ。私は彼の教育係だったが、私のおかげとかではなくギル本人の天才っぷりで順調に出世を続け、今では十六歳でありながら副団長を務めるただのバケモノである。人材不足ということもあるのだけれど。

「なにか新しい情報が入ったの?」

「……いえ、そうではなく。個人的なことで」

私が尋ねれば、ギルは掛けていた銀縁眼鏡《ぎんぶちめがね》のフレームに指を添えて、少しためらう素振《そぶ》りを見せた。

ギルの頬《ほお》がなぜか赤く上気《じょうき》していくのを眺め私は、十代のお肌《はだ》っていいなぁ……という感想を抱いた。私も十代の頃があったはずなんだが。二十五歳の今の私には、若者が放つオーラが眩《まぶ》しくて微笑《ほほえ》ましく感じるよ。

ギルは私を見上げた。彼の今の身長は私の目線の高さほどだが、以前はもっと低かった。戦時中で食糧が少ない中、無事に成長してくれて嬉しい限りだ。

「……バーベナ、この戦が終わったら貴女《あなた》に伝えたいことがあります」

十六歳のギルもまだまだ可愛《かわい》らしいが、十三歳の頃のギルは別格《べっかく》に可愛かった。

敵陣のど真ん中で魔力切れを起こしたギルを回収しに行ってやれば、母を見つけた迷子《まいご》のように私に泣きついてきたっけ（『水龍の姫』こと、おひぃ先輩に「そもそもバーベナが敵陣で迷子になったから、ギルが一人で敵陣ど真ん中に取り残されてしまったんですの！」と怒られた）。

任務中に兵糧《ひょうろう》が底をつき、ひもじそうにしているギルのために川で魚を獲ってやれば、とても喜んでくれた（自称『闇より生まれし漆黒の支配者』のボブ先輩から「そもそもバーベナが兵糧の大半を落っことして回収できなかったのが悪いだろ！」と怒られた）。

寒さのこたえる野営《やえい》では寄り添って眠り、国に帰ればバルに連れて行って、たらふくご飯を奢《おご》ってやった（華麗なるグラン前魔術師団長に「そもそもガキを飲み屋に連れて行くんじゃない！」と怒られた）。

ギルは一時期は私のことを「師匠《ししょう》」とまで呼んで慕《した》ってくれていたのだが、そのうちだんだんと

「バーベナ」呼びに変わっていってしまった。なぜだろう？　反抗期《はんこうき》だろうか。

「バーベナ、僕の話を聞いていますか？」

「うん。聞いてるよ」

ギルは数年先の絶頂期を予感させるような美貌《びぼう》に、とても硬い表情を浮かべていた。これまでに何度も戦に出ているこの少年が、今さら戦いに怖じ気づくはずがない。ならば、彼が私に言いたいこととやらが、とてつもなく面倒《めんどう》な内容なのかもしれない。

「借金でもしたいの？　お金の貸し借りはダメだって、昔うちのばーちゃんが言ってたんだけれど、まぁギル相手だから、銅貨一枚までなら貸してあげるね」

「借金の申し込みではないのですが⁉　あと銅貨一枚だとパン一つしか買えませんが⁉」

「十六歳だもんね、配給の食事じゃ足りないよね」

「違います！」

今日もギルの突っ込みがキレている。キレッキレだ。

ギルは黒髪に眼鏡という優等生スタイルで、性格も生真面目《きまじめ》すぎる可哀想《かわいそう》な男だ。こういう人間は戦場よりも、魔術研究のほうが似合《にあ》っていると思う。

もともと魔術師団は、リドギア王国繁栄のための魔術研究が主な仕事だった。失われた古代魔術を解読し、現代でも使えるようにしたり、新たに便利な魔術式を研究開発していた。時折、王国軍が対処できなかったモンスターの討伐《とうばつ》を請け負ったり、自然災害の対処を行うこともあったが、基本的に魔術オタクの集まりであった。

けれどギルが入団してたった半年で戦争が始まってしまった。国家魔術師には戦争の際に召集に応じる義務があるため、ギルも十三歳という若さで戦場に立つことになってしまったのだ。なんというか、タイミングが悪い男なんだよなぁ。

平和な時代のままだったら、ギルは今頃変人ばかりの魔術師団の中で自分の魔術研究をしつつ、春には花見で酒を飲み、夏には納涼祭で酒を飲み、秋には芋煮会で酒を飲んで、冬には温泉旅行で無礼講の酒を飲めたはずなのに。

ちなみにこれらの飲み会は、かつての魔術師団の年間スケジュールである。その他毎週のように小規模な飲み会が開催されていた。

「……まったく、バーベナときたら。いつまで経っても僕を子供扱《あつか》いするのですから」

「自分のことを子供扱いしてくれる相手が生きているというのはいいことだよ、ギル」

「それは……そうですが。その子供扱いも、いつまでもというのでは僕も困ります」

ギルは深呼吸をすると、改めて私に顔を向けて言った。

「とにかく！　この戦いが終わったら絶対に絶対に、僕の話を聞いてください！　……そのときはもう、僕のことを子供扱いなどさせませんからね！」

「わかったよ、ギル。楽しみにしてる」

私はギルにそう答えて笑いかけた。

ギルはなぜか昔から、私の笑顔を見ると挙動不審《きょどうふしん》になる男なので、そのときも「うぐっ」とか唸《うな》りながら後方に去っていった。

子供扱いされたくないと言っているうちは、まだまだ可愛い子供だよなぁ。

私はギルの背伸びを微笑ましく思いつつ、目の前の戦場に頭を切り替えた。

結局その後ろ姿が、私がギルを見た最後だった。


魔術には水や炎、風や植物など、様々な属性がある。属性の向き不向きはあるが、たいていの魔術師は複数の属性を扱えるのが普通だ。ギルなど、使えない属性がないほどの天才である。

そして私は、どのような属性の魔術式を構築してもなぜかすべてが爆破魔術に変換してしまう、爆破特化型の魔術師だった。

だから、いざという時のためにあらかじめ自爆の魔術を仕掛けていた。

ノーザック城奪還戦の最中に敵国の魔術兵団に取り囲まれ、集中攻撃を受けてしまった。何度も爆破魔術を放ったが、敵も私を仕留めることに本気らしく、殺しても殺してもキリがなかった。もうどこにも逃げ場はなく、防御のための魔術もない。これは詰んじゃったなぁと思った瞬間、敵の誰かが放った雷撃《らいげき》が私の心臓《しんぞう》を貫いた。そして仕掛けていた自爆魔術が発動された。

私の命と引き換えに、周囲にいた魔術兵団の大多数を道連れにすることが出来た。これは歴代最弱の魔術師団長としては、十分な戦果だったんじゃないかな?

……やっと、大好きな皆が待つヴァルハラへ行ける。

そう思うと、張り詰めていた肩の力がようやく抜けて、私は安堵《あんど》の気持ちでいっぱいになった。

心残りは一つだけ。ギルの話を聞けなかったことが、少しだけ引っ掛かる。

あんまり重要な話じゃなければいいな。たわいのない話だといい。戦後の打ち上げはどこの店にします？　とか、そんなどうでもいい話であってほしい。

私に話したかったことが、ギルの中に呪いとなって残りませんように。ギルの中で煙《けむり》のように消えてしまいますように。そしてどうかこの先の未来を、強く生き抜いておくれ。

さて、懐かしい仲間たちよ。

今、バーベナがヴァルハラへと会いに行く！

第二章 ◆ 愛しき人の墓前

僕の愛。僕の光。僕の師匠《ししょう》――バーベナ魔術師団長に、この虚《むな》しい戦争の勝利を捧《ささ》げたい。

きっと貴女《あなた》は「え。どうせくれるならお酒がいいんだけれどな～」と、いつものようにお気楽に笑うのだろう。

▽

僕がバーベナに出会ったのは、魔術師団に入団した十三歳の頃のことだ。彼女はすでに二十二歳の大人の女性で、僕には彼女のなにもかもが眩《まぶ》しく鮮烈《せんれつ》だった。

当時の僕は、世界のすべてが敵に見えていた。

僕の母は元娼婦《しょうふ》で、ロストロイ男爵《だんしゃく》の愛人として小さな家を与えられて暮らしていた。母と男爵のあいだに愛情があったのかは知らない。母が何を考えていたのかも。

とにかく母は僕が物心つく頃から自暴自棄な生活を送り、息子の僕に目を向けることはなく、最後には自ら首を吊《つ》った。それが僕にとっての母の記憶のすべてだ。

その後、僕は六歳で父親の男爵家に引き取られることとなった。

そこから始まった男爵家の暮らしには、良い記憶が一つもない。義母《ぎぼ》と異母兄《いぼけい》から容赦《ようしゃ》なくいたぶられる日々を送った。実母との生活もまともではなかったが、いないものとして扱われるだけで命の危険を感じたことはなかったから、僕はひどく打ちのめされた。

早くこんな家を出なければ。そう決意した幼い僕にあったのは、魔力だった。

この世界で魔力持ちの人間は非常に少ないが、その能力を開花させて魔術師になった者はさらに少ない。

魔術師も様々で、独学で成功し、市民向けに魔術の仕事をしている者もいれば、魔道具を作って販売している者もいる。

けれど一番稼《かせ》げるのは、リドギア王国国家魔術師団に入団することだ。入団試験はかなり難しいが、合格すれば生涯《しょうがい》にわたり衣食住《いしょくじゅう》の心配をすることはない。魔術の研究費用も潤沢《じゅんたく》に出るそうだ。

しかも入団試験は年齢制限を設けていないので、合格する自信さえあればいつでも受けることが出来る（そのため、高齢になってもまだ魔術師団の入団試験を受ける者もいるらしい）。

この家から脱出するためなら、難しい試験くらい突破してやる。

魔術師団に入団することを決めた僕は、義母や異母兄に隠れて書庫の魔術書を読み漁り、独学で魔術の訓練をした。

そして僕が十三歳の年に行われた入団試験を受けて無事に合格し、あの忌《い》まわしい男爵家から逃げおおせたのだ。

「君の教育係のバーベナです。得意な魔術は爆破系。というか、他の属性の魔術を行使しようとしても全部爆破に変換されてしまう、もはや神様から選ばれた発破技師が私です。爆破魔術も大好きだけれど、いつか他の属性の魔術も扱えるようになることが夢です。そういうわけで、ギルくん、どうぞよろしく！」

「……はい」

明るい茶色の短い髪と、茶色く大きな瞳《ひとみ》が印象的なその女性は、ハキハキとした口調でそう自己紹介をした。

人の顔の良し悪しを深く考えたことはなかったが、なんだかあたたかい笑顔を浮かべる人だなと、そのとき僕は思った。だが、それだけだ。

他人から親切にされた記憶がない僕は、バーベナのそのあたたかささえ警戒対象だった。その笑顔の奥に透ける本音を探ろうとすれば、きっと母や義家族のように恐ろしいものが出てくるに違いないと、勝手に想像して半歩後退《あとじさ》りした。

当時の僕は本当に可愛げがなく、愛想《あいそ》笑いも出来ず、今後の関係を円滑《えんかつ》にするための「これからよろしくお願いします」も言えなかった。

だがバーベナは、そんな僕にこれから必要になるものを一から教え、与えようとしてくれた。

「はい、ギルくん。これが氷魔術に関する最新の論文。まぁ、私が実行したらやっぱり爆破が起こったけれど」

バーベナがそう言って渡してくれた論文は、紙の端が少し焦げていたけれどとても面白くて、僕は夢中になって読んだ。翌朝バーベナの研究室に行くと、「ギルくん、クマがすごいよ⁉」と、ぬるま湯で作った濡れタオルをくれたので驚いた。なんだか胸の奥がそわそわした。

「ギル、西の古代遺跡から謎の魔術式が発見されたってー！　おひぃ先輩たちと一緒にフィールドワークに行くぞー！」

師匠は僕の手を引いて、見知らぬ世界を教えてくれた。人の多い王都の煩《わずら》わしさから出たことがなかった僕は、人っ子一人いないような田舎道《いなかみち》も、どこまでも続く草原も、遮《さえぎ》るものがなく続く青空の大きささも、そのとき初めて知ることが出来た。

「ギル～、グラン団長が本日の業務を中断して新人の魔術試合を行うってさ。ギルも出場決定したから、今すぐ競技場に行っといで。……え？　私はこれから試合後のバーベキュー大会に添えるキャンプファイアを設営してきます！　ちなみに優勝者には特大サーロインステーキが贈呈《ぞうてい》されるから頑張っておいで！」

僕に「頑張って」という言葉を初めて言ってくれたのも、師匠だった。期待され、応援されると、あたたかい気持ちで胸がいっぱいになって、僕の背筋《せすじ》はしゃんと伸びた。


「……ギル、あのさぁ、ごめんね？　さっき外で爆破研究してたら、ギルの実家のお母さんとお兄さん？　が何故か屋外研究スペースに無断侵入しててね？　危険だからあそこは関係者以外立ち入り禁止なんだけれどなぁ。『ギル！　ここにいるのはわかっているんだぞ！　育ててやった恩を忘れて、仕送りもしないなんて生意気《なまいき》だ！』とか騒いでいたんだけれど、うっかり私の魔術が当たっちゃってさぁ……。その時私が使用していた魔術が『毛という毛を根絶させる爆破』で。もう、本当にごめん。二人ともハゲにしちゃった……。なんなら眉毛《まゆげ》と睫毛《まつげ》もない……」

「ぷ、ははははは……っ！」

師匠……いや、バーベナと一緒にいると、本当に楽しかった。

彼女は少し話しただけでその来歴《らいれき》が想像つくほどに、他者を愛し他者から構い倒される人だった。僕とは正反対で、ちゃんとした大人たちから愛され守られ育てられたのだろう。

バーベナのまっすぐで明るい言動に慣れなくて、最初は戸惑《とまど》いばかりだった僕だが、こちらの戸惑いなど無視して距離をどんどん詰めてくる彼女に、いつしか僕の警戒心は完全に溶けてしまっていた。彼女の前でなら、いつのまにか腹を抱えて笑えるようになっていた。

僕はこんなふうに笑うことが出来たのか。自分自身の事なのに、揺れ動く心に驚いてしまう。

特に、あの大嫌いな義母と異母兄の話では窒息死してしまいそうなほど笑ってしまった。あいつらが生涯《しょうがい》ハゲと共存して生きていくのかと思えば笑いが止まらず、胸のすく思いがする。

さらにバーベナが、

「ご家族といくらなら示談《じだん》に応じてくれるか話し合いたかったんだけれど、『もう二度とこんな野蛮《やばん》な組織に関わるものか！』って走り去っちゃって。ギルからも示談金を受け取ってくれるよう、ご家族を説得してくれませんかね……？　このままだと魔術師団に風評《ふうひょう》被害が……」

などと途方《とほう》に暮れた顔をするので、脇腹まで痛くなってしまった。

誰かと一緒にいて苦痛じゃないということだけでも凄い事なのに、楽しいと思えるなんて。奇跡じゃないだろうか。

貴女は、僕の〝楽しい〟だ。

僕はすっかりバーベナに懐いてしまっていた。

▽

けれど、楽しい時間はどんどん過ぎ去っていってしまった。

隣国トルスマン皇国《こうこく》との戦争が始まり、普段は魔術研究やモンスター討伐ばかりしていた魔術師団が、対人戦へと投入された。

グラン団長をはじめとした上層部の人間たちが戦死する度に、バーベナは幼子《おさなご》のように泣き叫んだ。見るも無残《むざん》な状態になった遺体に縋《すが》りつき、壊れていく心そのままに涙を零《こぼ》した。

「ああああぁぁぁっ!!　いかないでぇ……!!　私もっ、一緒に連れていってよぉぉぉっ!!!!　もぉ、やだぁ……っ!!　やだよぉぉぉ……」

「……バーベナ」

その悲痛な泣き声はいつまでも僕の耳の奥に響き、僕の心に深く爪を立てる。

バーベナの涙を見る度に、僕は己の弱さを呪った。

どれだけ早熟だと褒められても、貴女の身も、立場も、命も、心さえも、戦場から守って差し上げることが出来ない。貴女は僕よりずっと年上で、大人で、強くて、優しくて、そして脆かった。

いつも能天気で大雑把で豪快な貴女は、戦争なんかの役には立たない。貴女の尊い爆破魔術は鉱山やダム作りで活用されるべきだったし、キャンプファイアの火起こしやお祭りの打ち上げ花火に使われるべきだった。

それなのに貴女は、亡くなった仲間たちの遺志《いし》を引き継ぎ、リドギア王国の未来を願って自分の魔術を殺戮《さつりく》のために使い続けた。

そして最後は自身にかけた自爆魔術で、敵国の魔術師の半数以上を道連れにして逝《い》ってしまった。

皮肉なことにそのお陰で、我々リドギア王国は勝機を摑《つか》んでしまい、バーベナ魔術師団長の名前は歴史に深く刻み込まれる結果となった。

……話を聞いてほしいと、僕は言ったじゃないですか、バーベナ。

貴女を愛している、と。

一人の女性として求めている、と。

どうか僕を頼ってください、と。

戦争が終わったら、僕と結婚してほしい、と。

僕はなにひとつ伝えることが出来ないまま、貴女の遺体のない墓の前に立って、ただ空虚《くうきょ》な戦争の勝利を貴女に報告することしか出来ない。

バーベナ。

貴女は今頃、家族のように深く愛した魔術師団の皆さんと、ヴァルハラで笑っているのでしょうか……？

第三章 ◆ ヴァルハラから入場拒否

我がリドギア王国では、正しく勇敢《ゆうかん》に人生を全《まっと》うして死んだ者は皆、神の館ヴァルハラへ辿《たど》り着くことが許されると信じられている。

ヴァルハラでは、昼間は狩りをして遊び、毎晩宴会が繰り広げられているそうだ。尽きることのない蜂蜜酒《はちみつしゅ》、永遠に減らない猪《いのしし》の肉、その他たくさんのご馳走《ちそう》や飲み物がテーブルに所狭《ところせま》しと並べられて、決して餓《う》えることはない。

悪人や卑怯者《ひきょうもの》や自殺者などは別の寂《さび》しい死者の国へ送られてしまうので、ヴァルハラには本当の善人だけが集まる、天上の楽園なのだ。

私は魂の姿になって地上を抜け出し、るんるん気分でヴァルハラへと向かった。白い靄《もや》の向こうに、とてつもなく大きな黄金の門が浮かんでいるのが見える。この門を潜れば、私もヴァルハラの一員になれるのだろう。

魔術師団の皆は元気だろうか。今夜の宴で自己紹介とかするのだろうか。ちょっと緊張するなぁ。

『ノーザック城奪還戦で死にました、バーベナです。生きていた頃は国家魔術師をやっていました。ヴァルハラの皆さん、本日からどうぞよろしくお願いします！』こんな感じの挨拶で大丈夫だろうか？　なんか面白いことが言えたらいいんだけれどなぁ。うーむ。

まぁ、なにはともあれ、魔術師団の皆にもうすぐ会える！

私はぴゅーんっと黄金の門へと飛んでいった。

▽

「そこに正座《せいざ》なさい、バーベナ」

「……はい」

ヴァルハラへ通じる黄金の門の前で、なぜか正座させられている私バーベナ（魂）。魂がなぜ正座出来るのかとかは、ちょっと考えない方向でいこう。

私の向かいには、魔術師団の黒いローブを羽織った人たちがずらりと並んでいる。上層部の証であるエンブレムを胸元に付け、全員が強者の風格を醸《かも》し出していた。

グラン前団長に、『水龍の姫《すいりゅうのひめ》』ことおひぃ先輩、自称『闇《やみ》より生《う》まれし漆黒《しっこく》の支配者《しはいしゃ》』のボブ先輩、『暴風の槍《ぼうふうのやり》』とかいう最大魔術を結局一度も見せてくれなかった同期のジェンキンズや、おじいちゃん先輩もいらっしゃる。

どの顔も知っている人たちばかりで、すごくすごく嬉《うれ》しい。「久しぶり！」ってハイタッチしたいくらい、私は嬉しいのだが……。

全員激怒した顔をしていらっしゃる。何故だ。

その中でも一番怒っている魔術師――リドギア王国歴代最強の魔術師団長と呼ばれたうちのリザばーちゃんが、私に正座を命じた。

あ。これ、むちゃくちゃ説教されるやつじゃん。

私は訳も分からないまま、反射的に土下座《どげざ》した。

「ごめんなさい、ばーちゃん！　私が悪かったです！　許してください！」

うちのばーちゃんこと、リザ前々魔術師団長は、世界最強の結界魔術を使うとんでもない女傑であった。五十年以上前に隣国トルスマン皇国がリドギア王国に戦争を仕掛けようとしたとき、『悪意を持って王国内へ侵入しようとする者の立ち入りを禁ずる』というとんでもない結界を国境のすべてに張り、それを長年維持し続けた人なのだ。

ばーちゃんが亡くなると同時に結界が消滅し、トルスマン皇国と戦争することになってしまったが。ばーちゃんのお陰で長い年月、我々王国民は平和を謳歌することが出来た。超絶すごい人なのである。

そんなばーちゃんは私の師匠の一人でもあり、育ての親でもある。

私の両親（ばーちゃんにとっての息子夫婦）は私が二、三歳の頃に流行《はや》り病で亡《な》くなってしまった。それ以来ずっと私を養い育て、愛し、叱《しか》り、教育してくれた。永遠に頭が上がらない存在なのである。

まだまだ小さな私をおんぶ紐でくくりつけ、「働き方改革です」と言いながら団長の仕事をしていた時期もあった。私がそこそこ大きくなると、団長室に魔術書を積み上げて好きなだけ読めるようにしてくれた。

そんなふうに私は幼い頃から魔術師団に入り浸りの生活を送っていたので、団員たちからも多くのことを教わった。魔術に関することだけではなく、人として愛し愛されること、許し許されること、成功と失敗、涙と怒り、バーベナという人間の心を育ててもらった。

私にとって家族とは、ばーちゃんと魔術師団のことだ。

家族の傍にずっと居たくて、私は十五歳の時に国家魔術師になったのだ。

「私がなぜこんなに怒っているのか、分かっていますか、バーベナ」

ばーちゃんが艶々の革のハイヒールブーツで、地面をガンッ！ と蹴りつける。魂の私には白い靄しか見えないのだが、ヴァルハラの住人には靄の下に地面があるらしい。そんなどうでもいい事を考えてしまうくらい、ばーちゃんたちの怒りの原因が思い付かない。

「ごめんなさい。分かりません」

正直に言う他なく謝罪すれば、またしてもばーちゃんに叱られる。

「自分が何を叱られているかも分からず、口先だけの謝罪をするのはお止めなさい！」

だって、ぶちギレてるばーちゃん怖いんだもの……。

諦めて口を噤《つぐ》めば、ばーちゃんが盛大なため息を吐《つ》いた。

「本当に思い当たらないのですか、バーベナ⁉」

「はい……」

「ああ、もうっ、貴女ときたら！　私たちは皆、貴女が最後に『自爆魔術』を使用したことを怒っているのです‼」

え、なんで？　自爆とか効率的じゃん？　敵の魔術師、いっぱい道連れに出来たよ？　あらかじめ味方から離れた場所で戦っていたから、ギルや王国軍は一人も巻き添えにせずに済んだし。

私がそう思ったことが表情に出ていたのだろう。皆から一斉に叱られた。

「見損なったぞ、バーベナ！　自爆など華麗ではない！」

「わたくしには自爆と自殺が同じものにしか思えませんの。バーベナは自らの命を粗末にした愚か者ですの！」

「マジで有り得ねぇーぞ、バーベナ！　そんなダッセェ死に方をするやつにヴァルハラの土が踏めると思ってんのか⁉」

「……バーベナ。君には生前何度も呆れ果ててきたけれど、今回ほど酷いものはないよ。私は本気で君に怒っている」

「なんと卑怯な魔術を使ったのじゃ、バーベナ。生きることを端《はな》から諦めおって！　それでもリドギア王国が誇る魔術師団員か⁉」

ひぃぃぃぃぃ！　死んでも下っ端は上の連中から怒られなくちゃいけないのか……。

「で、でも！　もう死んじゃったんだから、どうしようもないし？　ヴァルハラでは自爆しないから許してください！　ねっ？」

私は手を合わせて謝ったが、誰一人許してはくれなかった。

ばーちゃんが怖い顔をして、私の方へゆっくりと近付いてくる。

「ば、ばーちゃん？」

「バーベナ、最後に人生を投げ出した貴女に、ヴァルハラへ入場する資格はありません。地下にある死者の国が貴女の向かうべき場所です」

「うそ……嘘でしょ、ばーちゃん⁉」

「嘘ではありません。本当です」

「嫌だ嫌だ嫌だ！　私もヴァルハラがいいです！　皆と一緒にヴァルハラで暮らしたいよぉっ！」

「私たちだってバーベナと共にヴァルハラで暮らしたいに決まっているでしょうがっ‼　この愚かな孫娘がっ‼」

「うわぁぁぁぁんっ‼」

自爆が自殺カウントされるなんて思っていなかった。

大体、自爆魔術が発動したとき、すでに敵の魔術で私の心臓は貫かれていたぞ！　他殺カウントだろ！　自爆を仕掛けていた時点でアウトなのかよ！

悪人や卑怯者がいっぱいいる死者の国なんて嫌だ。絶対に行きたくない。そんな寂しいところで私、どうやって毎日楽しく暮らせと言うのか。やっぱり治安の良い場所が最高に決まっている。

私がおいおい泣いていると、ばーちゃんが真上からため息を吐いた。

「……私たちは大神様《おおがみさま》にお会いして、バーベナにもう一度だけチャンスを与えてくださるよう、お願いしてきました」

「うぇぇぇ、ひっく、ひっく、ひっく……」

「いいですか、バーベナ。もう一度地上で生まれ変わり、今度こそ正しい生き方をして、ヴァルハラへの入場資格を手に入れてくるのですよ」

もう一度生きろって鬼畜《きちく》すぎやしませんか、大神様。本当にそれしか方法がないの？　せっかく、また皆に会えたのに。

「愛していますよ、かわいいバーベナ。次は正しく、幸福な最期を迎えなさい」

ばーちゃんはそう言って寂しそうに微笑むと、ブーツのかかとでゴスッと私の魂を地上へと蹴り落とした。

白い靄を突っ切って、私の魂はどんどん下に落ちていく。

魔術師団の皆がばーちゃんの後ろから手を振って、「バーベナは次こそ結婚するべきですの！」とか「いや、君と結婚してくれる男なんて地上にはいないから、独身のまま天寿《てんじゅ》を全《まっと》うしなよ！」とか「とにかく自爆すんな！　自爆したら俺様がお前を殺す！」とか「新しい家族を大事にするんじゃぞ～」とか、好き勝手言っている。特におひぃ先輩、闇より生まれし漆黒の支配者（笑）ボブ先輩に長年片思い中のくせに、自分のことを棚に上げるんじゃない！

……私もそこにいたいのに、皆ひどいよぉ。

いつの間にか皆の声が聞こえなくなって、白い靄も消えてしまい、気が付いたら私は生まれたての赤ん坊になっていた。

せっかく皆に会えたのに。また皆と楽しく魔術をぶっ放しながら暮らせると思っていたのに。ヴァルハラから入場拒否されるなんて思ってもみなかった。

自爆は卑怯だとか、勇ましくないとか言われてもなぁ。むしろ合理的だと思っていた私はおかしいのか？

向こうだって決死の覚悟で侵略してくるのに、出し惜しみなんて出来ない。肉片になってでも、リドギア王国の未来を勝ち取らなきゃいけないだろ。

……そりゃ、まぁ確かに。死ねば皆に会えるって、生き急いでいたことは否定出来ないけれど。それが悪かったのか……。

ああ、悲しい。ああ、絶望だ。私もヴァルハラに行きたかった。

蜂蜜酒とお肉の宴会で毎晩飲んだくれたかった。昼間は狩りに参加して、いっぱい爆破したかった。自己紹介でなにを言おうか悩んだのに、ちくしょう。

バーベナとして死んだまま、ヴァルハラで皆と遊んで暮らしたかったよ。生まれ変わりたくなんかなかったよ。

私が身も世もなく泣いていると、私の体を持ち上げる太い腕の感触がした。

誰かの大きくてカサついた手が、私のもちもちのほっぺたを撫でる。そして野太い声で「わっははは！　なんと元気な泣き声だ！　この子はきっと頑丈《がんじょう》に育つぞっ！」と、とても愉快そうに笑う。

「シシー、よくぞ立派な赤ん坊を産んでくれた。ありがとう、ありがとう！　お前は実に良き妻だ！」

「チルトン家の嫁として、当然の責務を果たしたまでのこと。私には勿体なきお言葉です、オズウェル様」

「お前はこんな時でも堅苦しいのだな、シシーよ……。まあ、よい」

私を抱き上げた男の人は、泣きわめく私を見下ろして、「父に抱かれて嬉しいのだな。なんと可愛い子だ」と目を細める。

違うんですよ、おじさん。私はね、この世に生まれ変わっちゃったことが悲しくて泣いているんです。おじさんに抱っこしてもらうのはどうでもいいんです。

「お前には、……オーレリア・バーベナ・チルトンと名付けてやろう。私の曾祖母の名と、戦争の英雄バーベナ魔術師団長の名だ。きっとお二人がヴァルハラからたくさんの加護をお前に与えてくれるだろう」

おじさんの曾祖母《ひいおばあ》さんは知らないですけれど、バーベナのやつは今ちょっとヴァルハラには居りませんね。おじさんの腕の中に居ますよ。

「我が娘に生まれてきてくれて、ありがとう、オーレリア。私の新たな宝よ」

多分このおじさんは私の新しい父親で、とっても良い人なんだろう。けれど私はこのおじさんの宝物になるより、ヴァルハラに行きたかったたぁぁぁ。うぇぇぇぇえん!!

私は顔をしわくちゃにして、ただひたすら泣いた。

第四章 ◆ 嫁入り

さて、ヴァルハラから入場拒否されて生まれ変わってしまった私、オーレリア・バーベナ・チルトンは、赤ん坊として生まれてから二時間くらいはめちゃくちゃ悲しかったけれど、『もう、どうしようもないかぁ……』と諦《あきら》めることにした。

悩んだって無駄《むだ》なことは、考えないのが一番である。

むしろ考えるべきは、ヴァルハラの入り口でばーちゃんたちが言っていたことだ。

正しく生きろとか、幸せな最期《さいご》とか、バーベナ超絶可愛《ちょうぜつかわい》いとか。あとなんだっけ？　自爆するな、とかだったかなぁ。

とにかく皆のアドバイスを胸に、現世を懸命《けんめい》に生きるしか道はない。

あと、現世こそ爆破以外の魔術を習得したいかな！　また魔力持ちに生まれ変われたし。

そう決意した私は、両親や周囲の人々からたっぷりと愛されて育ち、すくすくと大きくなった。

ある程度大きくなってから気付いたのだが、私が生まれ変わったのは前世と同じリドギア王国だった。

前世の私……面倒《めんどう》くさいからバーベナでいいや。バーベナが死んだ後、戦争はすぐに終わったらしい。

私の後を引き継いで団長になったギルの奮闘により、敵国の司令部を撃破、指揮系統が機能しなくなってしまった敵兵を一網打尽《いちもうだじん》にやっつけて、あちら側の戦闘維持力を失わせたらしい。やっぱりすごいな、ギルは。

ちなみにバーベナも自爆で敵の魔術師団を壊滅状態に陥《おちい》らせたため、偉人《いじん》になっていた。

父なんぞ、バーベナを偉大な女性だと思い込んで「バーベナ魔術師団長のように弱き者を守る人間になりなさい」と私に言い聞かせる始末《しまつ》だ。

「お父様、私がバーベナの生まれ変わりなんですよ！　私、爆破魔術も使えます！」

「オーレリア。そういうことばかり言うておると、友達が出来なくなるから止めなさい」

せっかく教えてあげたというのに、ひどいお父様である。

これらの歴史は家庭教師から習った。なんと私、現世では貴族令嬢なのである。

我がチルトン家は先代まで伯爵家《はくしゃくけ》だったのだが、父オズウェルの代で侯爵家《こうしゃくけ》になった。その理由は戦争の報奨《ほうしょう》である。

戦時中、王家はすべての貴族に一家から一人は戦争へ参加するようにと召集令状を出した。その結果、出兵しなかった家は取り潰されたり、たった一人の跡取りを出兵させなければならない家などもあって、結構な数の家が断絶する結果となった。つまり、国中にたくさんの領地が余ったのである。

我がチルトン家はもともと軍部と関わりの深い家柄で、お父様も以前は王国軍少将として活躍していたらしい。バーベナが戦っていた場所とは別の地域で軍を率いていたそうで、生前に面識はないが。

そんなわけでお父様は戦争の報奨として、余った領地を四つも押し付けられてしまったのだ。

正直、とんだ貧乏クジである。どこの領地も人手不足、資金不足、物資不足、戦争のせいで治安も悪くなっちゃって、統治をするのは大変だ。

おまけに隣国トルスマン皇国《こうこく》からの戦争賠償金の支払いも滞《とどこお》っていると聞く。

トルスマン皇国は大昔は緑豊かに栄えていたらしいが、ここ百年は土地が瘦《や》せて、貧しくなる一方だった。それゆえ肥沃《ひよく》なリドギア王国の領土を狙っていたという背景がある。だから戦争賠償金を支払うだけの国力が無いのだ。

かといって不毛な土地など譲渡されても困るので、最近隣国の巫女姫《みこひめ》が側妃《そくひ》として嫁いで来たらしい。つまり人質である。お上も色々と大変なようだ。

唯一の救いは、戦勝国としての誇りと愛国心が、領民に忍耐強さを与えていることだろう。我々は苦難を乗り越えて王国を守り抜いたのだから、再び平和な時代を作っていけるはずだ、と。

そんな明るい領民や家族に囲まれて、私は領地で元気いっぱいに過ごしていた。

▽

「喜べ、オーレリア‼　お前の縁談が決まったぞ‼」

「なにかのドッキリ企画ですか、お父様？」

「なぜ私がそんなことをしなければならんのだ」

　貴族令嬢という言葉の意味を見失って育ち、もはやチルトン領の守護神みたいな気持ちで暮らしていた私だが、十六歳になると父がふつうに縁談を持ってきた。

「私に縁談ですか？　私、王子様はちょっと……」

「安心せい、オーレリア。私もお前が王子妃になれるとは思っとらん」

「え？　令嬢なのに王子の婚約者を狙わなくてもいいのですか？」

「毎日爆破魔術をドカンドカンやって大なり小なり問題を起こすオーレリアに、令嬢の自覚があるとは私も思わなんだ」

　父はため息を吐《つ》きながら、私に一枚の念写《ねんしゃ》を見せた。念写は画家が描いてくれる姿絵よりも精密なもので、町で暮らす自営の魔術師が請け負ってくれる。でもわりと高価なので庶民《しょみん》はあまり利用しない。

　私はそんな高価な念写をじっと見つめた。

「ギル・ロストロイ魔術伯爵、歳は今年で三十二歳だ。歳は離れておるが、オーレリアがたとえ爆破魔術で屋敷を吹っ飛ばしても離縁《りえん》せずにすむ相手は彼だけであろう」

　念写に写るのは、黒髪に銀縁眼鏡《ぎんぶちめがね》の美形――かつて私の部下だったギルである。

ギルが魔術伯爵を叙爵《じょしゃく》し、今もこの国で暮らしていることは知っていた。

もう一度会いたいと思ってはいた。最後に彼が話したいと言っていた内容はなんだったのだろう、と今も気にはなっている。

けれど私はただの令嬢だ。爵位《しゃくい》を持っている父が偉いだけで、私個人はただの小娘である。国のために第一線で働いている魔術伯爵にお目通りを願うようなことなど出来なかった。

そんなギルと縁談とは、人の縁とは不思議なものだな。

ギルももう三十二歳なのかぁ、と思い、疑問に思ったことを父に尋ねてみる。

「ロストロイ魔術伯爵の後妻になるということでしょうか？」

「いや。彼はまだ未婚だ」

私はびっくりして目を見開いた。

「戦の功績で魔術伯爵を叙爵されるような人が、未婚だったんですか⁉」

「極度の女嫌いのようでな。叙爵直後は山のように縁談が来ていたのだが、バッサバッサと切り捨てていき、今ではずいぶん数も減ったようだ。一部はまだしつこいが」

極度の女嫌いとか知らなかったよ、ギル。きみ、ふつうにバーベナの頃の私と喋っていたじゃないか。戦場では雑魚寝《ざこね》は当たり前だったし、食事の時にスプーンが一本しかなくて二人で使い回したときもあったんだが。

あれって結構ギルに無理をさせていたのかもしれないな。ごめんな、ギル。

……いや、バーベナの女子力が低すぎて、当時のギルに女子認定されていなかっただけかもしれない。

「どうして女嫌いのロストロイ魔術伯爵が、私と結婚してくれることになったんですか？　私、正直美人ですよ。胸も大きいし。見た目は完全なる女子ですよ」

「自分で言うのはやめるのだ、オーレリア」

「脅したんですか？　お父様、ロストロイ魔術伯爵を脅したのでしょう⁉」

「脅しなどと人聞きの悪いことを言うでない、オーレリアよ。ロストロイ魔術伯爵は少々私に借りがあると言うだけだ」

「脅したんですね、お父様、ひどい……‼」

「オーレリアがもっとお淑《しと》やかに育っておれば、王子でも公爵令息でも結婚させてやれたわいっ‼」

そういうわけで、私はギルのおうちに嫁ぐことになった。

まぁ、これも貴族令嬢の役目だ。受けて立とう。

それに私個人としては、もう一度ギルに会って話が出来るチャンスを貰《もら》えたのでラッキー、とも思っていた。

▽

王都の空に星々が冷たく煌《きら》めき、街灯に火が点る頃、僕は飾り気のない馬車に乗って屋敷へと帰る。

普段は魔術師団にある自分の部屋で寝泊まりしているが、戦争の報奨として賜った『ロストロイ魔術伯爵』という爵位のせいで、領地経営の仕事が溜まってしまう。だからこうして時々屋敷に帰り、仕事を捌《さば》かなければならない。

……本当は魔術師団に入団したばかりの頃のように、ただバーベナと魔術に明け暮れて生きていられたらと、叶うはずのない願いが僕の胸の内側にぽっかりとした穴を開ける。

夜だというのに最低限の明かりしか点っていない、無駄に豪奢な屋敷が見えてくる。これも報奨の一部として賜ったロストロイ魔術伯爵家の屋敷だ。使用人を少人数しか雇っていないため、点る灯りの数も少ないのだ。

馬車から降りれば、帰宅の物音で出てきた執事《しつじ》が僕を出迎えた。

「お帰りなさいませ、旦那様《だんなさま》。お疲れでしょう。すぐに食事の用意をいたします」

「いや、研究室で食べてきたからいい」

魔術師団に毎日やって来るパン屋で買った惣菜《そうざい》パンだが。

バーベナがあのパン屋を好きで、僕にもよく買ってくれた。そんな他愛《たあい》のないことばかり思い出す。何年も、何年も。

「執務室で仕事をするから、お茶だけ持ってきてくれ」

「かしこまりました。領地から届いた書類は机の上に整理してありますので、ご確認ください」

「ありがとう」

執事が玄関扉を開け、中に入る。羽織《はお》っていた魔術師団長のローブを彼に手渡し、そのまま執務室へと向かった。

一人で部屋に入るとまず目に飛び込んでくるのは、バーベナの肖像画《しょうぞうが》だ。

「……ただいま帰りました、バーベナ」

儀式のように肖像画の前に立ち、挨拶をする。

なんと虚しい行為だろう。

分かっているのに、貴女が死んでもう十六年、僕は肖像画の前に立つ度に声をかけることをやめられずにいる。

肖像画の中のバーベナは屈託《くったく》なく笑っている。茶色く短い髪に、柔らかく細められた茶色い瞳。

ものすごく美人というわけではない。集団のなかでは埋没するくらい特徴の無い顔だ。

だが僕はバーベナの笑顔を見ると、美しいと思わずにはいられなかった。

貴女はいつだって生き生きとしていて、炎のように魅入られてしまう。僕にはない輝きに満ちた貴女のすべてに、目を奪われる。何十年経とうと、貴女に愛を捧げずにはいられない。

ああ、それなのに、僕は。

「……結婚が決まってしまいました」

その事実を声に出すだけで、心臓が押し潰されてしまいそうだ。

僕は一生貴女への叶わない想いを引きずったまま、嘆いて暮らしていきたかった。

けれど貴族になってしまった柵《しがらみ》が僕を自由にさせてはくれない。

今日王城で会ったオズウェル閣下との会話が、僕のなかで辛《つら》く蘇《よみがえ》った。

オズウェル・チルトン侯爵閣下は、僕がロストロイ魔術伯爵を叙爵した時に、貴族としての立ち回り方や領地経営の手腕を気前良く教えてくれた恩人《おんじん》だった。かつて男爵家の庶子《しょし》であった僕はそういうことに疎く、奇人変人が跋扈《ばっこ》する魔術師団に貴族方面のことで頼れる人間がいなかったため、本当に助かった。

だから彼が相談したいことがあると言ってきた時、これで恩が返せるならばと思ったのがそもそもの間違いだった。

「私の一番上の娘がそろそろ十六歳になるのだがな。これといった縁談の相手がおらんのだ」

オリーブグリーンの髪を短く整えたオズウェル閣下《かっか》は、鍛え抜かれた肉体を持つ美丈夫《びじょうふ》で、年齢を重ねた男の持つ渋《しぶ》さで周囲を圧倒する人だ。若い頃は女性から大層モテていたと聞く。そんなオズウェル閣下の娘ならきっと美人だろう。

さらに彼は今でも軍部に強い人脈を持っている。国王陛下からも気に入られており、立派な爵位もある彼が、娘の縁談相手を見つけられないというのは少々おかしな話だった。

「これが私の長女のオーレリアなのだが……」

オズウェル閣下はそう言って、一枚の念写を僕に差し出した。

念写の中には美しい少女が取り澄ました表情で写っている。父親と同じアッシュグレーの瞳とオリーブグリーンの髪が印象的な少女だった。

まぁ、他人の見た目など、僕には興味もないことだが。

「美しいご令嬢《れいじょう》ですね。この方なら縁談などひっきりなしなのでは？」

礼儀として世辞《せじ》を口にしてみたが、オズウェル閣下の表情は硬いままだった。

「まぁ、親の欲目かもしれんが、見た目は美しい。だが、縁談となるとまた話が別なのだよ」

「チルトン領と言えば、数年前に古代の石像群が発見されて観光客が押し寄せ、鉱山のダイヤモンドラッシュも起きているではないですか。姻戚《いんせき》になりたい家などいくらでもあるでしょう」

「我が領地の旨味《うまみ》だけを吸いたい連中に、オーレリアは御《ぎょ》せんのだ」

話が見えない、と思う僕の前で、オズウェル閣下は唐突《とうとつ》に頭を下げた。

「ギル君よ、頼む!!　どうかうちのオーレリアを嫁に貰ってくれ!!」

「まっ、待ってください!!　僕はもう三十二歳になるのですよ⁉　そんな男に十六歳の可愛い娘を嫁《とつ》がせたい父親がどこにいるというのですか⁉」

「君は自分の手で魔術伯爵になった地位のある男だ！　魔術師団長という立派な職に就《つ》いている！　そして何より……」

オズウェル閣下は『これこそが一番重要だ』というように、溜めを作ってから言った。

「ロストロイ魔術伯爵家の屋敷には、王国一の『結界魔術』が掛けられている!!　何人たりとも屋敷を破壊することは出来ない!!　私のオーレリアの魔術をもってしても!!」

どうやらオズウェル閣下の娘は魔力持ちらしい。

だが屋敷を破壊するなど、どれだけ魔術の扱《あつか》いが下手なんだ、貴方《あなた》の娘は……。

「そんなことで僕に縁談などと……」

「『そんなこと』では決して無い！　しょっちゅう屋敷を破壊されれば、どんなにチルトン家の甘い汁を吸いたい一族だって、オーレリアと離縁《りえん》したがるだろう‼」

「ですが……」

「それにギル君にとっても、悪い話だけではないはずだ！」

顔を上げたオズウェル閣下は、真剣《しんけん》な表情でこう言った。

「ラジヴィウ家の娘に困っておるのだろう？」

「…………」

「オーレリアはどんな環境でも楽しく生きていける子だ。だが貴族令嬢である以上、結婚して子を産まねばならん。この国はまだまだ人手不足で、『産めよ増やせよ』と我々上に立つ貴族が率先《そっせん》して子育てに力を入れねばならんのだ。しかしオーレリアは君の子供を何人産もうと、君にしつこく愛をねだるような真似はせんだろう」

「…………」

「ギル君、子を増やすのは貴族の責務である」

バーベナ以外の誰かなど、僕には必要はないのに。

それでも魔術伯爵の地位を捨てられないのは、これが本来であればバーベナが受けとるべき報奨だったからだ。

貴女が貰うべきだった爵位を、名誉を、称賛《しょうさん》を、僕の手で守りたいからだ。

「頼む、ギル・ロストロイ魔術伯爵殿よ」

この世界は、貴女の思い出に浸って泣いて生きることさえ許してはくれない。


「……バーベナ」

彼女が好きだった酒を肖像画の前にまた一本並べながら、僕は項垂《うなだ》れた。

「誰かと書類上の縁を結んだとしても。僕のこの身も心も、貴女だけのものです」

どうかヴァルハラから僕を守ってください、バーベナ……。

▽

ギルのおうちに嫁ぐために、私は十六年間暮らしていたチルトン領から馬車で王都へとやってきた。

バーベナだった頃は生まれも育ちも王都だったので、オーレリアになってからはあんまり王都に興味がなかった。私が死んでから十六年の間に建物や道がいろいろと変わったりしたのかもしれないが、流行を必死に追いかける性格でもないもので。

けれど、これは私の予想を遥《はる》かに超えてきたなぁ……。

「バーベナ魔術師団長の銅像だ。今では人々の待ち合わせ場所として人気なのだ」

「それ、人気って言うんですかね？　便利って言うんじゃないですか？」

馬車の窓から見えるバーベナ像にびっくり。

しかもバーベナ本人の顔より美人だぞ……？　まぁ、制作者が上手いこと修整してくれたんだろう。

「これからチルトン家のタウンハウスに向かい、結婚式までそこに滞在する予定だ。式は二週間後、大教会で挙《あ》げることになっておる」

「はい」

「式の後、お前はそのままロストロイ魔術伯爵家へと引っ越す。嫁入り道具は式の翌日にでも届くように手配しておこう」

「はい」

「以上だ」

「いや、お父様、ロストロイ魔術伯爵と対面する日はいつなんですか？　そこ、重要ですよ？」

「…………」

お父様が黙《だま》り込む。これ、アカンやつだ。

「まさか直接会うのは式の当日なんですか⁉」

「本人が仕事で忙しく、時間が取れないと言っておってな……」

「仕事が忙しくて自分の結婚式がなおざりとか、それ、仕事も出来ない人間ですよ⁉」

魔術師団の仕事は私がきちんと教えたから、領地経営の方が駄目《だめ》なのか、ギルよ⁉

「いや。領地の方は問題ないはずだ。なにせ彼に領地経営を教えたのは私だからな」

お父様もギルの教育係だったのか！　私、お父様に運命を感じる！

「魔術師団の仕事が忙しいと言っておってな。こちらも無理にお前を押し付けた側だから、あまり強く言えんのだ……」

私の頃と職務内容に大きな変化がなければ、魔術師団なんてただの魔術研究オタクの館ですけれど。定時に上がって飲み会ばっかりしてたんですけれど。

……これ、私《オーレリア》がギルに避けられているだけだな。

「分かりました。勝手にします！」

「穏便《おんびん》にな……」

ギル、君のお師匠様が嫁に行くことになったんだから、結婚式の前に一回会って飲み明かそうぜ！　私のこと歓迎してくれよ！

タウンハウスに到着してすぐ、私はロストロイ魔術伯爵家に手紙を出した。

結果、返信が来ない。

まったくギルったら～、筆不精《ふでぶしょう》なんだから～。仕方がない、お師匠様が直々に会いに行ってあげようじゃないか。暇だし。

というわけで、ロストロイ魔術伯爵家に「来週こちらのお宅へ嫁入りする予定のオーレリア・バーベナ・チルトンですけれどぉ！」と突撃する。

結果、知的な雰囲気《ふんいき》の執事《しつじ》さんにたいへん気の毒そうな顔をされ、「旦那様は不在です」と丁重《ていちょう》に追い返された。

屋敷にいないのなら、きっと職場だな！　ギルも魔術オタクだから、研究にのめり込んじゃってるんだろう。いいよいいよ、会いに行ってあげようではないか。

そういうわけで、私は王城敷地内にある魔術師団の施設に「ギル・ロストロイ魔術伯爵の婚約者です！」と乗り込んだ。

結果、受付のお姉さんに「そう言って現れる女性、今月でもう四人目なんですよね～」と面倒くさそうに言われ、魔術師団記念バッジを貰う。

へぇー、今こんなの配ってるんだぁ。おもしろーい。とりあえず襟元《えりもと》に付けておこ～っと。

お腹《なか》もすいたことだし、昔ギルとよく食べに行ったご飯屋さんで張り込みをしてみる。

結果、相変わらずマグロのカマトロ定食が美味《おい》しい！　これが銅貨七枚で食べられるなんて！

もっと値上げしても食べに来るよ、お母さん！

そうやって王都をエンジョイしているあいだに結婚式当日になってしまった。なぜだ。

▽

当日は朝から忙しい。

「オーレリアお姉様、本当にお嫁に行ってしまわれるの？」

「嫌ですっ。ずっとチルトン家にいてください、オーレリアおねえさま！」

「オーレリアおねえさまと離れて暮らすなんて、やだぁ！」

幼い弟妹《ていまい》たちがわらわらと私の側《そば》にやって来ては、泣いたり喚《わめ》いたり『お嫁に行かないで』と声を揃えて訴えかけてきたりと忙しい。

「一番上がつっかえると大変なんだよ。特にうちのような六人きょうだいだと」

「大変なんかじゃありません！　家族はいつも一緒にいるものです！」

「そうだね、ずっと一緒にいられたら幸せだね。でもさ、想像してごらん？　二十代くらいまでは長子が結婚もせず魔術に没頭して暮らしていても、まだ笑って済ませられるかもしれない。けれど四十代や五十代のオールドミスな私がチルトン家で爆破狂をしているところを。きついよ？　いい加減嫁に行ってよって、優しい君たちだって思うようになるよ？」

「じゃあ僕たちがオーレリアお姉様に邪険《じゃけん》にするようになってから、お嫁に行ってください！」

「その頃には若さのアドバンテージさえ失って、嫁に行けるのは奇跡になってるんだよねぇ」

分かっておくれ。縁談がある内に結婚しないと、私はいつまで経っても結婚しない。前世でも仕事に没頭するあまりタイミングを失って、自然消滅した縁がいくつもあったんだ。私はそういう女なんだよ……。

私は五人の弟妹を代わる代わる宥《なだ》めつつ、侍女たちに化粧や髪のセットをしてもらう。そのうち、お母様までやって来た。

私のお母様、獅子《しし》リーナ、あ、違う、誤字った。

シシリーナ・チルトンは元没落伯爵令嬢で、まだ伯爵家だったチルトン家の侍女としてやって来たくせにお父様に一目惚《ひとめぼ》れし、お手付きになろうと頑張ったあげく全敗したけれど結婚してもらえた肉食系レディーである。

「オーレリア。式の前ですが、少し話したいことがあります」

お母様は無表情で私を部屋の隅《すみ》へと手招いた。

侍女時代のお母様がお父様への夜這《よば》いに全敗したのは、この無表情のせいだと思う。常に鉄仮面《てっかめん》なお母様が裸でベッドに潜り込んでいたって、暗殺者にしか見えないもんな。お父様、超絶怖かっただろうな。今では私を含め、六人もの子供を生み育てるくらい仲良し夫婦だけれど。

「オーレリア」

「何でしょうか、お母様」

「……ロストロイ魔術伯爵殿が女性嫌いだということを、私もオズウェル様から聞きました」

「心配なさらないでください、お母様。彼と男女の関係になれなくても、家族としてなら楽しくやっていけますよ。きっと」

「ですが、それでは貴女があまりにも不憫《ふびん》です。特別に私の夜這い技術を授けましょう」

「全敗した情報はちょっと必要ないですね……」

お母様は無表情のまま、私の手を握った。

「辛ければいつでも離縁して帰ってきなさい」

「お母様……」

「貴女の幸せを、私たちチルトン家は願っていますよ」

「ありがとうございます、お母様」

生まれ変わりたくなかった。ヴァルハラで遊んで暮らしてみたかった。そう思って泣いた、赤子の頃があった。

けれどチルトン家に生まれ、チルトン領で育ったことを、私は心から幸福に思っている。

「私、ちゃんと幸せになります。正しく勇敢《ゆうかん》に生き抜いて、今回こそ最期の瞬間も胸を張れるように」

そんな私の人生にギルがくっついてくるのなら、彼のこともちゃんと大切にしよう。私はそう思った。

私のウェディングドレスは弟妹たちがデザインを選んでくれたものだ。なんでもギルが支度金《したくきん》をたくさん寄越《よこ》してくれたらしく、最高級の生地や刺繍糸《ししゅういと》が使えたらしい。お陰ですごくきらびやかな衣装になった。うちの領地にある鉱山から産出されたダイヤもふんだんに使ったしね。

コルセットにドレス、アクセサリーに靴《くつ》、小物、全てにお母様と侍女の合格の声が出るまで微調整を加えられる。気分はバーベナ像だ。あいつの顔もきっとこんなふうに調整されたに違いない。

私の花嫁姿が無事に完成すると、幼い弟妹たち五人や侍女、執事まで泣き出した。お父様もアッシュグレーの瞳が潤《うる》んでいる。お母様は鉄仮面のままだが。皆、私が嫁に行くことに寂《さび》しくなってしまったのだろう。皆して私のことが大好きだからなぁ。

「本当にきれいですわ、オーレリアお姉様……」

「しあわせになってください。そうじゃなきゃ、僕がオーレリアおねえさまをさらいに行くからね」

「オーレリアお嬢様、どうかお体に気を付けて。ロストロイ家のお屋敷をあんまり爆破なさらないでくださいね」

皆の言葉に「ありがとう」「検討しておくよ」「善処《ぜんしょ》する」と答えていると、すでに大教会へ向かっていないといけない時間になっていた。

チルトン家全員で馬車に乗り込み、どうにか予定時刻の三分前に到着した。

大教会の控え室に滑り込むと、チルトン家の親戚たちがすでに私を待っていて、「おめでとう、オーレリアちゃん」『すっかり美人になって』と挨拶に来てくれる。

一通り挨拶を済ませ、先に本堂へ移動する皆を見送った。

「ねぇお父様。ロストロイとかいう私の結婚相手、控え室へ挨拶にも来なかったですよ？」

「う、うむ……」

一緒にバージンロードを歩く予定のお父様と二人きりになり、私は低い声で言う。

「女嫌いというのは、『だから女性を蔑《ないがし》ろにしていい』という言い訳ではまったくないですよ」

「……二年だ」

お父様がぽつりと言った。

「ギル君ほどお前に都合の良い男はいないと思って、私は半《なか》ば無理矢理この縁談を決めた。だがもし、オーレリアとギル君の間に二年経っても子供が生まれなかった場合は、私が責任を持ってお前たちの結婚を解消させてやろう」

お父様はそう言って私を慰《なぐさ》めてくれた。

別にギルと家族になるのが嫌なわけじゃない。だって、かつての可愛い部下だ。

それに本気で嫌になったら、お父様がどうこう言おうと私は勝手に離縁してしまうと思う。お母様もそれでいいよって言ってくれてるし。

ただギルよ、人としての礼儀《れいぎ》はどうなっているんだ。もう三十二歳なんだから、しっかりしなさい。

結局ギルに会えたのは結婚式の最中だった。

魔術師団長の正装をしたギルは、すっかり大人の男性になっていた。背丈《せたけ》が伸び、肩幅《かたはば》も広くなり、顔には幼さの名残《なごり》など微塵《みじん》もなかった。

銀縁眼鏡《ぎんぶちめがね》の奥の黒い瞳が冷えきっていて、びっくりした。

ギルは生真面目《きまじめ》な少年でいつも私のことを怒っていたけれど、こういう冷酷《れいこく》さはあの頃にはなかったのに。

……戦争が彼を変えてしまったのだろう。

私のほかにも多くの仲間がギルを残して死んでいった。それでもギルは国のために戦い続け、たくさんの屍《しかばね》の上に勝利を勝ち取った。それは生半可《なまはんか》なことではなかっただろう。この世のものとは思えない悲しい光景をたくさん見たのだろう。

君を残していって、ごめんよギル。一人で戦わせてしまって、私はひどい上司だった。

だけれど君が生き残ってくれて、本当に嬉しい。本当に嬉しいんだ。

ギルがこれから少しでも気楽に生きられるよう、私も支えていくつもりだ。

まぁ、それと結婚式前に一度も挨拶に来ない不義理っぷりは全然別問題ですけれどね？

顔を寄せて誓いのキスをする振りをして、私とギルは夫婦になった。

第五章　初夜

そして、その夜のこと。いわゆる初夜《しょや》である。
ギルは女嫌いになってしまったらしいから、たぶん何も起こらないだろうなと思いつつ、ロスト
ロイ魔術伯爵家《はくしゃくけ》のメイドによってお風呂場《ふろば》で全身ピカピカに磨《みが》かれ、ひらひらの夜着を着せられた。
私はベッドの横に用意してあったお酒を見つけ、嬉《うれ》しくてさっそくグラスに注ぐ。
チルトン家では『素面《しらふ》でも危険なオーレリアお嬢様に酒を与えたらどうなるのか想像もつかない
から、飲ますな』というお触れが出回っていて、一度も口に出来なかったのだ。バーベナの頃は
酒豪《しゅごう》として名を馳《は》せていたのに残念。
前世ぶりのお酒は実にうまい。ぐいぐい飲んでみたが、オーレリアの体でもたいして酔《よ》わないみ
たいだ。新たな発見である。
ついでに一緒《いっしょ》に用意してあったフルーツの盛り合わせも食べていると、ギルが寝室に入ってきた。
ギルはベッドの上で楽しく酒を飲んでいる私を見下ろし、「はぁ……」と薄《うす》くため息を吐《つ》く。
「酔っぱらって恐怖心や緊張を誤魔化《ごまか》す必要はありませんよ。僕は貴女《あなた》を抱く気はありません」
おお、本当に女嫌いになっちゃったんだな、ギル。可哀《かわい》そうに。ギルが普通に女好きだったら、
私も君ににすごいことをしてあげたんだが。

「オーレリア・…………バーベナ、ロストロイ」

ギルは名前を呼ぶのも嫌だというように私を呼んだ。女嫌い、深刻過ぎやしませんかね？

「僕にはもうずっと昔から、心に決めた人がいます。だから申し訳ないが、僕が貴女を愛することはありません。そして貴女も、僕を愛する必要はない。僕たちは白い結婚でいましょう」

へぇ～。ギルって好きな人いたんだ～。誰だろ。私が知ってる人かな？

まぁ、魔術伯爵になっても結婚できないほど相手の身分が高いか、相手が結婚しているとかで結ばれることが出来なかったのかもしれない。

「わかった」

とりあえず、頷《うなず》いておく。

「私たちの結婚に関しては了承《りょうしょう》した」

「……案外あっさりとした返しですね」

「そんなことよりさぁ、私一個知りたいことがあってさぁ」

私は腕を組み、ギルに尋ねた。

「ノーザック城奪還戦の前に、ギルが私に『この戦が終わったら、貴女に伝えたいことがあります』って言ったじゃん。覚えてる？　私が借金《しゃっきん》なら銅貨一枚までならいいよって言って、ギルがパンしか買えませんって返事してさぁ。あれ、本当はなにを伝える気だったの？　私、死んじゃって聞けなかったけれど」

ギルに会ったら一番に聞いておこうと思っていたことだ。ようやく尋ねることが出来てホッとする。オーレリアに生まれ変わってからもごく稀《まれ》に思い出しては、『あれって何だったんだろう……？』と首を傾《かし》げていたから、喉《のど》の奥に刺さった魚の骨がようやく取れたみたいで嬉しい。

私がそのままギルを見上げていると、彼の表情はどんどん青ざめていった。そして震える指でこちらを指差す。おいギル、人を指差しちゃダメでしょ。

「……貴女は、バーベナなんですか？」

「あ、うん。バーベナ。私、生まれ変わったんだよ」

「重要なことを適当な態度で伝えるところは、完全にバーベナですね……」

ギルの表情は青を通り越し、真《ま》っ白《しろ》になった。そして床にガックリと膝《ひざ》を突く。

「……結婚式からやり直したい……っ！　いや、まず縁談《えんだん》の時点でバーベナときちんと会って話しておけば……っ!!」

なんかごちゃごちゃ言い出したぞ、ギルの奴。

ギルはそのまま暫《しばら》く、晩夏《ばんか》の道に落ちている死にかけの蟬《せみ》みたいに唸《うな》り続けていたが、突然勢いよく顔を上げた。

「バーベナ、先程は大変失礼なことを貴女に言ってしまいました！　本当に申し訳ありません！」

「え、どれだろ」

「……あ、貴女を愛さないとか、愛されなくてもいいとか、その、白い結婚とか……」

「ああ、ギルに好きな人がいるってやつか。いいんじゃない？　がんばれ、応援してるよ。離縁《りえん》の相談は早めによろしくね。慰謝料《いしゃりょう》たんまりください」

「申し訳ありません！　本当にごめんなさいバーベナ‼」

「え？　魔術伯爵なんだから慰謝料ケチんないでよ」

「そういう謝罪じゃないです‼」

なんだか昔のギルに戻ったみたいに、怒ったり喚《わめ》いたりうるさくなったのでホッとする。

そうそう、君はこういうツッコミ体質の少年だった。まだ変わらない部分が残っていたのだな、と安心する。

「貴女が亡《な》くなる前に僕が伝えたかったのは、求婚《きゅうこん》です」

「はい？」

「バーベナ、十六歳の僕は貴女をただひたむきに愛していました。三十二歳の今になってもバーベナのことが忘れられず、記憶の中の貴女を愛し続けました。どうかお願いです、バーベナ、僕と結婚してください。……ずっと、そう言いたかった」

おい、ちょっと、ギルよ……。その求婚を聞く前に、ギルと結婚してしまったのだが……。

しかも結婚式前にギルが一度も会いに来なかったことを思い出し、私の中に苛立《いらだ》ちがぶり返す。

私はベッドの上にあった枕を手に取り、ギルにバフッと投げつけた。

「とりあえず、初夜の花嫁に『貴女を愛することはない』とかアホなことを言うお子ちゃまなんぞに求婚の資格なんてありません」

「本当に申し訳ありません。貴女に永遠を誓っていたもので……」

もう一個、枕を投げつける。

「重い、重過ぎるぞ、ギル。恋人だったわけでもなく、片思いの相手にふつう操《みさお》を捧げる？」

「ふつうでなくて申し訳ありません……」

ベッドにはまだまだ枕があるぞ！　項垂《うなだ》れるギルの頭にボスッ。

「結婚式前に一度も婚約者に会いに来ない不義理っぷりも何なんだ。挨拶は勤め人の基本だって、私、教育係の頃に教えたはずだよね？　政略結婚だって貴族の務めの一つ。挨拶、大事でしょ⁉」

「返す言葉もありません……」

「ギルなんぞ、一生子供扱《あつか》いしてやる。私たちは白い結婚のままだからね。なんせギル君はまだまだ子供ですから～」

「すみません……」

枕が無くなったので次は部屋中のクッションを全部集めて、ギルにアタックしていると。

下を向いていたギルの肩が微弱《びじゃく》に震え始めた。鼻《はな》を啜《すす》る音まで聞こえてくる。

あれ、私、弱い者いじめをしてしまったのか……？

「い、痛かった？　眼鏡が割れたの？　ごめんね、ギル」

「……グスッ。……いいえ、貴女の枕投げが痛かったわけではないのですが。ただ、そうやって阿呆《あほ》なことをしている貴女を見ていたら、本当にバーベナが生まれ変わってくれたのだと実感して……」

「え？　むしろ私、貶《おとし》められている？」

「嬉しくて、でも今までの辛《つら》さとかが、全部ごちゃごちゃになってしまいまして……」

まぁ、それもそうか。私も突然魔術師団の皆が生まれ変わって目の前に現れたら、色々と感極まって踊り出すかもしれない。

「おいで、ギル」

「……バーベナ」

両腕を広げてやれば、ギルは迷子《まいご》がようやく母親を見つけたようにしがみついてきた。

ギルは私の肩に顔を押し当て、悲鳴のような声をあげながら泣き続けた。私の存在を確かめるようにきつく背中に腕を回し、「もう、僕を、置いていかないで、ください」と途《と》切《ぎ》れ途切れに訴えてくる。彼の熱い涙が私の夜着に染み込んでいく。

ああ、私、こんなにギルを傷付けてしまっていたのか。置いて逝《い》かれる側がどれほど辛いか、私は知っていたはずなのに。

骨も内臓も肉片も毛髪も何一つ残さなかったバーベナの自爆は、こんなふうにバーベナを大切に思ってくれていた人の心をズタズタに切り裂いてしまったことに、私はようやく気が付いた。

戦時中はそれが正解だと思っていたけれど、戦争から離れれば、こんなにも凶悪《きょうあく》な間違いだったんだな。

……だからぱーちゃんも魔術師団の皆も、ヴァルハラで私のことをあんなに怒っていたんだ。

ギルの三十二歳の体の中で、十六歳の時の心の傷が今も血や膿《うみ》を流し続けている。

あの時の私は二十五歳で、十六歳のギルを守ってやらなくちゃいけない大人だったのに。私がギルの心をこんなふうにしてしまった。

私はギルの背中に回した手で彼の痛みを擦《さす》りながら、目を瞑《つむ》る。

「……ごめん。本当にごめんね、ギル」

「うぁぁ、ぁ……ぁ、……っ！」

ギルは一晩中泣き続け、私はよしよしと彼をあやし続けた。

▽

朝が来たので、寝室の扉《とびら》を開ける。

すると部屋の前に、ロストロイ家の執事《しつじ》が不安そうな表情で立っていた。

「だ、旦那様《だんなさま》はご無事でしょうか……？」

……たぶん、夜通し屋敷中にギルの泣き声が響いていたのかもなぁ。

ギルが泣き腫らした顔で寝室から出てくると、執事は「なんとお労《いたわ》しい、旦那様……!!」と両手で口元を覆《おお》った。

「お、奥様……!!　ご夫婦の間のことに執事である私が口を挟《はさ》む資格はないと重々承知ですが、女性が苦手な旦那様にあまり激しいことをなさるのはどうかと思います……!!」

「違うんですよ、私は無実なんですよ。本当に誤解なんです」

泣き喚いた張本人は声が掠《かす》れて喋《しゃべ》ることが出来ず、しかも結婚式翌日なのに普通に仕事の予定を入れてやがったので、そのまま出勤していった。

三日後にギルが帰ってくるまで、私はひどい誤解を受けた。

第六章 ◆ ロストロイ魔術伯爵家

旦那《だんな》になったギルに枕《まくら》を投げつけ、泣き出した彼を一晩中抱っこして慰《なぐさ》めるという初夜《しょや》が終わると、めちゃくちゃ眠かった。

新妻《にいづま》の務めとして、出勤するギルに「私を養うためにしっかり稼《かせ》いでおいで」と言ってお見送りをしたので、寝よう。旦那が出掛けたあとに二度寝するとか、最高に妻っぽいな？　私、結婚に向いていているタイプだったのかもしれない。徹夜《てつや》明けだから厳密には二度寝ではないけれど……スヤァ……。

▽

『バーベナ。私です。ヴァルハラのおばあちゃんです』

『ばーちゃん！　久《ひさ》しぶりだね！』

私の夢の中に、たまに御告《おつ》げに来たり雑談に来たりするリザばーちゃんがやって来た。

ばーちゃんの御告げで雨季の大洪水を未然に防ぐことが出来た過去があるので、私は夢の中で姿勢を正した。今回もまた何かの爆破指示だろうか。

私は首を傾《かし》げながら、ばーちゃんを見つめる。ばーちゃんはどこかソワソワした様子だった。

『ええと、まずは結婚おめでとうございます、バーベナ』

『ありがとう、ばーちゃん』

『その、……どうですか、旦那さんとは？　私が団長だった頃にはいなかった子なので、貴女《あなた》の旦那さんについてよく知らないのですが……』

『ああ、そうだね。ばーちゃんが亡《な》くなった後に入団した子だから、知らないよねぇ。ギルは良い子だよ』

『実は他の団員から、「バーベナに本気になる男は皆、面倒《めんどう》くさい性格の者ばかりですの」「私と魔術決闘をしろギル・ロストロイィィ!!!!　あのクソガキ、バーベナの弟子でしかない分際で私の邪魔《じゃま》ばかりして昔からムカついていたんだっ!!!!　この私を出し抜いてバーベナと結婚だなんてえぇぇ!!!!」「ジェンキンズが憐《あわ》れで見てられねーから、俺様ノーコメント」などと聞きまして』

『ジェンキンズの奴、一体どうしたんだ……』

『私としては、皆の話はともかく、ギル君本人は信頼に値する方だと思いますし……。バーベナも彼のことを憎からず思っているようですし……』

『歯切れが悪いよ、ばーちゃん。いつものハキハキしたばーちゃんはどこに行ってしまったんですか？』

『……ああ、もうっ、私は！』

ばーちゃんが突然大声を出した。

『私は曾孫《ひまご》が見たいのです……!!』

『ひまご……？』

バーベナはばーちゃんの孫だが、オーレリアはばーちゃんと血の繋《つな》がりがまったくない。バーベナとオーレリアの魂《たましい》は同一のものだが、オーレリアが生んだ子は果たしてばーちゃんの曾孫になるのだろうか？

非常に難解なことを考えていると、『それなのに、貴女ときたら！』と、ばーちゃんがヒールの高いブーツで地団駄《じだんだ》し始める。

『白い結婚を続行するなんて、なんということを！ いいですか、バーベナ。男など馬鹿《ばか》な生き物です。貴女のおじいちゃんも家のことはちっとも手伝わないし、突然高額な買い物をしてくるし、大酒飲みでちゃらんぽらんで、でもいつも私のことが大好きで、結婚記念日には毎年新しいプロポーズを考えてくるような人でしたけれど！』

『愚痴《ぐち》に見せかける気など更々《さらさら》ない惚気《のろけ》ですね』

『ギル君が馬鹿なことをしたからといって、白い結婚を続行することはないでしょうが！ いいですか、バーベナ。結婚というのは諦《あきら》めが肝心《かんじん》……』

『ばーちゃん、新婚夫婦の初夜を覗《のぞ》くのはさすがにどうなんですか？』

私たちの白い結婚うんぬんを叱《しか》ろうとするが、それ、寝室での会話なんですけれど、ばーちゃん。

どんなに私のことが心配だとしてもアカンやつですよ。

私の指摘にばーちゃんは黙り込んだ。

『……とにかく。おばあちゃんは白い結婚に反対です。早く曾孫の顔を見せてくださいね‼』

ばーちゃんはそう言い残すと、ヴァルハラへと帰っていった。

▽

「昨日結婚したばかりなのに、次の日にはもう曾孫の話だなんて。ばーちゃんは古い考えの人間だからなぁ。ロストロイ家の跡取りが欲しかったら養子《ようし》で十分なんだし、もっと気長に構えていればいいものを」

あまり眠った気はしなかったが、時計の針を確認するとすでに正午近くになっている。侍女を呼んで着替えをし、ご飯を食べよう。ロストロイ魔術伯爵家での初のお昼ご飯はなんだろうなぁ。

呼び鈴を鳴らすと二人の侍女がやって来て、一人が私の支度《したく》をしてくれる。もう一人は部屋中に散らばった枕とクッションの回収をしてくれた。ふっ飛ばしすぎてごめんよ。あと、困惑した表情で染《し》み一つないシーツも回収していった。

身支度が終わると食堂へ案内されて、朝昼兼用のボリュームたっぷりなパンケーキが運ばれて来た。サラダにカリカリのベーコン、とろりとしたスクランブルエッグ。

おいしい、おいしい。ロストロイ家の料理人も、チルトン家の料理人並みに腕が良いじゃないか。

私、このおうちの子になっても大丈夫《だいじょうぶ》そうだな。子っていうか嫁《よめ》だけれど。

食事が終わると、執事《しつじ》が使用人たちを連れて来てくれた。

「オーレリア奥様。改めまして。私、執事のジョージと申します。旦那様《だんなさま》がロストロイ魔術伯爵の爵位《しゃくい》を国王陛下から賜《たまわ》り、このお屋敷に移り住んでからずっと執事として勤めております。何卒《なにとぞ》よろしくお願いいたします」

ジョージと名乗った彼は、私とギルの初夜の内容を盛大に勘違《かんちが》いしてくださった執事である。銀色の髪と青い瞳のせいか、隙《すき》の無い執事服をピシッと着こなしているせいか、柔らかい話し方のせいか、とても知的な雰囲気《ふんいき》を醸《かも》し出していた。

年齢は六十代くらいだろうか？　私のお父様よりずっと年上な感じがする。重ねた年齢の深みが物腰《ものごし》に表れている男性だった。

こういう地に足の着いた大人が、ギルの生活を十六年も支えてくれたのか。それは有り難《あがた》いなぁ。

未だ私への誤解が解けていない疑い深い奴だけれど、私は寛大《かんだい》な心で許そう。

ジョージは従僕《じゅうぼく》や侍女、料理人や庭師や御者《ぎょしゃ》など、ロストロイ家に勤める十五人ほどの使用人を紹介してくれた。それで全部だとか。

え？　本当に？

そこまで裕福じゃないチルトン家でさえ、三十人は使用人がいたぞ。家庭教師や子守り担当の侍女もいたからだけれど、お針子《はりこ》などロストロイ家は外注なのだろうか？

「パーティーを開く時とかは臨時に使用人を雇っていたの？」

「ロストロイ家でそういった催《もよお》しは開いたことがございません」

社交活動が死んでるぞ、ロストロイ家。

だからギルはお父様に借りがあったのか。お父様、周囲に人が集まってくる人格者だから。

「ねぇジョージ。普段の生活では使用人の数は足りてるの？」

「……普段は、その、旦那様があまりご帰宅されないので」

「ちなみにギル、今までは何日間隔でうちに帰ってきた？」

「一週間に一度はご帰宅されることが多いです……」

「つまり、二、三週間留守にすることもそこそこあった、と」

そんなに家に帰らないなんて、どういうことなんだ。

住む場所が無い団員には寮《りょう》が用意されていたけれど、ギルにはこの屋敷があるから研究室の床で寝るしかないだろうに。バーベナはよくやっていたけれど。

ギルのやつ、今はなんの魔術研究をしてるんだろう？

「これからは私も暮らすし、ギルも普通に帰ってくるから。使用人が足りないと思ったらすぐに新しい人を雇《やと》っていいよ」

ギルの許可などいらん。私が許可する。屋敷の平和を守るのが夫人の務めである。

「しかし奥様……」

ジョージが非常に申し訳なさそうな表情をする。

「御新婚の奥様にこんなことを申し上げるのは非常に心苦しいのですが……。旦那様の帰宅頻度《ひんど》が変わることは難しいでしょう」

「なんで？　私がここにいるのに？」

私は自信を持って言った。

「愛する奥さんに会いたくて頑張って帰ってくるよ、ギルは」

ジョージはぽかんと口を開け、他の使用人たちもきょとんとした表情をしていた。


その後はジョージに屋敷の案内をしてもらい、チルトン家から私の嫁入り道具も届いたので整理することにした。

ロストロイ家はとても殺風景《さっぷうけい》なので、私が持ってきたものを好きなだけ並べられそうだ。

チルトン領で撮《と》ってもらったウェディングドレス姿の私と家族の集合念写《ねんしゃ》や、領民との念写。お父様によく似ていて気に入っている魔除《まよ》けのお面、弟妹《ていまい》たちがくれた変な形の小石、お母様がこっそり同封してきた媚薬《びやく》は胡散《うさん》くさいので捨てる。

「オーレリア奥様、こちらはいったい……？」

「ああ、それ、玄関先《げんかんさき》にでも飾《かざ》っておこう」

ジョージに指示を出せば、従僕たちが困惑した表情で運んでいく。

あらかた片付くと、私は思いっきり伸びをした。

「さぁて、これからロストロイ夫人として頑張るぞ〜」

▽

なぜ僕は新婚だというのに、これほど仕事の予定を詰め込んでしまったのだろう。

リドギア王国の貴族は、結婚式が終わればそのまま長い休暇を取り、新婚旅行に行く者がほとんどだ。特に戦後の今は、人口を増やすために貴族が率先《そっせん》して子を産み育てているため、蜜月《みつげつ》期間は重要視されている。

それなのに僕はこうして結婚式の翌日も魔術師団で仕事に励《はげ》み、面会予定のために王城へ訪れ、心身ボロボロになっている。

馬鹿《ばか》なのか？　どうして僕は長期休暇を申請しなかったんだ？　今すぐ過去に戻って自分を殴《なぐ》り飛ばしたい。

しかし、過去の自分を恨《うら》んでもどうすることも出来ないのは分かっている。長期休暇を取らなかったのは自分の判断だ。

バーベナ以外の人と結婚するのが嫌だった。

オズウェル閣下《かっか》の顔を立てて籍《せき》は入れるし、屋敷にも住まわせてやるから、あとは勝手にしてくれと思っていた。多額の支度金を渡したのも、『のちの結婚生活で文句を言うな』という打算が込められていた。

すべて僕が悪いことは分かっている。もう、嫌というほど分かっている。

だが、いったい誰が、バーベナの生まれ変わりが嫁に来てくれるなどと予想出来る？

式の最中にヴェール越しに見えたオーレリア・バーベナ・チルトンは、一度念写で見た通りの美人だった。やはりオズウェル閣下によく似ている、とだけ思った。

彼女は結婚式の最中も、大した緊張は見せなかった。十六歳という若さで、事前に一度も会わなかった男の嫁になるというのに、ひどく落ち着いていた。僕はそれを『父親譲りの豪胆《ごうたん》さか』と思い、少しだけ感心した。

だが今にして思えば、ただ単にバーベナだっただけである。バーベナが僕との結婚式に緊張するはずがないのだ。

たぶん、彼女にとって僕との結婚は『なんの因果《いんが》か分からないけれど、前世の部下と結婚することになっちゃったな～。まっ、いいか』くらいの出来事だったのだろう……。

誓《ちか》いの口付けをする振りのために彼女のヴェールを上げたとき、そのアッシュグレーの瞳が僕を強く射抜いた。

この瞳の色も父親譲りか、と思ったが、その目力の強さはオズウェル閣下よりも生前のバーベナにそっくりで、僕はひどく驚いた。

彼女の瞳の中にバーベナの面影《おもかげ》を重ねてしまいそうで。初夜の彼女に「貴女を愛するつもりはない」とハッキリ宣言して予防線を張らないといけないと思ったくらい、あのときの僕は狼狽《うろた》えていた。

ただ単純に彼女こそがバーベナだっただけである……。あぁぁぁぁ……っ！

最初から彼女がバーベナだと分かっていれば、ほかの団員たちと魔術決闘を行ってでも半年は長期休暇をもぎ取ったし、王都から遠路遥々《えんろはるばる》チルトン領まで会いに行ったのに。

バーベナのウェディングドレス選びだって僕も参加したかったし、彼女が生まれた場所をじっくり見たかった。僕の知らない、新しいバーベナをたくさん教えて欲しかった。

結婚式だって、もっとちゃんとした心構えで臨みたかった。バーベナに僕への恋心が無いのは知っているが、僕の妻になったのだから、誓いの口付けだってしても許されたはずなのに。……初夜だって。

……ダメージが大き過ぎて、もう考えたくない。辛《つら》い。

いったいどうすれば、この一連の失態《しったい》を挽回《ばんかい》することが出来るのだろうか。

そんなことばかり考えながら王城の回廊を歩き、魔術師団の建物へ戻ろうと足を進めていると。

「……ギル君？」

目の前の廊下から、バーベナの現世の父であるオズウェル閣下がやって来た。それも訝《いぶか》しげな表情をして。

……それもそうだろう。昨日結婚したばかりの妻を放って職場にいる僕を見つけてしまったのだから。父親として思うところがあるに決まっている。

「おはようございます、お義父様《とうさま》……!!」

いつも以上に深く深く頭を下げ、お義父様に挨拶をする。

本当に至らぬ義息《むすこ》ですが、どうか末永《すえなが》くよろしくお願いいたします。見捨てないでください。

「……ああ。おはよう」

お義父様は『この男、何故急に私をお義父様などと呼ぶようになったのだ……? いや、確かに娘の夫になったのだが、突然素直《すなお》すぎやしないか？』と困惑の色を浮かべたが、返事はしてくださった。

「お義父様が王城にいらっしゃるのは珍《めずら》しいですね」

僕は卑怯《ひきょう》にも、痛いところを質問される前にこちらから別の質問を投げ掛けて、お義父様の意識を反らそうとしてしまう。

お義父様は手元に持っていた書類にチラリと視線を落とし、

「学者どもが、我が領地で発見された石像群の制作された年代が、どう調べてもここ数年のものであることに気付きおってな。国王陛下に呼び出され、オーレリアが制作者であることを白状《はくじょう》させられたのだ」

と言った。

ちょっと待ってください。いろいろと情報過多です。

「彼女が制作したとはいったいどういうことなんです⁉ あの人は領地でいったい何をやっていたのですか⁉」

「チルトン領の町興《まちおこ》しの一環《いっかん》でな。オーレリアが山間部の崖《がけ》を爆破魔術で削り、大量の石像を制作してくれたのだ。世間には『古代の石像を発見！』と言っておけば、希少価値が上がると思ったのだがな……」

バーベナならやるだろうなと、お義父様の話に僕は納得した。

彼女が領地でどのように暮らしていたのか、垣間見《かいまみ》ることの出来る話題であった。

「そういうわけで呼び出されたのだが、『むしろ三ヶ月で制作出来たって、オズウェルの娘、マジですごくねぇ？　俺もそれ、ちょっと見に行きてぇ』と陛下が仰《おっしゃ》り、陛下の寛大《かんだい》なお心で虚偽《きょぎ》申請《しんせい》に関しては反省文の提出で済むことになった」

お義父様はそう言った後、僕をじっと見下ろした。

「それで、新婚のギル君がなぜ王城におるのだ？」

結局誤魔化《ごまか》されてはくださらなかったお義父様からの質問に、僕はなんとか聞こえの良いように答える。

「急ぎの仕事が終わり次第、すぐに妻のもとに帰る予定です」

一週間分の仕事をどうにか早めに終わらせたい。そしてバーベナのもとに帰りたい。これは本心だ。

お義父様はバーベナと同じアッシュグレーの瞳で僕をジロジロと観察したが、諦《あきら》めたようにため息を吐《つ》いた。

「出来るだけ早く、オーレリアのもとへ帰ってやってくれ」

「はい、お義父様」

「……ギル君」

お義父様は周囲を見回し、人がいないことを確かめてから、低く静かな声でこう言った。

「私は、君の屋敷でならオーレリアも問題なく、……いや問題少なく結婚生活を送れるのではないかと勝手に期待してしまった。だが、もし君たちの結婚が上手くいかず、二年経《た》っても子が生まれなかった場合は、君とオーレリアを離縁《りえん》させてやろう。その頃にはラジヴィウ家の娘も君を諦《あきら》め、他家に嫁に行っているだろうしな」

「なっ……」

二年子供が出来なかったら、バーベナと離縁？　嘘《うそ》だろう？

あの人が生まれ変わって僕のもとにやって来てくれた奇跡《きせき》が、たったの二年で終わってしまうのか？

……早急にバーベナからお許しを頂き、白い結婚を終わらせてもらわないと離縁させられてしまう……!!

「だから、あまりオーレリアを邪険《じゃけん》にしないでやってくれ。頼む」

お義父様が娘の幸福だけを願い、父親らしく僕に頭を下げたのが視界に映ったが、『このままではバーベナと離縁させられてしまう』という恐怖で真《ま》っ白《しろ》になっている僕には、うまく反応が出来なかった。

気付けばお義父様はすでに立ち去った後で、僕も急いで魔術師団の建物へと移動する。

いつかバーベナに許されればいい、などと悠長《ゆうちょう》なことはもう言っていられない。タイムリミットは二年もないのだ。

このままではいつまで経っても男として見てもらえず、それどころか彼女の昨夜の宣言通り『一生子供扱い』されてしまうかもしれない。

彼女が生きて僕の傍にいてくれるのなら、それでもいいか、と少しでも考えていた自分を殴りたい。

別れたくない。離れたくない。

もう二度と、バーベナと生きる未来を失ってたまるものか。

まずは僕とバーベナの家に帰るために――、仕事を終わらせなくては。

▽

ギルが出勤したきり二日も帰ってこないので、私はロストロイ家の屋敷や庭を観察することにした。

屋敷のあちらこちらに、ギルが施《ほどこ》した魔術式の痕跡《こんせき》があった。特にすごいのが、敷地全体に仕掛けられた結界魔術だ。試しに私の爆破魔術を屋敷へとぶつけてみたが、屋根の先端に付いている天使の像が砕けただけだった。

これはすごい。私の魔術を何回ぶつけたら、この屋敷は破壊できるのだろう？　私の最大爆破魔術なら、この屋敷はどれだけ原形を留めていられる？　想像するだけでとても楽しい。

執事のジョージが後ろで「お止めくださいぃぃぃ、オーレリア奥様ぁぁぁ!!」って慌《あわ》てふためき出したから、想像に留めておくけれど。物腰優雅《ものごしゆうが》なジョージがあんなに真《ま》っ青《さお》な顔をするとはねぇ。

そのまま庭を眺《なが》めていると庭師がやって来て、「植物の説明をいたしましょうか、奥様」と尋ねてくれる。ロストロイ家の使用人は皆優しいなぁ。

「いや、植物を見ているんじゃなくて、敷地に施された『盗人《ぬすっと》呪いの魔術式』の解析をしているの。ロストロイ家の小石一つでも盗めば、顔から緑色の吹き出物が出てきて一生治らない呪いが掛けられているのは分かったんだけれど。あと二つくらい呪いがあるみたいで」

「旦那様がそんなに恐ろしい魔術を仕掛けていらっしゃるとは、知りませんでした……」

「ギルは良い子なんだけれど、性格がネチネチしてるからねぇ」

ギルにドン引きしている庭師に、同感の気持ちで頷《うなず》いておく。

他にも、すべての門や柵《さく》に『許可なき者の侵入を禁じる魔術式』を見つけた。つまり敷地内にあった『盗人呪いの魔術式』は、使用人向けなのか。

ギル、人間嫌いだなぁ。ジョージとかいいやつなのに。

そうやって庭をうろうろしていると、正門の方でジョージが誰かと押し問答している声が聞こえてきた。

「だから！　ギルの奴を出せと言っているんだ！」

「あいにく、旦那様は不在にしております。魔術師団の施設へ行かれた方がよろしいかと」

「誰があんな変人の巣窟《そうくつ》などに行くものか!!　昔あそこに行ったお陰で、俺とお母様は大切なものを失ってしまったのだ!!　そうですよねぇ、お母様？」

「ええ。あれは恐ろしい出来事でしたわ。すべてはあの性悪《しょうわる》な女魔術師のせいで……」

「どうかしたの、ジョージ？」

彼らの会話を聞く限り、めんどくさそうな来客のようだ。

ギルの仕掛けた魔術のお陰でロストロイ家の門から入れないようだが、怒鳴《どな》られているジョージが可哀想《かわいそう》なので助太刀《すけだち》に行く。

ジョージは来客に対して困ったように眉毛《まゆげ》を八の字に垂《た》らしていたが、私の声にハッとして、「こちらに来てはいけません、屋敷にお戻りください！」と私を追い払おうとする。

ああ、ごめん。私では戦力にならなかったか。

「お前がギルの嫁になったという女だな!?」

声をかけられたのできちんと来客の顔を見ると。……なんだか見覚えがあるスキンヘッドの中年男性がいた。何故《なぜ》かボロボロの燕尾服《えんびふく》を着ている。

隣《となり》のボロボロのドレスを着たお婆《ばあ》さんも、つばの広い古びた帽子《ぼうし》を被っていたが、その下はスキンヘッドだった。なんなら眉毛《まゆげ》もない。はて……？

「俺はギルの異母兄《いぼけい》だ！」

「私は義母《ぎぼ》ですわ」

「あああああ!!!!」

思わず、私はすごい大声で叫んでしまった。

いや、でも、だって、ギルのお義母《かあ》さんとお義兄《にい》さんって、確か私が『毛という毛を根絶《こんぜつ》させる爆破魔術』をぶつけてしまった被害者ではないか!! どうりで、毛がないと思った!

私はギル経由で示談金《じだんきん》を支払いたかったのだけれど、ギルが橋渡ししてくれなかったのだ。

そうこうしているうちに戦争が始まってしまい、示談金を渡しに行く暇《ひま》がなくなってしまった。

その上、ギルの家族は召集命令《しょうしゅうめいれい》に逆らったので、男爵家《だんしゃくけ》はお取り潰しになってしまったのである。

それっきりお二人の消息《しょうそく》は知らなかったけれど、生まれ変わってやっと示談金を渡せる～!! いやぁ、良かった良かった。

「初めまして。ギルの妻のオーレリア・バーベナ・ロストロイです。ギルは不在にしておりますが、どうぞ屋敷に入ってください」

「オーレリア奥様!?」

ジョージが慌てて止めようとするが、こっちだって前世から示談金を渡したかったんだ。こういうことはきちんとしなさいと、うちのばーちゃんが言っていたから早く解決したいんだ。

私が許可をしたことでギルの魔術が解除され、お義兄さんとお義母さんが無事正門を潜れるようになった。そのままそそくさと屋敷へご案内する。

お二人は上機嫌《じょうきげん》に「話せば分かる女じゃないか」「さっさと屋敷に案内して私たちにご馳走《ちそう》なさい。

今まで路上暮らしで草臥《くたび》れましたわ」と言う。

だからボロボロの燕尾服とドレスを着ているのか〜。男爵家が取り潰されてから十六年以上は経っているけれど、ずっと着てたの？　すごく丈夫な服だなぁ。

私が二人を連れて玄関ホールに入れば、お義兄さんとお義母さんが絶叫《ぜっきょう》した。

「なっ、なんだ、あの熊は⁉」

「あの目玉、あの体格！　間違いないわ、『山の死神《しにがみ》』一ツ目羆《ひとめひぐま》よ‼‼」

「あ、それ、剝製《はくせい》です」

一ツ目羆は、顔の半分近くもある巨大な目が特徴の羆《ひぐま》である。鋭《するど》い鉤爪《かぎづめ》や頑強《がんきょう》な四肢《しし》を持つ、人間の天敵だ。その剝製を玄関ホールに飾っていたのだが、二人は真っ青な顔になって立ち止まった。

ちゃんと死んでるから大丈夫だと説明しようと思って、私は口を開く。

「私が十歳のときに領地で仕留めたんです。魔術でチョチョイって。あまりに立派な一ツ目羆だったので、私のお父様が記念に剝製にしてくださったんですよ。目玉はガラスですが、本物みたいで綺麗《きれい》でしょう？　ふふふ」

せっかくだから嫁入り道具として持ってきたのだ。一ツ目羆よ、ぜひロストロイ家の守り神になっておくれ。

私の説明を聞いたお義兄さんとお義母さんは、ガタガタと震え始めた。

「魔術でチョチョイ、だとっ⁉　この女は魔術師なのか⁉」

「一ツ目羆を十歳で仕留めた、ですって⁉」

「お、お母様、に、逃げましょう……!!　この嫁はヤバイ!!　色々とヤバイですよ!!」

「え、ええ、ギルなど恐ろしくはないけれど、この嫁はネジが何本もぶっ飛んでいるわ……!!　関わったら大変なことになりますわ……!!」

「え？　まだ来たばかりなのに、もう帰っちゃうんですか？」

帰るといっても、どこに帰るのだろう？　路上か？

「誰がこんな恐ろしい嫁のいる家を乗っ取れるか!!　俺たちは失礼する!!」

「恐ろしい女！　もう二度と私たちの前に現れないでちょうだい！」

二人は大声でそう叫ぶと、ロストロイ家から急いで去っていってしまった。

お義兄さんとお義母さんの足の速さに呆然《ぼうぜん》としていると、事の成り行きを見守っていたジョージや侍女が大喜びで拍手《はくしゅ》してくる。

「お見事でした、オーレリア奥様！　あのお二人はこのロストロイ魔術伯爵家を乗っ取ろうと、もう十六年ものあいだ執念深く屋敷を訪ねてきていたのです！　それをあんなに簡単に追い払ってしまうとは、さすがはチルトン侯爵家《こうしゃくけ》のお血筋《ちすじ》です！」

「お見それいたしましたわ、奥様!!」

玄関ホールが一気にお祝いムードになってしまった。

ジョージたちから褒《ほ》めてもらえるのは嬉しいのだが、二人を禿《は》げさせた示談金が支払いたかったな……。

第七章 ◆ おかえり、おやすみ、おはよう

ギルのお義兄《にい》さんとお義母《かあ》さんから一方的に絶縁《ぜつえん》されてしまった翌日の夜。ようやくギルが帰宅した。

「ただいま戻りました、バーベナ」

「おかえり、ギル。ちなみに今何徹目？　顔色が死んでるし、クマがヤバイし、表情が虚《うつ》ろだけれど」

「……初夜《しょや》から寝ていません」

「四徹かぁ。寝ろ」

「ですが……」

「『ですが』って何を反論したいんですか、ギルよ。寝ろ」

人間を辞《や》めたような表情をするギルが玄関先《げんかんさき》で「僕はまだバーベナと大事な話が……」などと駄々《だだ》をこねるので、面倒《めんどう》くさくなって首筋《くびすじ》に手刀《てがたな》を叩《たた》き込む。

ギルは一発で眠《失神》った《した》。良かった。

「オーレリア奥様《おくさま》。従僕《じゅうぼく》を呼んで旦那様《だんなさま》をお運びいたしましょうか？」

「いや、私が運ぶから別にいいよ。旦那の世話をするのも妻の役目だし」

ジョージからの提案を断り、私は気を失ったギルをお姫様抱っこした。そして夫婦の寝室へと運んで行く。

ずっしりとしたギルの重みに、なんだか懐《なつ》かしい気持ちになる。バーベナだった頃もこうして寝落ちしたギルを何度も運んであげたことがあったけれど、あの頃よりずっと大きくなったんだなぁ。ふふふ、もう三十二歳児だもんなぁ。感慨《かんがい》深い。

部下の成長を喜んでいると、ジョージが先回りして寝室の扉を開けてくれた。ありがたい。

ギルをベッドに寝かせ、ジョージに彼の着替えを頼む。別に私が着替えさせてやっても良いのだけれど、あとでギルの奴、ネチネチうるさいと思うから。

「奥様、大変です」

「どうしたの、ジョージ」

「旦那様が熱を出していらっしゃいます」

「四徹もすれば発熱くらいするよねぇ」

むしろ、よく途中でぶっ倒れなかったものだ。そんなに仕事が立て込んでいたのだろうか？

侍女《じじょ》が解熱剤《げねつざい》を持ってきてくれたので受け取って、ギルに飲ませることにする。

気を失ってるギルの口に指を突っ込んで無理矢理《むりやり》錠剤を押し込み、口移しで水を飲ませる。ギルの喉《のど》が嚥下《えんげ》するのを確認してから唇《くちびる》を離した。

「これでそのうち熱が下がるでしょ」

「さすがオーレリア奥様。十六歳のうら若き乙女《おとめ》とは思えない、まったく躊躇《ちゅうちょ》のない行動で」

ジョージの指摘に、そういえばギルと唇を合わせたのは今が初めてだな、と思ったが、そもそも夫婦なので何一つ問題が無かった。むしろ白い結婚を続行している方が問題だった。お仕置きなので当分その問題は放置するが。

「おやすみ、ギル」

ギルはそのまま爆睡《ばくすい》していたので、私も就寝時間になるとその隣に潜り込み、スヤァ……と眠った。

▽

朝。心地よい微睡《まどろ》みの中で寝返りを打っていると、すぐ側から暑苦しい視線を感じる。

薄《うす》く目を開けると、目の前にギルの黒い裸眼《らがん》があった。

真夜中に月の光を浴びた湖面のように、ギルの瞳は涙の膜《まく》でゆらゆらと揺れている。目の周囲や鼻の頭が真《ま》っ赤《か》で、彼の吐く呼吸が熱くて、『ああ、また泣いていたんだな』と思う。

手を伸ばし、ギルの涙を拭《ぬぐ》う。

涙の熱さ、濡《ぬ》れた睫毛《まつげ》の艶《あで》やかさ、溢《あふ》れる嗚咽《おえつ》。私を想って感極まる、ギルの心。

オーレリアが生きていることを喜んでくれる人はこの世にたくさんいるけれど、バーベナが生まれ変わったことをこんなに喜んでくれるのは、この世でギルただ一人だけなのだろう。

私はこの生まれ変わりの人生を愛しながらも、未だヴァルハラを恋しく想い、どうしても前世を断ち切れないでいるというのに。ギルだけがただひたすら、私の転生を喜んでくれる。バーベナとオーレリアの二つの人生を受け入れてくれる。

「おはよう、ギル。体調はどう？　熱は下がった？」

ベッドの中はお互いの体温が移って暖かく、寝起きの体は力が抜けきっていて起き上がるのが億劫《おっくう》だ。このままずっとゴロゴロしていたい。でも日課の爆破もしないといけないし、朝食も食べたい。なんという贅沢《ぜいたく》な悩みだろう。

「おはよう、ございます、バーベナ」

鼻を啜《すす》りながら、ギルが挨拶を返す。

「僕、熱なんて出しましたか……？」

「ベッドに運び込んだあとで発熱したんだよ」

「それは、ご迷惑をおかけして申し訳ありませんでした」

「嫁の仕事だから別に謝んなくていいよ。解熱剤は飲ませたから、下がったとは思うんだけれど」

ギルの額《ひたい》に自分の額を押し付けて熱を測ったが、すっっっごく熱い。高熱だ。

額を離し、手のひらでもギルの体温を測ったが、彼の体温がどんどん上昇していってよくわからない。顔どころか首や鎖骨《さこつ》まで真っ赤に染まっている。

「ギルが私を好き過ぎて、まともに体温が測れない……」

「分かっているのなら急に『嫁』とか言ったり、ベタベタ接触するのはやめてください……!! しかもベッドの中で！　僕に襲われたいのですか⁉」

「ギルごときに襲われる私じゃないですよ。爆破するぞ」

「……それは、そうですね」

ギルが施した『国一番の結界魔術』とやらが仕掛けられたこの屋敷、私の爆破で一部欠けたぞ。まだまだだな。やっぱり最強の結界魔術は、うちのばーちゃんだよなぁ。

「とにかく、体調が良くなったのなら朝食にしようよ。うちの料理人、腕は確かだからさ。なんでも美味《おい》しいよ」

「嫁に来てたった数日で、僕よりこの屋敷の主人面《しゅじんづら》をしている貴女《あなた》がすごいです」

ギルがのそのそと起き上がり、サイドテーブルに置かれた眼鏡《めがね》を取る。

私もがばりとベッドから跳ね起きて、朝の支度《したく》を手伝ってくれる侍女《じじょ》を呼ぶために呼び鈴を鳴らした。

「ギル、ちなみに今日の仕事は？」

「休みをもぎ取りました」

「やったぁ。じゃあ今日はギルと遊べるじゃん。屋敷のなかを色々と模様替えしたから、見てよ！　あ、これってギルの許可を取るべきだった？」

「爆破する以外でしたら、この屋敷のことは何でも好きにしてください。ここは僕とバーベナの愛の巣ですから。模様替えだろうと、増築だろうと」

「わーい、ありがとう！」

侍女が来たので寝室からドアで繋《つな》がっている私の部屋に入り、朝の身支度をすることにした。


「これがねぇ、私が十歳のときに仕留めた一《ひと》ツ目羆《めひぐま》」

「よくこれだけ損傷《そんしょう》少なく羆《ひぐま》を捕らえることが出来ましたね？　貴女は爆破魔術特化型でしょうに」

「ちょうどそのとき一緒にいた護衛が銃《じゅう》を持っていたから、即席の魔銃《まじゅう》を作って、目玉を狙って魔弾《まだん》で脳《のう》だけを爆破したの」

「なるほど。上手《うま》い手ですね」

「そういえばさぁ。ギルのいない間にお義兄《にい》さんとお義母《かあ》さんが屋敷に遊びに来たんだけれど、この一ツ目羆を見せたら絶縁《ぜつえん》されちゃったんだよね。どうしよう？」

「最高ではないですか。そのまま放っておきましょう」

食堂へ行く道すがら、私が新しくロストロイ家に飾ったものを紹介していく。

ギルは眼鏡のフレームに長い指を当てながら、屋敷に増えた物をじっくりと観察していた。

「これは一体……？」

「弟妹《ていまい》がくれた変な形の石」

「今のバーベナにはご兄弟がいるのですね。何人兄弟なのですか？」

「長男次女三女次男四女の合計五人だよ。全員私のことを『お姉様』って慕《した》ってくれて、皆いい子で可愛《かわい》いの！　結婚式にも出席してくれたのに、ギルが挨拶しないから～」

「……申し訳ありません」

次の廊下には、チルトン領で開かれた私のさよならパーティーの時の念写《ねんしゃ》が飾られている。せっかくだからとウェディングドレス姿をお披露目《ひろめ》し、家族や領民と集合念写を撮ったのだ。

ギルはその念写を見て泣き崩《くず》れた。

「うわぁぁぁぁ……!!　なぜっ！　なぜ、僕はこの場に参加していないんだ……っ!!　ウェディングドレス姿のバーベナとご家族の念写……!!!!　領民と笑い合うバーベナ!!!!　大教会での結婚式でも念写魔術師を呼ぶべきだったのに、なぜ僕は……っ!!!!」

「全部ギルが悪いんですよ。後悔《こうかい》しろ」

「あああぁぁぁ……っ!!!!　もう一度結婚式をやり直したい!!!!　時よ戻れ!!!!」

精神崩壊状態のギルを引きずり、なんとか食堂に辿《たど》り着く。

すると今日は、食堂の外にあるテラスに朝食のテーブルが用意されていた。

「天気が良いので、テラスで朝食をされてはと思ったのですが。旦那様は大丈夫《だいじょうぶ》なのでしょうか……？」

「ありがとう、ジョージ。テラスで食べます。ギルの体調だけはすっかり良くなったから、心配しないで。精神の方はこんな感じだけれど」

私は「ほら行くよ、ギル」と夫の腕をずるずる引っ張り、精神的に死んでいるギルを椅子《いす》に座らせた。

朝食が次々と運ばれてくる。焼きたてのパンに、彩り豊かな野菜サラダ、綺麗《きれい》なオレンジ色のサーモンの何か。オムレツにウインナーにベーコン、コーンスープ。デザートにカットフルーツ。いつもより品数が多くて嬉しいね。ギルがいるから料理人も嬉しくてがんばっちゃった感じ？

全種類制覇するために黙々《もくもく》と食べつつ、まだ精神が回復していないギルの口にミニトマトやウインナー、クロワッサンなどを突っ込む。優しい奥さんだなぁ、私。

ギルは口に入ったものを機械的に食べていたが、そのうち食事の美味しさに気付いたのか、少しずつ精神状態が回復していき、自分から料理を選んで食べ始めた。

デザートのフルーツを食べ始めた頃、ギルがようやく会話を始めた。

「あの……、バーベナ」

「うん？」

「結婚式の翌日、王城でお義父様《とうさま》にお会いしました」

「え？　お義父様……？　あ、私のお父様のことか！」

「貴女の父オズウェル・チルトン侯爵閣下《こうしゃくかっか》は、もう僕の義理の父ですから。僕がそうお呼びしても法的に問題はないのですよ。僕たち、結婚しているので」

「あ、うん」

なんかギルが力説し始めた。めんどくさいので頷《うなず》いておく。

「それで、お義父様が仰《おっしゃ》ったんです。僕たちの間に二年子供が出来なければ、その、……僕とバーベナを離縁《りえん》させると」

「ああ、うん、知ってる。結婚式直前にお父様が言ってた」

まぁ、あれはお父様の優しさから出た言葉なので、実際に二年経って子供が出来なくても私自身がギルとの結婚続行を望めば、お父様はそれを受け入れてくださるだろう。

期限が来たら何がなんでも離縁させるみたいな、そんな分からず屋じゃないからな、私のお父様。

「なっ……！　ご存じだったのですか⁉」

「ご存じもなにも、ギルが式の前に一度も挨拶に来ないから私が怒っていたら、お父様がそう言って慰《なぐさ》めてくださったんだよ。単にギルのせいだよ」

ギル、撃沈《げきちん》。テーブルに額を打ち付けて沈《しず》んだ。

どうやらギルは、私のお父様が、二年経っても子供が出来なければ問答無用で離縁させるような人だと思っているらしい。

そんなわけないだろ、人格者オズウェル・チルトンだぞ。私とギルの持つ良心を二つ合わせても、お父様の偉大な良心には敵《かな》わないのだぞ。

けれどこれもお仕置きになるのかな、と思い、お父様の本心は口にしないでおく。

その間にジョージが紅茶《こうちゃ》を淹《い》れてくれたので、ありがたく頂いた。

ジョージは沈んだままのギルの頭を見下ろしながら、「ふふ」と笑い声を洩《も》らす。

「どうしたの、ジョージ？」

「おっと、申し訳ありません。……オーレリア奥様が最初に仰《おっしゃ》っていたことは本当だったのだな、と思いまして」

「最初に言っていたこと？　どれだろう？」

「『愛する奥さんに会いたくて頑張って帰ってくるよ』と。本当にその通りでしたね」

「ああ、それか」

「こんなに人間味のある旦那様は初めて見ます」

「すごい感想だね」

どれだけ人間を辞めていたんだ、ギルは。

ジョージはそっと私に近づき、ギルに聞こえないように耳打ちした。

「使用人一同、オーレリア奥様にたいへん感謝しております」

ジョージの言葉に驚いて彼を見つめれば、凪《な》いだ海のように穏やかな青い瞳がそこにあった。

「奥様がいらっしゃってからたった数日で、長年停滞していたこの屋敷に明るい風が流れるようになりました。旦那様も戦争から時が動かないままのご様子でしたが、ようやくその御心《おこころ》が動き出してくださったように感じます」

「……ジョージ」

「どうかこれからも、旦那様のことをよろしくお願いいたします、奥様」

そう言って頭を下げるジョージに、私は微笑《ほほえ》んだ。

バーベナが死んだ後でも、ギルをちゃんと心配してくれる人が彼の傍《そば》にいてくれて本当に良

かった。

「今までギルを支えてくれてありがとう、ジョージ。これからは私も妻としてギルを支えるから。一緒に頑張ろう！」

「はい、奥様」

私とジョージはこっそりと約束した。


「ギル、落ち込むより今日何して遊ぶか決めようよー？」

「そう、ですね……」

いつまでも撃沈していたギルだが、ようやく顔を上げた。ギルは紅茶を飲んで、どうにか気持ちを切り替えようと試みている。

そのあいだに私は今日の予定を考える。

せっかく前世振りに再会したのだから、庭で魔術対決とか提案してみようかな。ギルがどれくらい成長したか知りたいし、私も全力で爆破魔術をぶっ放したい。

だが、ギルの方が私より先に今日の遊びを提案した。

「街へデートに行きましょう、バーベナ」

「……え？」

「僕たちは夫婦です。夫婦はデートに行ってもいいいんです。何もおかしな行動ではないんです」

「それは知ってるけれど」

「どうか僕とデートに行ってください、バーベナ！　僕に挽回《ばんかい》のチャンスを……！」

最後には理路整然《りろせいぜん》とした態度をかなぐり捨てて、ギルは必死に懇願し始めた。

うーむ。ギルの結界魔術の耐久を調べる爆破対決がしたかったけれど、まぁ、新婚だしな。デートの方が大事なのかもしれない。

「分かった。いいよ。デートをしよう」

私が答えると、ギルは小犬のようにパァッと瞳を輝かせた。

第八章 ◆ デート

デートだから着替えるか～、と思い、侍女《じじょ》を連れて食堂から自室へ移動しようとすると。

「お待ちください、バーベナ」

ギルが後ろから私を追いかけて来た。廊下の途中で立ち止まり、彼と向かい合う。

「どうしたの、ギル?」

「こ、これを……」

ちょっとモジモジした様子でギルが差し出したのは、王都でも有名なジュエリーショップのケースだった。

紅《あか》い天鵞絨《ビロード》が張られたケースは指輪用のものより大きく、ネックレス用のものより小さい。中身は一体なんだろう。ブローチかな?

「開けてみてください」

三十二歳の美形が頬《ほお》を薄紅色《うすべにいろ》に染めて照れていることに少々思うところはあるけれど、初夜《しょや》に一晩中泣いたり、今朝も寝起きで涙ぐんでいたことを思い出せば、なんだか全然大したことがないような気がしてくる。私の夫はこういう男なのだ。

私は「うん」と頷《うなず》き、ジュエリーケースを開けた。

ケースの内側は黒い天鵞絨張りで、その中にルビーによく似た宝石で作られたイヤリングが並んでいる。これはリドギア王国の王家直轄領にある鉱山でしか取れない、貴重な〝焔玉《えんぎょく》〟だ。ルビーに似た濃いピンク色の宝石なのだが、光の加減で宝石の中に炎《ほのお》のような煌《きら》めきが見えるのだ。それゆえ焔玉と呼ばれ、『情熱の恋の石』という異名《いみょう》が付けられている。

その希少性《きしょうせい》と見た目の美しさ、物語性のある異名に、供給が需要に追い付かず、とても高い値段がつけられている。たぶんこのイヤリングだけで王都の屋敷が三つは買えるだろう。

そんな貴重な焔玉の大粒が、なんと超絶ラブリー♡なハート型。なんだか女児のおもちゃみたいだな……。

私は喉《のど》まで出かけた『うわぁぁ……、すごい職人技だが、まったく趣味《しゅみ》じゃない……！』という言葉を飲み込んだ。こんなことで、初めてのプレゼントで妻を喜ばせようとしている旦那《だんな》を傷付けてどうする。

「……ありがとう、ギル。世界で一番ご機嫌《きげん》な女の子に相応《ふさわ》しい感じのデザインだね」

「ええ。バーベナに何か贈りたくて、昨日屋敷に帰る前に宝石店へ立ち寄ったのです。そうしたら偶々《たまたま》このデザインがありまして。バーベナによく似合《にあ》うだろうなと思って選んだのです」

「へぇ～……」

私にこれが似合うだと？　本気なのか、ギルよ。

まぁ、まだ十六歳だから、着けてもそこまで悪目立ちはしないかもしれないが。だが私にも一応、羞恥心《しゅうちしん》というものがあるんだよなぁ……。

ギルは銀縁眼鏡《ぎんぶちめがね》の奥の黒い瞳をキラキラ輝かせながら、柔《やわ》らかく微笑《ほほえ》んだ。私のことが愛しくて仕方がない、というように。

「僕の愛だと思って受け取ってください。……ぜひ、普段使いしていただけると嬉《うれ》しいのですが」

えぇぇ……。ハートの焔玉だけでクルミの実くらいの大きさがあるこのダッッッサいイヤリングを、普段使いだと……？　無茶《むちゃ》を言うなよ……。

ギルからの要求に、私の目は激しく泳いだ。

「イヤリングって落としやすいから、特別な時にだけ使うねっ♡　ありがとう、ギルっ♡」

「そういえば、バーベナの耳にはピアスの穴が開いていますね。では、買った店に持っていって、金具を変えてピアスにしてもらいましょう。そうすれば普段使いに出来ますね。デートの最初に宝石店に行きましょう」

「…………」

「では、僕も着替えて参ります」と立ち去っていくギルを見送ったあと、私は側に控《ひか》えていた侍女に視線を向ける。ロストロイ家に嫁《とつ》いで以来、私の身の回りの世話を一番多くしてくれている、ミミリーだ。

ミミリーは笑いを堪《こら》えようとして変顔《へんがお》になり、肩がプルプルと震えていた。どうやら彼女も私と同じ感性らしい。

「ねぇ、この旦那からの愛がたっぷり詰まった超絶ラブリーなイヤリング、どうコーディネートしたらいいと思う？」

「……ゴホッ、ゴホッ！　……世界で一番ご機嫌な女の子のコンセプトでまいりましょう、奥様」

「よろしくお願いしまーす♡」

やけくそだぁ！

▽

耳たぶにギルの愛が重い。

焔玉自体は大した重さじゃないけれど、ミミリーがヘアセットしてくれているときにイヤリングを眺《なが》めていたら、ギルの魔術の痕跡《こんせき》を見つけてしまったのだ。ギルは隠蔽《いんぺい》しようとしたみたいだけれど、私も前世では魔術師団長だったのでね。

イヤリングに施《ほどこ》されたのは『居場所探知の魔術』だった。単純に私の身の安全を守るためなのか、浮気防止的なやつなのか、よくわからない。まぁ、理由なんかどっちでもいいんだけれど。

私の居場所がギルに二十四時間把握《はあく》されたところで困ることは何もないのだが、とにかくギルの愛が重い。なんでそんなに私のことが大好きなんだ、君。

私はオリーブグリーン色の髪の毛先をくるりと巻かれ、ハーフツインテールとかいう『乙女《おとめ》ここに極まれり』って感じの髪型にセットされた。しかも耳の上あたりに焔玉に似た色のリボンまで結ばれた。

化粧《けしょう》に関しては、ミミリー曰《いわ》く「多幸感溢《たこうかんあふ》れる感じにしました！」とのこと。ほっぺたが可愛《かわい》い色な気がする。

そして大振りハートの焔玉イヤリングに合わせて、少女感満載な白いフリフリドレス！　ヒールは赤！　これぞ、拗《こじ》らせた三十代男が夢見る十六歳の新妻《にいづま》スタイルである!!

「とてもよくお似合いですわ、オーレリア奥様！」

「ありがとう、ミミリー。よくこんな乙女な格好《かっこう》を着こなせたなって、自分でも引く」

前世も現世も『爆破するときに邪魔《じゃま》にならないか』が基準で服を選んでいたからなぁ。こんな夢見る少女スタイルは初めてです。

「旦那様の為に努力される奥様はとても健気《けなげ》で素敵《すてき》ですわ」

「ダサかろうと趣味じゃなかろうと、ギルが喜ぶなら着てやるよ……。妻だからね……」

で、実際にギルにこの姿を披露して見せたら、奴はぽぉ～っとした表情になった。端から見るとロリコンくさいから、今の私に見惚《みと》れるのはやめた方がいいと思う。

ていうか、ギルだけ魔術を使いやすいシンプルな格好をしているの、ズルいんですけれど。

「すごく綺麗《きれい》です、バーベナ。ガサツな貴女《あなた》が僕のために精一杯《せいいっぱい》お洒落《しゃれ》をしてくださったと思うと、嬉しくて嬉しくてたまりません。……やはりこの焔玉のイヤリング、バーベナによく似合います。貴女のためにデザインされたみたいだ」

「ありがとう」

これからギルが何かプレゼントをくれるって言うときは、自分でデザインを選ばせてもらおう。

私はこれ以上ないほど強く決心した。


ロストロイ家の馬車に乗り、まずはイヤリングをピアスに直してもらうために貴族店街へ向かう。

馬車の中ではこんな話をした。

「そういえば僕、貴女のことをずっと『バーベナ』と呼んでいますが、『オーレリア』の方がいいですか？」

「どっちでもいいよ～。どうせ『バーベナ』もミドルネームなんだし」

私は馬車窓から、流れてゆく王都の景色を見つめながら答える。

「でも、現世では私のことを『バーベナ』と呼んでくれるのはギルだけだから、そう呼ばれたいのかも」

オーレリアの人生も愛している。だけれどバーベナの人生も愛していた。

私がかつてバーベナ魔術師団長だったことを誰に話しても、理解してもらえなかった。大好きなお父様でさえ受け入れてはくださらなかった。

けれど、分かってもらえないからと言って、魂《たましい》の記憶は切り離せない。どちらの人生も合わさって、ようやく私は私になる。ギルだけは、私がバーベナであったことを忘れないでいてほしいと思う。

「……わかりました」

ギルは静かに頷いた。

「今の貴女はどうしようもなく『オーレリア・バーベナ』なんですね。では、他の誰も呼ばない『バーベナ』は、僕だけが呼びましょう」

「……うん。ありがとう、ギル」


貴族向けの高級店街に入ると、石畳の道の脇《わき》に敷居《しきい》の高そうなお店がずらりと並んでいるのが見えた。

その中でも、白亜《はくあ》の二階建てのお店の前に馬車が止まる。ギルが焰玉のイヤリングを購入したジュエリーショップだ。

お店の窓には新作の高級ジュエリーが並んでいて、それがとても品のある素敵なデザインで、私は無性《むしょう》に悲しくなった。

ギルよ、私にはこういうシンプルなやつでいいんですよ。ドでかいハートとかじゃなくて。

ギルが馬車の乗り降りを毎回手伝ってくれる。こんなにスマートに女性をエスコート出来るようになるなんて、十六歳だった頃のギルからは想像もつかない。大人の男性になったのだなぁ、と思う。

私はお礼を言い、ギルから手を離そうとした。

しかしギルは私の手をガッチリと摑《つか》んで、指を絡《から》ませてきた。

「エスコートは白い結婚の範囲に入っていますよね？　手を繋ぐのは夫の権利ですよね？」

「なにもそんなに必死な様子で聞かんでも……。手を繋《つな》いだくらいで私たちの固い絆《白い結婚》は壊れたりしないから、安心して？」

「むしろ爆破してください。粉々《こなごな》に」

お店の前に立つドアマンが重厚《じゅうこう》な扉を開けてくれた。

店内にはディスプレイ用のジュエリーが並んだガラス棚《だな》が幾つか並べられていた。そこに大切に飾られたジュエリーは遠目から見ても上品な物ばかりで、改めて何故《なぜ》あのラインナップからドでかいハートのイヤリングを以下略。

「いらっしゃいませ、ロストロイ魔術伯爵閣下」

事前に来訪を伝えていたらしく、ジュエリーショップのオーナーが待ち構えていた。

「先日妻の為に購入したイヤリングを、ピアスに加工し直して欲しいのだが」

そう説明したギルの表情に、ちょっと隠しきれない喜びが浮かんでいる。たぶん、他人に私のことを妻と説明出来たのが嬉しかったらしい。きっとこれがウェディングハイというものだな。

壮年《そうねん》のオーナーはすべて心得た顔で「素敵な奥様ですね」と相槌《あいづち》を打ち、ギルを喜ばせていた。

オーナーにハートのイヤリングを託すと、「二階に工房があり、職人が二十分ほどでピアスにお直しいたします」と言われる。

そんなにすぐに直さなくても。私、なんなら半年待ちとかでも全然平気ですし。

お直しを待つ間、別室でお茶を頂く。

オーナーがジュエリーのデザイン画を持ってきてくれたので暇潰《ひまつぶ》しに眺めていると、ギルが横から話しかけてくる。

「そういえば、僕たちはまだ結婚指輪を購入していませんね。……まぁ、僕のせいなのですが。バーベナの気に入るデザインの指輪があったら、ぜひ購入しましょう」

「え？　結婚指輪とか爆破の邪魔じゃない？　要る？」

深く考えずに言ってしまったら、ギルが捨てられた子犬のような表情になった。なんだか可哀そうな気持ちになり、ギルの黒髪を撫《な》で撫でする。

「……わかった。気に入った指輪を見つけたときにね……」

「はい。絶対に、すぐに、忘れずに、僕に教えてください」

ギルの圧が強い。

「結婚指輪もそうですが、結婚式ももう一度やり直しませんか？　僕、誓いの場面でちゃんと神にバーベナへの永遠の愛を誓っていなかったので……。もちろん僕が悪いことは百も承知なのですが！」

「えぇえ～？　私はちゃんと神様にギルを支えて生きていきますって誓ったから、もういいよぉ。家族や親戚をまた呼ぶのも面倒だし」

「二人だけの結婚式でいいので！　お願いします、バーベナ！」

「わざわざ式をやり直さなくても、私たちがちゃんと夫婦だってことは神様も分かってくれてるって」

「心をこめて誓いたいんですよ！　バーベナを愛しているって！　一生貴女を守るって誓いたいんです！」

そうこうしているうちに、ハートのイヤリングがピアスに加工され、私のもとに返ってきた。

ハートのピアスを適当にピアスホールにぶっ刺そうとすれば、「バーベナはガサツなので」とギルがピアスを着けてくれることになった。

別にピアスホールは昔から開いているので、適当に差し込んでも血が出たりとかはしないいんだけれど……。ギルは新妻を構うのが楽しくて仕方がないらしい。


お直しの代金を支払ってからお店を出ると、また馬車に乗る。

「次はどこに行くの？」

「バーベナの好きな、魔術関連書の多い本屋へ向かおうと思います」

「わーい！　やったぁ！」

チルトン領で暮らしていた頃は、最新の論文などなかなか手に入らなかった。手に入ったら入ったで実験して失敗して爆破してばっかりだったので、お父様からあんまり魔術関連書を買ってもらえなかった悲しい過去が甦《よみがえ》る。

今は私を止めるお父様もおらず、結界魔術が施されたロストロイ家に住み、最悪屋敷を破壊しても直してくれるお金持ちの旦那がいる。じつに安心だ。

そういえばバーベナの頃って高給取りだったけれど、魔術師団の備品とか壁とか門とか色々爆破してたから、給料から弁償代を差し引かれてばかりいたな……。

「私、ギルと結婚して本当に良かった」

「バーベナの魂胆は透けて見えますけれど、実に耳に心地よい言葉です」

貴族街の裏手にある本屋は、壁に蔦《つた》が蔓延《はびこ》っていて陰気《いんき》だ。一見《いちげん》さんお断りの雰囲気《ふんいき》が漂《ただよ》っている。バーベナだった頃によく遊びに来た店だ。

当時はよぼよぼのおじいさんがいつもカウンターの奥にいたけれど、今は他の人にオーナーが代わってしまったらしく、中年男性がはたきを持って丁寧《ていねい》に本の埃《ほこり》を払っている。

私とギルが来店すると、男性は「いらっしゃいませ」と声をかけてくれたが、近付いては来なかった。ご自由にお選びください、というスタンスらしい。

「バーベナ、魔術関連書はあちらの本棚です」

「わーい」

私はギルが教えてくれた本棚に向かおうとしたが、ギルは付いて来ようとしなかった。

不思議に思って足を止め、彼に振り返る。

「ギルは見ないの？　魔術書」

「僕は別のコーナーに用があるので。ここでは自由行動にしましょう！」

「ふーん」

なんだか釈然《しゃくぜん》としないが、まぁいっか。

私はギルを置いて一人で魔術書を選ぶことにした。

気になるタイトルの本を片《かた》っ端《ぱし》から手に取り、パラパラと捲《めく》って内容を確認する。それで面白そうと思った本を腕に抱える。いつか爆破以外の魔術を使うことが夢なので、とにかく気になったものはなんでも読みたいのだ。

十冊超えた辺りで男性店員がやって来て、私の代わりに本を持ってくれた。

私が本を選び終えると、男性店員が「金額を計算してまいりますね」とカウンターへ本を運んでくれる。

計算を待つ間に、私はギルを探すことにした。

魔術書からずいぶん離れた本棚の前で、頭を悩ませているギルの後ろ姿が見えた。なにか面白い本でも見つけたのだろうか。

私は、「ギル〜。私の本だけ先に会計しちゃってもいい？　それともギルの本も会計一緒にするの……」と声をかけようとして、途中でやめた。

ギルが腕に抱えている本のラインナップが酷《ひど》かったからだ。

『嫁《よめ》にモテる旦那の秘訣《ひけつ》』

『恋人に捧《ささ》げるポエムの書き方〜初級編〜』

『絶対に浮気《うわき》されない夫になる一〇〇〇の方法』

あれは一緒に会計出来ない類《たぐ》いの本だな。たぶんギルも私に見られたくないと思う。

私は何も見なかったことにしてギルの後ろから静かに立ち去り、カウンターに戻って自分の本の支払いを済ませた。


それぞれの買い物が終わり、本屋を出た。

ギルは紙袋に包まれた本を、私の視線から隠すようにして持っている。だが私は出来る妻なので何も突っ込まない。

ロストロイ家の馬車の椅子《いす》には細工がしてあり、中に荷物を収納出来るようになっている。馬車に乗り込むと、ギルはそこに即行で本を隠した。

「次はバーベナのお酒を買いに行きましょう」

「はい！　行きます！」

生暖《なまあたた》かい眼差《まなざ》しで夫の行動を見守っていた私だったが、ギルのその言葉に一気に覚醒《かくせい》する。

嫁に来てから毎日夕食にお酒が出てくるので、すごくすごく幸せなのだ。私が飲兵衛《のんべえ》であることに早々に気付いたジョージが色々とお酒を取り寄せてくれて、とてもとても有り難い。だが、自分でお酒を選ぶのも大好きである。

馬車は貴族店街から、商人が買い付けを行う問屋街へと移動した。

問屋街では大量の荷物を運ぶための荷馬車が道を行き交い、店の外まで並んだ商品の山の前で話し合っている男性たちの姿などが見える。まだまだ人手不足物不足と言われる世の中だが、こうして懸命に商いをしている人の姿を見ると嬉しくなるね。

問屋街の中程にある、大きな木造の倉庫に到着した。ここがお酒の卸問屋《おろしどんや》らしい。

ギルが店の入り口にいる店員に案内を頼み、薄暗い店内へ入ると。――王国各地の酒蔵《さかぐら》から運び込まれた酒樽《さかだる》が所狭しと並んでいた。

「ギ、ギルぅ……！」

ヴァルハラの蜂蜜酒《はちみつしゅ》の貯蔵庫ってこんな感じじゃないの、ってくらいの楽園が目の前に広がっている。

あまりの感動にギルの腕にしがみつけば、ギルは頼れる夫の風格を醸《かも》し出して微笑んだ。

「ワインでもエールでもブランデーでも、バーベナの好みのお酒を選んでください。樽ごと買いましょう」

「ギル大好き!!　愛してる!!　私の旦那様、最高に格好良い!!　太っ腹!!」

「僕も貴女を愛しています、バーベナ!!　だからもっと言ってくださいっ!!!!」

私は店員さんに片っ端から試飲をさせてもらい、ギルに酒樽をいっぱい買ってもらった。なんて幸せな一日なんだろう！

▽

「では、購入した酒樽はすべてロストロイ魔術伯爵家へ届けておいてください」

「はい。ご注文の数が多いので少々日数がかかりますが、確実にお届けいたしますよ。お任せください」

「よろしくお願いいたします」

大口取引を結んでほくほく顔を浮かべる店主との話を終えて、僕は卸問屋の外に出る。

バーベナはすでに馬車に乗り込んでいるだろうか。本日乗ってきた馬車では酒樽を運ぶことが出来ず、彼女は少々がっかりした様子だったが、「でも、これなら馬車に持ち込めるはず！」と言って、ワインのアンペリアル（通常のワイン八本分のサイズの瓶）を何本か抱えて行った。無事に積み込めただろうか。あと、詰め込む場所を探す際に、座席下の隠し収納に気付かないといいのだが。先ほど本屋で買った本がバーベナにバレるのは少々気恥《きは》ずかしい。

店の側に止めた馬車へ近づくと、すぐにバーベナの姿を見つけることが出来た。

彼女は馬車の側にしゃがみ込み、五、六歳ほどの小さな男の子と向かい合って話をしている。男の子の方は鼻をすすりながら泣いていて、バーベナのドレスを一生懸命に摑《つか》んでいた。

「どうしたのですか、バーベナ？」

僕が近づけば、「あ。ギル」と、バーベナは上目遣《うわめづか》いでこちらを見上げた。

可愛い。たったそれだけの動作が可愛い。僕の嫁が可愛い。バーベナが生きて呼吸をしているだけで可愛い。

前世のバーベナは茶色い髪を短くしていたし、もっとまるい感じの茶色い瞳をしていて、親しみやすい愛らしさのある女性だった。だが現世のオリーブグリーンの長い髪も、お義父様《とうさま》譲りのアッシュグレーの瞳も整った顔立ちも、前世の姿とは何もかも違うけれど可愛い。

結局彼女の見た目がどれほど変わってしまっても、僕は彼女のことを『可愛い』と惚《ほ》れ直してしまうのだろう。

「この男の子、迷子《まいご》みたいなの」

「では衛兵《えいへい》に声を掛けましょうか」

王都の治安維持のために衛兵が巡回《じゅんかい》している。迷子の保護も彼らの仕事だ。早々に保護者を見つけてやらなければ、最悪、そのまま孤児《こじ》が一人増えてしまうのだから。

「うん、それでもいいんだけれど……」

そう言いながら、バーベナは男の子に声を掛ける。

「ねぇボク、花火は好き？」

「ひっく、ひっく。……はなび？　ぼく、はなび、すきだよ。まえにおまつりで見たもん」

「じゃあ、お姉ちゃんがお祭りの花火を見せてあげるね！」

バーベナはそう言って笑うと、男の子を肩車《かたぐるま》した。そして通りの真ん中へ出て、右手を空に翳《かざ》した。

彼女の指の動きに合わせて、空中に円形の魔術式が展開される。そして魔術式から大きな花火が打ち上がった。

「わぁっ！　ほんとうにはなびだ！　すごい！」

泣いていたはずの男の子が、目を丸くして上空を見上げる。バーベナが連続して花火を打ち上げると、すっかり笑顔になっていた。

バーベナが打ち上げた中型の花火は青空の中では見えづらかったが、花火が花開いた後に『ドーンッ!!!!』と爆音が何度も響き渡り、その音に驚いた通行人たちが足を止めた。そして「何事だ⁉」「こんな真っ昼間から花火⁉」「なにかの祭りだろうか？」と、バーベナの元へと寄って来る。

「ねぇ誰か、この男の子のお母さんを知りませんかー⁉　この子、迷子なの！」

近付いてきた通行人たちに、バーベナは問いかけた。

バーベナの身なりはどう見ても貴族令嬢《れいじょう》や良いところのお嬢さんといった感じなのだが、彼女の明るい笑顔と親しみやすい雰囲気《ふんいき》に、通行人たちはどんどん飲まれていった。

「え、この男の子、迷子なのかい？　可哀そうに」

「誰か、この子の母親を知らないか？」

「そういえばあっちの通りで、子供の名前を呼んで探し回っている女性を見かけたぞ」

「あっちの通りだな⁉　じゃあオレ、ひとっ走りしてその女性を連れて来るわ！」

「ほらボーズ、お菓子をやろう。それでも食べて待っていれば、きっとすぐにお母さんがやって来てくれるからな。そっちのお嬢さんも、ほら。花火を見せてくれたお礼にお菓子をやるよ」

通行人からお菓子まで貰《もら》ったバーベナは、男の子と一緒に「わーい、おじさんありがとう！」「ぼく、このおかし、すきだよ。ありがとう、おじさん！」と喜んでいた。

僕は唖然《あぜん》としてバーベナを見つめていた。

けれど次第に胸の真ん中があたたかくなり、笑いが込み上げてくる。

ああ、そうだった。貴女はいつだって僕の予想を超えていく。僕のつまらない日常に鮮《あざ》やかな花火を打ち上げる。

貴女はずっと、僕の〝楽しい〟だ。

「ギル、お菓子を貰ったから半分こにしようよ！」

バーベナはそう言って、男の子を肩車した状態のまま僕を手招いた。

貴女の魂が好きだと、僕は改めてそう思った。


バーベナが花火を打ち上げて人を集めたおかげで、男の子の母親は早々に見つかった。

「息子を保護していただき、本当にありがとうございました……！」

「またね、はなびのおねーちゃん！」

何度もお礼を言う母親とすっかり笑顔で手を振る男の子に、バーベナは「今度ははぐれないようにね～」と微笑みながら見送った。

その様子を横からじっと見つめていると、バーベナは訝《いぶか》し気な様子で僕を見上げた。

「デレデレした顔をしてどうしたんだ、ギル？」

そんなに顔に感情が出ていただろうかと頬《ほお》の辺りを撫でてみたが、仕方がないと諦《あきら》める。僕の感情が溢《あふ》れるのは、バーベナのせいなのだから。

「やはり、貴女と一緒にいると楽しいと思っていたところです」

「あら、そう？　嬉しいことを言ってくれちゃって」

「バーベナこそが僕の人生の喜びで、楽しさで、光で愛なんです」

「わぁ……、予想外に重いやつだった……」

バーベナは乾いた笑い声をこぼしたが、「ギルが楽しいと感じることは良いことだね」と言って、へにゃりと眉《まゆ》を下げて笑った。

▽

私とギルはバーベナの銅像がある広場へと向かい、その近くの老舗《しにせ》レストランで遅めのランチを取ることにした。

時刻はすでに十四時を過ぎている。お酒の試飲に時間を掛けちゃったし、迷子の男の子をあやしたりしていたから仕方がない。

でもこんな時間に食べちゃったら夕食はいっぱい食べられないかも、と思ってギルに尋ねる。

「この時間に昼食だから、夕食は遅くする？　それとも量を軽めにしたほうがいいかな？」

「では夜はつまみを色々作らせて、先程購入したお酒を夫婦水入らずで飲みましょうか」

「それ、いいね！　最高！」

買ったばかりのワインの中からどのボトルを開けるか、ギルと相談しながら、ウェイティングルームのソファーに並んで座っていると。

「おや。これはこれは、ロストロイ魔術伯爵ではありませんか」

ウェイティングルームの入り口に一人の男性が通りかかり、ギルの名を呼んだ。

私のお父様と同年代くらいのその男性は、金髪《きんぱつ》をきっちりと撫でつけ、まったく隙《すき》のない衣装に身を包んでいる。

男性の紫紺《しこん》の瞳は宝石のように綺麗だったけれど、彼の視線がギルの隣に腰掛ける私に気付いた途端《とたん》、驚きと苛立《いらだ》ちが浮かんだのが見えた。

ギルがソファーから立ち上がる素振りを見せたので、私も一緒に立ち上がる。

「お久し振りです、ラジヴィウ公爵閣下《こうしゃくかっか》」

ラジヴィウ公爵領といえば数年前に古代遺跡が発見されて以来、発掘作業や観光で話題になっている領地である。専門家や旅行客で大賑わいになっているらしい。ラジヴィウ公爵領の古代遺跡を参考にチルトン領の町興《まちおこ》しをすることになった過去があるので、よく覚えている。あと、ラジヴィウ公爵がずっとお父様を目の敵にしているという話も聞いたことがあったな。

この方が件《くだん》のラジヴィウ公爵なのか。ふぅん。

「私の妻が一緒にいるのでご紹介いたします。妻のオーレリア・バーベナ・ロストロイです」

「初めまして、ラジヴィウ公爵閣下。夫がいつもお世話になっております」

私が静かに淑女《しゅくじょ》の礼をすれば、ラジヴィウ公爵よりもギルの方が驚いていた。

これでも淑女教育は受けたんだよ……。

「……お父君のオズウェル・チルトン侯爵によく似ていらっしゃいますね、オーレリア夫人よ。他人の恋路《こいじ》に立ちはだかるところなど、実にそっくりだ」

なんだ急に、このおじさん。途中で宇宙と交信し始めたのかというくらい、話の内容が訳分からんぞ。

「ラジヴィウ公爵閣下。ご令嬢との話はすでに何度もお断りを入れていたはずです。私の妻に文句《もんく》を言うのはやめていただきたい」

「文句などと。冗談《じょうだん》のつもりで言ったのですよ、勿論《もちろん》」

ラジヴィウ公爵が「ふふ」と薄く笑う。

ギルは故意《こい》に無表情を作り、ラジヴィウ公爵に尋ねた。

「申請の件はどうなりましたか？　ラジヴィウ公爵家に再三書状を送っているはずですが」

「おや、すまないね。なにかと忙しく、急を要するものではない書状はついつい後回しにしてしまっているようだ。後日、書状を見つけ次第拝見しましょう」

「出来る限り早くお願いします」

「ええ、ええ、もちろん」

たぶん仕事関係の話だろう。私にはわからない話をする二人の様子を観察している間に、レストランの従業員が私たちをテーブルに案内するためにやって来た。

ギルとラジヴィウ公爵のあいだに漂う空気は微妙《びみょう》なままだったが、ギルと私は公爵にいとまを告げて従業員の元へ近づく。

「ああ、ロストロイ魔術伯爵よ」

ラジヴィウ公爵が私たちを少しだけ引き留めた。

「今度、我が屋敷で開く夜会の招待状を送ります。ぜひ、お揃《そろ》いでいらしてください」

「……お招きいただき、たいへん光栄です」

ギルの低い声の底に苛立ちが滲《にじ》んでいた。


大海老《おおえび》とレモンのパスタに、鴨《かも》の香草《こうそう》焼き、茸《きのこ》のシチュー、セサミパン。

卸問屋でたくさん試飲して酒樽を大量購入したあとだというのに、メニューに並んでいた白ワインの銘柄《めいがら》から漂う強力な魅力に屈《くっ》して、結局ボトルを頼んでしまった。

「で、さっきのおじさん、なに？」

案内されたテーブルは個室で、窓からレストランの小さな中庭が見える。黄色いミニバラの鉢植えのまわりで、数匹の蜜蜂《みつばち》が飛び交っていた。

「……魔術師団でラジヴィウ遺跡の調査をするためにあの御方《おかた》の許可が必要なのですが、申請書に目を通してくださらないのです」

「え、ギル嫌《きら》われてるの？　かわいそー」

まぁ私のことも嫌いみたいだったけれど、あの公爵。ライバル視しているというお父様の娘だからだろうか？

「いえ」

歯切れ悪くギルが言う。

ギルは私を見て少し躊躇《ためら》ったあと、諦めたように口を開いた。

「本当はこんな話、バーベナにしたくはなかったのですが。……ラジヴィウ家の長女が以前から僕に対してひどく好意的だったのです。ラジヴィウ公爵閣下もそれに乗り気だったようで、『我が娘と婚約するのなら、遺跡調査の許可も早く出せるかもしれませんね』と、以前から公私混同《こうしこんどう》されておりまして」

「へぇ～、めんどくさいね～」

「ですが僕はもう、身も心もバーベナのものです。ラジヴィウ公爵閣下も諦めて申請書にサインをしてくださるでしょう」

だからあの公爵、他人の恋路が～とか言っていたのか。ただの逆恨《さかうら》みかぁ。

私は白ワインを手酌《てじゃく》で飲みながら、ふと気付く。

「でもギル、私がバーベナだって知らなくても結婚出来たんだから、そのご令嬢と結婚することも出来たんじゃない？」

「貴女はお義父様……恩義あるオズウェル侯爵閣下のご息女《そくじょ》だから、まだ受け入れられたのです」

「ああ、お父様から領地経営を教わったんだっけ」

「それにお義父様が貴女のことを『君にしつこく愛をねだるような真似《まね》はせんだろう』と仰っていたのも、大きかったのだと思います。今はむしろ、しつこく愛をねだって欲しいのですが」

「えーっと。このパスタ美味しいよ、ギル」

レンズ越しにチラチラ見てくる夫に、とりあえずパスタを勧めておく。

でもいいなぁ、ラジヴィウ遺跡。私も趣味《しゅみ》で調査してみたい。

私もバーベナだった頃はあちこちの古代遺跡を調べて、未知の魔術式の痕跡を発掘し、解析したりしていた。……まぁ、私はどんな面白い魔術式もすべて爆破魔術に変換してしまうので、実験はすべてギルに任せていたが。

どんな古代魔術の痕跡《こんせき》があるか考えるだけでワクワクする。私みたいな爆破特化型でも扱《あつか》えるような、未知の魔術式が眠っているかもしれないのだから。

「バーベナ。貴女をこんな下らないことに巻き込みたくありません。ラジヴィウ公爵家の夜会は断りましょう」

「ただでさえ社交が死んでいるロストロイ家なのに、断ったら駄目《だめ》でしょうが」

「ですがっ」

「今の私はロストロイ夫人なの。ギルの妻としてやるべきことはちゃんとやるよ」

「バーベナ……」

ギルの顔が分かりやすく感激を表した。夫のこういうところはかわいいと思う。

その後は気持ちを切り替えて食事を続けた。「ちなみにバーベナはどのような男性が好みですか？」とギルから質問されたので、私は「お父様」と答えておいた。

前世現世合わせてあんなに私を理解し、受け止めてくれる包容力のある男性を他に知らない。夜這《よば》いに全敗しようとお父様の隣を手に入れたお母様は、大正解だったと思う。

ギルは「お義父様ですか……」と両手で頭を抱えた。あの包容力は真似出来るものではないもんなぁ。

▽

夫との楽しい初デートが終わり、ロストロイ家に帰宅する。

ギルは少し仕事があると言って執務室《しつむしつ》に行ったので、私は夢見る少女ドレスから普段の格好に着替えた。やっぱりこっちの方が落ち着く。

そして庭で日課の爆破をした。ハートのピアスは付けっぱなしにしていたのだが、爆風で結構揺《ゆ》れるな……。

先にお風呂《ふろ》に入ってから、ギルとのんびり晩酌《ばんしゃく》をした。

バーベナの頃、ギルは魔術師団の飲み会に参加することはほとんどなかったけれど（だって皆、

先にヴァルハラへ行ってしまったから）、なぜか懐《なつ》かしい気持ちになった。

魔術師団の皆が楽しそうにお酒を飲んでいて、料理の大皿がどんどん回されてきて、空の瓶やグラスが回収されて。笑って、愚痴《ぐち》って、泣いて、怒られて。ボブ先輩が脱ぎ出して、おひぃ先輩が顔を真っ赤《まか》にしながらそれを凝視《ぎょうし》していて、同期のジェンキンズが「ねぇバーベナ、この間彼氏と別れたって言ってたよね？　なんでもう他の男とデートしてるの？　どうせそいつとも駄目になるんだから、付き合う前に別れなよ」とか何なんだ君は喧嘩《けんか》売ってるのかって感じで煩《うるさ》くてうんざりして、おじいちゃん先輩が甘いお酒ばっかり飲んでいて、グラン前団長が、ばーちゃんが、皆がいた……。

とても楽しかったあの頃に、ギルもいられたら良かったのに。この幸福な記憶を分かち合えたらいいのに。そう、しんみり思ってしまう。

でも、ギルと二人で飲む時間も楽しいな。

あの頃の、動物園の餌《えさ》の時間みたいに皆で大騒ぎして飲み明かした時間とは全然違うけれど。ギルの魔術談義を聞きながらお酒を飲んで、時折、殻《から》付きピーナッツをぺかっと割って、赤茶色の薄皮《うすかわ》を指先でパラパラと擦《こす》り落として食べる。この時間も楽しい。

それにしても不思議だ。今の方がよほど大人っぽいお酒の楽しみ方をしているぞ？　魔術師団、皆いい年の大人ばっかりだったぞ……？

「申し訳ありません、バーベナ。貴女の死後、貴女の自室に残されていた書物や論文はすべて僕が引き取りました。貴女が保管していた、リザ元魔術師団長の研究資料なども」

ギルはそんな話をしはじめた。

「それは別にいいけれど。ばーちゃんの資料、役に立ってる？」

ばーちゃんの資料は難解だ。私も読んだけれど、解読できないところが多かった。頭の良い人は次の世代のためにもっと簡単な文章を使って論文を残してほしい。

「魔術式の解読だけでも難解で、本来なら七つの式が必要な魔術式を一つの式に省略させていたり、どの文献《ぶんけん》にも載っていない独自の魔術式が挿入されていたりして、遅々《ちち》として進みません……」

「だよね。私も解読しきれなかったもの」

「さすがは歴代最強の魔術師団長と呼ばれた御方ですね」

「あ、そうだ。私、ばーちゃんに聞こうか？」

グラスに新たなお酒を注ぎながら、私はギルに尋ねる。

向かいのソファーで揃いのグラスを傾けていたギルが、不可解そうに私を見た。

「……なにを仰っているのですか、バーベナ？」

「たまに私の夢の中にばーちゃんが現れるんだよね。それでお喋《しゃべ》りをしたり、御告《おつ》げを受けたりすることがあって」

ばーちゃんがやって来るだけの、一方的かつ不定期な面会だけれど。そのおかげで八歳の頃に領地で大きな被害を被るはずだった大洪水を未然に防げたし、ヴァルハラが恋しくて仕方がない夜には救われた。ヴァルハラに行くためには、私の人生はまだまだ長すぎるのだ。

私がそんな説明をすれば、ギルの顔がどんどん強張《こわば》って、青ざめていった。

そんな夫の反応が不思議で、私は首を傾《かし》げる。

「だから、私が夢の中でお願いすれば、ばーちゃんがヴァルハラから出てきてくれるかもしれないと思って……」

「そんなことはやめてください！」

ギルの声に恐怖が滲《にじ》んでいる。

あれ、ばーちゃんが夢に現れるって怪談話《かいだんばなし》か？　ギルってそんなに怖《こわ》がりだったっけ？

飲みかけのグラスをテーブルに置いたギルは、怖いくらい真剣《しんけん》な表情をしていた。

「……バーベナ。貴女にもう一度会えたことが嬉しくて、我ながらはしゃいでおりました。だから今の今まで考えもしなかったのですが……。貴女はいったい何故《なぜ》、生まれ変われたのですか？　亡くなった者の魂は、神の館ヴァルハラか、地界《ちかい》にあるとされる死者の国へ向かうと聖書には書かれています。バーベナの魂はどちらの世界にも行かず、今こうして地上に生まれ変わっているのはいったい何故なのです？」

ギルにそう問いかけられて、『ああ私、なにも話していなかった』と思い当たった。私の魂の異端《いたん》な延長戦を。

「バーベナとして死んだあと、ヴァルハラから入場拒否されちゃったんだよね……」

恥《は》じ入る気持ちで言葉にする。

自爆したのがいけなかった。私は本来なら自殺者として、ヴァルハラではなく死者の国へ行くはずだった。そんな寂《さび》しい世界には行きたくなかった。

だからばーちゃんや魔術師団の皆が大神様に嘆願《たんがん》してくれて、生まれ変わりという延長戦に入った。ちゃんと最後まで正しく生き抜くことが、私の現世の課題なのだと。

ギルに全部きっちりと伝えたら、彼は眉間《みけん》にシワを寄せて怖い表情になった。

「……つまり貴女の魂は、ヴァルハラに繋がっているのですね」

「ヴァルハラに繋がっている？」

「貴女は本来、死者の国へ向かうはずだった。それをねじ曲げて生まれ変わったせいで、普通の人の魂より、死後の世界に近しい存在なのかもしれません。だからその繋がりをたどって、バーベナのおばあ様は貴女に会いに来ることが出来るのかもしれません」

「ええ〜、そんなふうに考えたことはなかったなぁ。ちょっとギルの考えすぎじゃない？」

「もちろん仮説です。僕は教会の人間ではないので、死後のことは一般的なことまでしか知りませんから。ですが、バーベナ。絶対にご自分からヴァルハラの繋がりを辿《たど》ろうとはしないでください。死後の世界の闇《やみ》に飲み込まれてしまわないように。……いっそ完全に断ち切ることが出来れば、一番良いのですが」

夜の嵐みたいに暗くて希望のない色が、ギルの瞳に浮かんでいる。怯《おび》えきった子供のようだ。

テーブルの上で微《かす》かに震えているギルの拳《こぶし》を、私はぎゅっと両手で包んだ。

かわいそうに。ギルは私の死がすっかりトラウマになっていて、私以上に私の死に怯えている。

「わかった。私からばーちゃんを呼んだりはしない。安心して」

でも、ヴァルハラとの繋がりを断つのは嫌だなぁ……。

そう心の隅っこで思ったことを、私は口にしなかった。

その後、寝る前にベッドのことで一問着《ひともんちゃく》あった。

「本当に同じベッドで眠るのですか⁉」

「すでに昨日も寝たじゃん」

「昨夜は貴女に気絶《きぜつ》させられた上に発熱もしていたから、一緒に寝たことに気付いたのは朝だったんです‼」

「そんなに嫌なら、ギルはソファーか床か、他の部屋で眠ったら？　私は大きいベッドでゴロゴロしたいし」

私は絶っ対に、ソファーでも床でも他の部屋の小さいベッドなんかでも寝ないぞ。人は一度睡眠のグレードが上がると下げられなくなるのですよ。この寝心地《ねごこち》最高なキングサイズのベッドは奪わせない‼　という強い我儘《わがまま》を主張する。

「本当になんでバーベナは僕と一緒に寝るのに、そんなに普通の態度なんですか⁉」

「フィールドワーク中だって戦時中だって、ギルと一緒に寝たじゃん」

「あれは十三歳から十六歳の頃だったでしょう⁉　今の僕はもう大人の男なんですよ‼」

「よく考えるんだ、ギル。きみはバーベナに貞操《ていそう》を捧げ続けた結果、一度も女性を知らない清純《せいじゅん》な人生を歩んできた。つまり私が隣でぐぅすか眠っていても、今まで通り君はとても清らかだ。人生になんの変化もない」

「聖人になりたいわけじゃないんですよ、僕は……!!」

面倒なので先にベッドに入って横になっていたら、結局ギルもベッドに入って来た。

しかしギルはなかなか眠れないようで何度も寝返りを打ち、私はその度に眠りを妨げられてしまう。

仕方がないので私はギルに腕枕《うでまくら》をしてやり、弟妹《ていまい》によく歌ってあげた子守唄を歌った。サービスでギルの胸の辺りをポンポンと優しく叩《たた》いてあげる。

こんなことで三十二歳児が眠るのかな、と疑問を抱いたが、私の体温が移ってあたたかくなったのか、ギルはちゃんと寝た。夫が清純で良かった。

第九章 ◆ ラジヴィウ公爵家の夜会

ギルが毎日帰宅するようになったので、ジョージと相談してロストロイ家の使用人募集をかけたり、面接を行ったりと忙しい。のんびり爆破したいと思いつつ、妻として屋敷の切り盛りをする日々だ。

今日は出入りの商人にギル用の新しい夜着を持ってきてもらった。ギルが毎日帰宅するようになったので、色々足りなくなってしまったのである。

商人と顔を突き合わせ「この兎耳《うさぎみみ》のついたフードが可愛《かわい》いね。ギルに着せます」「ロストロイ様にはこちらのハート柄《がら》も、意外性があって楽しいかもしれませんよ」「それ、いいですね」と真剣《しんけん》に吟味《ぎんみ》する。

私も毎日ギルの特大の愛を耳朶《みみたぶ》にぶら下げているので、ギルも寝るときは私のたくさんの愛に包まれて眠ればいいと思います。

商人が帰ると、ジョージが本日屋敷に届いた手紙を持ってきてくれた。

一通目はお父様からの手紙だ。

『オーレリアへ。お前がロストロイ家に嫁《とつ》いでから半月が過ぎたが、お前のことだからきっと楽しく元気に過ごしていることだろう。お前とギル君の結婚生活に私から口煩《くちうるさ》くするつもりはないが、出来るだけ二人で話し合い、歩み寄る努力をしなさい。その結果、二年経《た》ってもお互いを尊重《そんちょう》し合えないのなら、約束通り離縁《りえん》させてやるつもりだ。オーレリアの新しい嫁ぎ先を探すことを考えると、ちと気が重いが、なんとか新しい旦那《だんな》を見つけてやろう。そして話は変わるが、オーレリアに伝えておくべきことがある。お前が領地の町興《まちおこ》し計画で制作した山間部の石像群だが、歴史詐称《さしょう》の件がガイルズ国王陛下にバレた。だが、陛下が我が領地へ視察にお越しくださり、「実物マジすげぇじゃん！」という評価をいただけた。結果として領地経済はたいへん潤《うるお》ったぞ。だから領地のことは心配しなくても良い。チルトン家の皆も元気にやっているから、オーレリアは新しい生活に馴染《なじ》みなさい。オズウェルより』

……なるほど。嫁いでいる間にごたごたが起こったけれど、最高権力者が味方に付いたから大丈夫《だいじょうぶ》って話だな。よしよし、セーフ！　セーフ!!

二通目はロストロイ領からの報告書の束で、三通目は一際上質《ひときわじょうしつ》な紙の封筒に入っていた。どこからの手紙だろうと確認すれば、ドラゴンの封蠟《ふうろう》が押されている。

「それはラジヴィウ公爵家《こうしゃくけ》の紋章《もんしょう》ですね」

側《そば》で書類整理をしていたジョージが、封蠟を見てそう言った。

「ラジヴィウ公爵家とドラゴンって、なにか関わりがあったっけ？」

ドラゴンは一《ひと》ツ目《め》羆《ひぐま》よりは珍《めずら》しいが、見たことはある。

あれはバーベナが十七だったか十八だったか十九だったか……まぁそんな若い頃に、魔術師団の仲間と龍を見たのだ。

王都から三週間ほど離れた僻地《へきち》で大干魃《だいかんばつ》が起こったと報告が来て、水魔術の得意なおひぃ先輩が出動命令を受けた。で、私と同期のジェンキンズと、ボブ先輩もお供に付いて行った。

大干魃が起こって、三週間かかって報告が来て、また三週間かけてその地に向かうという状況だったので、正直私は絶望的な状況だと思っていた。おひぃ先輩だって水魔術が得意とはいえ、土地を復活させるほどの水など生み出せるはずがない。それでも現場に辿《たど》り着かなければ一人の命も救えないので、駿馬《しゅんめ》に乗り続けるしかなかった。

おひぃ先輩は「お願い、間に合ってですの……。神様、どうか間に合ってですの……‼」と、ずっと泣きながら馬を走らせていた。

ボブ先輩はおひぃ先輩に並走しながら「諦《あきら》めるんじゃねぇーぞ、おひぃさん！　この俺様だって付いているんだからな！」と励《はげ》まし続けていた。

私は先輩たちの後ろを馬で追いかけながら、余計なことは決して言うまいと固く口を閉じていた。ジェンキンズが私にしか聞こえない音量で「……バーベナ、酷い顔だよ。君って泣くのを我慢すると余計に不細工だね」と突然暴言を吐き、なんで今言うんだよ空気読めよ先輩たち悲しんでるだろ、と余計に奥歯を噛み締めた。

あと一時間ほどすれば干魃地域に入るというときに、突然、空に激しい稲妻《いなずま》が走った。

真っ黒な雨雲が突如《とつじょ》現れて、生ぬるい風と共に大粒の雨が大地に叩きつけられる。太鼓《たいこ》を連打するような激しい雨音に辺りが包まれた。

「うおぉぉぉ‼‼　なんだっ、この土砂降りは‼‼　すげぇぇぇ‼‼」

「うそ……⁉　これは魔術ではありませんの‼　でも普通の雨でもありませんの‼」

「なに、これ……。見なよ、バーベナ……！」

「……うん」

諦《あきら》めきっていた私は呆然《ぼうぜん》とし、歓喜《かんき》にはしゃぐ先輩たちをただ眺めていた。

髪も肌もローブも靴《くつ》も荷物も馬も全部びしょ濡れで、でもまったく不快感を感じなかった。目の前で起こった物事のすべてが、まるで現実ではないみたいだった。

「まぁ！　あの雨雲の下を見てですの！」

おひぃ先輩の指差す方向に、大きな龍が身をくねらせながら空を泳いでいた。

真珠《しんじゅ》のように輝く鱗《うろこ》を持った水龍《すいりゅう》は、黒い雨雲を呼び、大量の雨を降らせ、激しく轟《とどろ》く雷とともに躍《おど》っている。

初めて見た水龍の姿があまりに綺麗で壮大で、私はぽかんと口を開けた。喉に流れてくる雨水さえ気にならなかった。

そのうちおひぃ先輩が「うふふふふ！」と笑い始め、私もボブ先輩もジェンキンズも「嘘ー！　水龍が雨を呼んでくれただなんて、すごーい！　あははははっ」「マジかよ、なんだこの奇跡っ‼　ハハハハッ！」「水龍なんて初めて見た！　とても美しい生き物だね！」と大笑いを始めた。

雨は乾いた地面に染み込み、どうにか生き長らえていた人々の喉を潤《うるお》わせた。

そして残念ながら亡くなってしまった人々の遺体に、末期《まつご》の水を与えた。

私たち四人は水龍の姿を最後まで見送り、おひぃ先輩が「わたくし、あの水龍様に感銘《かんめい》を受けましたの!!」と言って『水龍の姫』を名乗るようになった。それまでは自称『姫様』だったので、グレードアップしたのである。

そんな懐かしい前世を思い出しつつ、ジョージに視線を向ける。

ジョージは静かに頷《うなず》いて答えた。

「ラジヴィウ公爵家は戦後に領地が増えたのですが、その中の一つに竜王《りゅうおう》伝説の地が新たに加わることになりました。それ故ラジヴィウ家の紋章が変更されて、ドラゴンの意匠《いしょう》になったとお聞きしております」

「竜王伝説?」

ドラゴンは二種類あって、翼のあるものを竜、水龍のように翼のないものを龍と区別している。しかしどちらも飛行能力はある。

竜王ということは、翼のあるタイプのドラゴンなのだろう。

「私はその竜王伝説を詳しくは存じ上げませんが、旦那様の執務室に関連する書籍がおありですよ」

「そうなんだ。じゃあギルに借りて読んでみます」

そんな話をしながらペーパーナイフでドラゴンの封蠟を剝《は》がし、中身を確認すると。案の定、ラジヴィウ公爵家で開催される夜会の招待状だった。

私はロストロイ家に嫁《よめ》に来るまではずっとチルトン領で暮らしていたので、お茶会や夜会は近隣の領地で行われたものにしか参加したことがない。王都の夜会ってどんな感じなんだろう。シャンパンタワーとかあるのかなぁ。

とりあえずジョージに、ラジヴィウ家で開かれる夜会に出席することを伝える。

「では、お二人の夜会服を新調いたしましょうか」

「ギルにもフリルとレースとリボンたっぷりの夜会服を着せましょう」

どうせハートのピアスに合わせて今回も夢見る少女系ドレスを着ることになるのだから、ギルもペアルックにしてしまおう。そうしよう。


その夜さっそくギルにハート柄の夜着を渡した。ふふんっ。愛の復讐だ！

ギルは「バーベナに服を選んでもらえるのは初めてですね。すごく嬉しいです。ありがとうございます」と無垢《むく》な子供のように微笑んだ。

「僕には物を選ぶセンスが無いので」

自覚はおありでしたのね、旦那様。

「いつもジョージに適当に見繕《みつくろ》うよう言っていたのですが、これからは貴女が僕のことを考えて衣類を選んでくれると思うと夢のようです。大事に着ますね」

「……なんか、ごめん」

「え？　あの、僕、バーベナと結婚出来て本当に幸せだと伝えようと思いまして」

「なんか面白半分に選んでごめん……!!」

ギルが純粋に喜びを向けてくれる度に、罪悪感が湧き出してきた……。

ラジヴィウ公爵家の夜会にはフリフリは着せないから許しておくれ。ちゃんと格好良い夜会服を選ぶから……。

「よく分かりませんが、バーベナが面白いと思って選んでくれた衣類、僕はちゃんと嬉しいですから」

そう言ってギルは入浴後にハート柄の夜着を着てくれたし、普通に可愛かった。美形ってすごい。


ギルがラジヴィウ公爵領の竜王伝説に関する書物をベッドに持ち込んだので、私たちは俯《うつぶ》せに寝転び、開いた本を覗《のぞ》き込んだ。

ベッドサイドのアルコールランプが橙色《だいだいいろ》の明かりを灯す中、ギルが指差すページを目で追う。

「現ラジヴィウ公爵領であり、旧バーデニア子爵《ししゃく》領。ここが竜王伝説の地です」

挿し絵として入っている古い地図を眺める。

なんだか、眠る前に本を読んでもらった幼い頃の気持ちが蘇《よみがえ》ってくる。ばーちゃんに読んでもらう魔術書にわくわくしていた小さなバーベナの、もう遥か昔の余韻《よいん》。

私は胸元を手で押さえ、過去から立ち上る哀愁《あいしゅう》を愛おしみたい気持ち半分、いま目の前のギルとの時間を大切に味わいたい気持ち半分で、彼の話す内容に耳を傾けた。

「バーデニア子爵家は戦時中に最後の跡取りが殉職《じゅんしょく》し、残った夫人が領地をリドギア王家へと返還《へんかん》してその歴史を閉じました。そんな旧バーデニア家には、数代前の領主夫妻の間に、醜《みにく》い竜の子が生まれたという伝説があるのです」

人間から竜が生まれるっていう意味不明さが、いかにも伝説という感じである。そこになにかの隠喩《いんゆ》が組み込まれているのか、ただの面白いお伽噺《とぎばなし》なのか、想像を巡らせるのは楽しい。

「領主夫妻は生まれたばかりの醜い竜の子を殺そうとしましたが、竜の子は強く、殺しきることは出来ませんでした。夫妻は仕方なく地下に『竜の館』を造り、そこに竜の子を閉じ込めました。竜の子は大きくなると、領主夫妻を食い殺しました。そして自らを『竜王』と名乗り、大陸中の城を襲撃して各地の宝物を奪い、『竜の館』に集め、それを守って暮らすようになったそうです。そんな悪名轟く竜王を討伐《とうばつ》するために、バーデニア子爵家の分家の女性が立ち上がりました。女性は『竜の館』へ向かい、竜王の妻になると言いました。竜王は彼女を受け入れ、館の扉を開けました。そしてその夜、竜王が寝静まったあとで女性は竜王の首を掻《か》き切って殺したのです。その際に竜王の首から溢れ出た血で、館にある宝はすべて呪われてしまいました。呪いが外に漏れないように、女性は『竜の館』を封じたという話です」

「その女性は生き延《の》びたんですかね?」

「この本には、館を封じた後に呪いで亡くなったと書かれていますね」

なんと救いのない伝説だろう。登場人物が全員死んでしまった。

私の表情を見て、ギルが苦笑する。

「まぁ、ただの伝説ですから」

「人間から竜が生まれるくらいだものね。伝説というのは聞き手の理解をどんどん置き去りにしていくものだ」

私は俯せの体勢を支えていた両肘《りょうひじ》を伸ばし、ついでに足もぐいっと伸ばして顔を枕《まくら》に押し付ける。するとと爪先《つまさき》にギルの足が当たった。

ハート柄の夜着越しに筋肉の柔らかさと硬さと温かさを感じ、足の指でさすってみる。そうするとギルの両足に足を挟《はさ》まれた。体勢を変えてギルの足をさらに挟み返す。ギルがぎゅうっと力を込めてくる。隙《すき》をついて足を引き抜き、またギルの足を挟む。

訳のわからない遊びがだんだん楽しくなってしまって、私たちは笑い声を零《こぼ》した。

「ふふふ、バーベナ、これ、なんの遊びなのですか」

「わからない、ふふふ」

私たちはしばらくそうやって足を挟み合う遊びをした。お互いすっかり笑い疲《つか》れて、ベッドに広げていた本を片付けてようやく眠る態勢に入る。

ギルはランプの火を吹き消した。そして、カーテンの隙間からこぼれる月明かりが映る天井《てんじょう》に向かって、静かに語りかける。

「四年前に発見されたラジヴィウ遺跡は地下神殿のような形をしており、旧バーデニア領にあります。おそらくこの竜王伝説に出てくる『竜の館』のモデルかもしれません」

「じゃあ、呪われた宝があるのかな」

「呪いが闇魔術のことを指しているのなら、ぜひ解析してみたいです」

「そうだねぇ」

ベッドの中の暖かさでうとうとし始めた思考の片隅《かたすみ》で、私は不意に思った。こうしてギルと遊んで暮らすの、楽しいなぁ、と。

私は私の心が望むままに寝返りを打ち、ギルの肩に頭を寄せて目を瞑《つむ》る。

ギルの腕にガチガチに力が入っていたので、その腕を探り、指を絡《から》め、手を繋《つな》いで眠った。

▽

夜会へ参加するための衣装を依頼するためにデザイナーを屋敷に呼んだのだが、その時間に合わせてギルが魔術師団から帰ってきた。……団長用のローブをボロボロにして。

「副団長に魔術決闘を申し込んで勝利し、彼に仕事を任せて、一時間だけ帰宅出来ました！」

ギルは明るい笑顔で言うが、なにもローブがボロボロになるまで魔術決闘をしなくても……。そして決闘に勝っても、一時間しか休憩が取れなかったのか……。

「ギルのサイズは分かっているから、採寸《さいすん》しなくても平気だよ。デザインも私とジョージで選んであげるし」

「僕の衣装はどうでもいいんです。問題はバーベナのドレスですよ！」

「勝手に選ぶから大丈夫だけれど」

「いいえ、貴女を王都の貴族たちに初めて紹介するのですから、美しく飾り立てなくてはいけません！　僕に任せてください！」

銀縁眼鏡《ぎんぶちめがね》の奥の瞳をキラキラさせて嬉しそうに自分の胸を叩くギルに、私は口元が引きつった。

またか。またギルのセンスが爆発するのか。

「あのさぁ、ギル、私自分で……」

「バーベナが僕の妻になってくださったのだと世間に自慢《じまん》することが出来る、せっかくの機会です。やはり白いレースでしょうか？　赤いリボンでしょうか？　ピンク色のハートでしょうか？　貴女はとても愛らしい人だから、たくさん飾り立てないとドレスの方が貴女の魅力に負けてしまいますね」

ギルの表情が本当に嬉しそうで、楽しそうで。私は結局、言いかけていた言葉を飲み込んだ。

「ドレスなんか、もう好きにしてくれ……」

「はいっ！　最高のドレスを選びましょう！」

「ははは……」

私、昔からこんなにギルに弱かったっけ？

自分に首を傾《かし》げてしまったが、ギルが楽しいなら、まぁいいか。

▽

さて、ラジヴィウ公爵家の夜会当日である。

私はいつも以上に人数の多い侍女に、洗われ揉《も》まれ磨《みが》かれ乾かされ塗りたくられ、今日も今日とてハーフツインテールにされた。

そして例の、ギルの好みが反映されまくってしまった薄桃色のふわっふわフリッフリのドレスの出番である。ちなみに現在の社交界は大人っぽいシックなドレスが流行《はや》りなので、夜会で目立つこと間違いなし♡

私は覚悟を決めて薄桃色《うすももいろ》のドレスを着た。いつも通り焔玉《えんぎょく》のハートのピアスも付けて、無事、夢見る新妻ファッションが完成した。もう慣れてきちゃったぜ！

ギルの衣装は私が選んだ黒いドレスローブ姿だ。彼の銀縁眼鏡に合わせて銀糸《ぎんし》の刺繍《ししゅう》とチルトン産ダイヤが裾《すそ》や袖口《そでぐち》などに入った、流星っぽい雰囲気《ふんいき》のデザインにした。

夫婦で並ぶと最高にチグハグで面白い。揃わせようという気持ちが微塵《みじん》も見えない。と思ったら、ギルが「見てください、バーベナ」と言って、ローブの袖を捲《まく》った。

「これを着けていれば夫婦らしいかな、と思いまして」

「……焔玉ハートシェイプの、ブレスレット、だと……？」

「バーベナのピアスとお揃いなんです。鎖《くさり》が短かったので、足してもらいました」

なるほど。女物のブレスレットだったのですね、ギルよ。実に面白いと思います。

そういうわけで貴族社会で浮いたとしても致し方無しな私たちロストロイ夫婦は、そのまま馬車に乗り、貴族街でも一等地にあるラジヴィウ公爵家へと向かった。

ラジヴィウ公爵家は屋敷の中にも庭園にも最大限に明かりが灯され、まだ道の遠くからでもその一帯が夜の暗闇から浮かび上がって見えた。近付いてきた屋敷を馬車窓から見上げると、三階にあたるバルコニーから音楽や人々の楽しげな笑い声が降ってくる。あそこが夜会のメイン会場なのだろう。

招待客の馬車が次々と公爵家に吸い込まれて行き、きらびやかなジャケットやドレスを纏《まと》った紳士淑女が大きな玄関扉に続く階段を上っていく。

私たちが馬車から降りる順番が来て、ギルの手を取り玄関前に立った。すると、他の招待客の視線が一斉にこちらへ向いてくるのが分かった。そうだよね、嫁は夢見る少女（十六歳）で旦那《だんな》は無愛想《ぶあいそう》（三十二歳）だもの。気になる組み合わせだよね。

実際、周囲から聞こえてくる声が「あのロストロイ閣下《かっか》が、ご夫人に穏やかに微笑んでいらっしゃるぞ……!?」「あのご夫人がチルトン侯爵様《こうしゃくさま》の長女だそうね。侯爵様によく似ていらっしゃるわ。お懐かしい」「お、お前……！　まさかまだチルトン侯爵様に憧《あこが》れているのか!?」「うるさいわね、憧れはいくつになっても憧れなのですよ！」「う、浮気者～!!」「なによ、貴方だって昔は男爵家の小娘に熱を上げていたくせに!!」……あれ？　最終的にお父様の話だった。

「ラジヴィウ公爵家へようこそ、ロストロイ魔術伯爵夫妻様。会場は三階となっております。あちらの階段からお上がりください」

公爵家の執事《しつじ》にそう言われ、私たちは他の招待客に紛《まぎ》れて三階に向かう。

天井には有名な画家が描いた荘厳《そうごん》なヴァルハラが広がり、氷の粒のようなシャンデリアが輝き、細工を施された柱も磨き抜かれた階段の手摺《てすり》もとっても綺麗だ。三階から降ってくるピアノやヴァイオリンの音を道しるべに、私たちは会場へと誘《いざな》われた。


会場に入るとすぐに、ラジヴィウ公爵閣下が立っていた。

今夜も金髪をきっちりとまとめ、シャンデリアの光で紫紺《しこん》の瞳がより明るく見える。

ラジヴィウ公爵の隣には薄紅色《うすべにいろ》の髪をした美しい女性がいた。光の加減で虹色《にじいろ》が浮かぶ黄金のドレスを纏ったその女性は、年齢的にラジヴィウ公爵の奥様なのだろう。

奥様の視線は会場に入ってくる客人たちに向けられており、必然的に私とギルにも向けられた。

そして私の顔を見て、ハッと目を見開いた。……いったい何故《なぜ》だろう。

ラジヴィウ公爵はそんな奥様の様子に気が付き、口元を引きつらせていた。こっちの反応も何なんだ？

公爵夫妻の態度に疑問を感じたが、ギルに促《うなが》され、お二人に挨拶をする。

「ラジヴィウ公爵閣下、本日は夜会にお招きいただきありがとうございます」

「ようこそいらっしゃいました、ロストロイ魔術伯爵。……そしてオーレリア夫人。なかなか愉快《ゆかい》なドレスをお召しですねぇ。どこのデザイナーに注文したのか、ぜひ知りたいものですよ」

ラジヴィウ公爵は『なんだ、そのダサいドレスは。どこのデザイナーに頼めばそんなドレスが生まれるのだ』と言いたいようだった。だが私はすでに覚悟を決めてこの夜会に臨んでおり、そのような嘲《あざけ》りなど鋼《はがね》の心で撥《は》ね除《の》ける。そしてこのドレスを注文した張本人は、公爵から褒《ほ》められたと勘違いしていた。

「このドレスは妻の可愛らしさが引き立つよう、僕がデザイナーと相談して決めたのです。僕の妻は太陽の女神のようでしょう？」

「……あ、いや、その、ロストロイ魔術伯爵？」

「デザイナーをお知りになりたいのでしたら、連絡先をお教えしましょう。ご夫人のドレスを注文されてみてはいかがですか？」

「い、いえ、我が家には専属のデザイナーがおりまして……」

ギルが無自覚で公爵を困惑させているあいだ、奥様はじっと私の顔ばかり眺めている。値踏《ねぶ》みされているのか、そうではないのか分からなくて、ちょっと怖い。

「ロストロイ様」

ギルと公爵の押し問答が終わった頃合いで、奥様が口を開いた。

「もし宜しければ、後で我が娘ナタリージェとお話ししてやってくださいませんか？」

ナタリージェ様とは、ギルに想いを寄せていたというご令嬢のことだろうか。

奥様は私の方をじっと見つめ、「お許しいただけるかしら、オーレリア様……？」と小首を傾《かし》げた。

奥様は、私が断ることなど微塵も考えていないという表情をしていた。

一瞬、喉の奥がつっかえた。返事が出てこない。

なんでだろう。会場に来てからまだ一口もお酒を飲んでいないからだろうか。

私はずっと繋いだままだったギルの手にきゅっと力を込め、「はい」と蚊《か》の鳴くような声で答えるのが精一杯だった。

会場内でナタリージェ様を探しつつ、ギルと私は挨拶回りをした。私たちの結婚式はチルトン家の身内ばかりで挙げたので、結婚報告でもあった。

初めて出会う人が大半だったけれど、お父様のお知り合いの方や、チルトン領近辺の貴族なども参加していて、私が名乗ると「オーレリア様のお噂《うわさ》はかねがね伺《うかが》っております。チルトン領の石像群を制作されたとか。ぜひ我が領地にも制作を依頼したいのですが……」「王都に向かう山道を根城にしていた山賊を吹っ飛ばしていただき、本当にありがとうございました。我が領地も助かりました」と好意的に接していただいた。

ダンスホールではギルと初めてダンスを踊った。バーベナの頃、キャンプファイアの周りでギルと盆踊りを踊ったけれど、あれはノーカウントだろうし。

「ギルって昔からダンスが踊れたの？」

「いいえ。魔術師団入団前は一応男爵家の片隅で暮らしていましたが、貴族教育は受けていませんでした。魔術伯爵になってからお義父様にマナー講師を紹介していただき、必死で学んだんです」

「へぇ〜、そうなんだ。ダンスが上手だから、昔から出来たのかと思ったよ」

「お褒めいただき恐縮です。まぁ、ダンスを覚えてから踊ることは滅多《めった》になかったのですが」

「夜会に出席しなかったのですか、ギルよ」

「面倒なので夜会への出席は最低限で、ダンスというより女性から逃げ回っていました」

「そういえば君は女性嫌いという設定でしたね」

「設定と言うのはやめてください」

くるくる、くるくる、私のふわふわのドレスの裾とギルのドレスローブの裾が広がっては閉じ、膨らんでは跳ねる。ただ踊っているだけなのに、楽しいなぁ。

私がギルを見上げれば、ギルも私を見下ろしていた。二人で顔を寄せ合い、笑い声が溢れる。ダンスに合わせて私の耳元でハートのピアスが大きく揺れ、ギルの手首でハートのブレスレットがシャランっと音を立てた。私たち、最高にダサい。ダサいのに楽しい。嬉しい。このままずっと音楽に身を委ねていたい。

そんなふうに楽しく踊っていると、私の視線がふいにギルから外れて、ダンスを観覧している人たちの様子が視界に入った。私とギルの様子を見て驚いている紳士や、微笑《ほほえ》ましそうに眺めている老夫人などが見える。

その中に一人、射抜くような視線でこちらを見ている令嬢の姿があった。

「バーベナ、もう一曲踊りましょう」

「あ、……うん」

距離が離れていたのでその令嬢の顔をはっきりと見ることは出来なかったし、ギルとダンスを踊る方が楽しかったからすぐに視線を戻したけれど。とても冷たい視線だったなと思った。

流石《さすが》に五曲連続で踊ったら喉が渇いてしまった。額に汗が滲《にじ》む。化粧が剝《は》げたかも。

「バーベナは少し休んでいてください。僕が飲み物を取ってきますので」

「美味しいお酒をよろしくお願いします！」

「わかりました」

ギルが立ち去ると、私はすぐそばのバルコニーへと向かう。

開けっぱなしの大きな窓から半円状のバルコニーに出て夜風を浴びると、ひんやりして、汗が引いてきた。大理石《だいりせき》で作られた手摺に手をかけ、ぼんやりと庭を眺める。この会場は三階だから、地上がずいぶん遠くに見えた。

「貴女がロストロイ様の奥様ね？」

声を掛けられて振り向くと、二十代くらいの艶《あで》やかなご婦人が三人いらっしゃった。全員流行のシックなドレスを上品に着こなしている。

ご婦人たちは私を取り囲むと、クスクスと笑った。相手をひるませ、委縮させようとする、女の常套手段である。なんだか厄介事《やっかいごと》の臭《にお》いだ。

「とても素敵なドレスですわね、オーレリア夫人。チルトン領での流行りなのかしら？」

「若いって幸せですよねぇ。そのようなピアスでもお似合いになられるのですから。まるで幼子《おさなご》のようですわ」

「道化《どうけ》のようなドレスで由緒《ゆいしょ》正しきラジヴィウ公爵家の夜会にいらっしゃるだなんて、なんて可愛らしいおつむかしら。わたくしにはとても無理だわ」

おおっと、ラジヴィウ公爵に引き続き、ギルのセンスが大大大不評である。

でもね、流行とは正反対だし、私も全然ちっともまったく何一つ趣味じゃないんだけれど、ギルの愛だけは詰まっているんだよ……。

私が遠い目をしていると、ご婦人たちがさらに距離を詰めてきた。

「どうせチルトン侯爵様におねだりをして、ロストロイ様と無理やり縁談をまとめたのでしょう？　その程度のおつむですものね」

「いったいどうやってロストロイ様の弱みを手に入れたのです？　ロストロイ様があんな風に笑顔を浮かべるなんて、それ以外考えられないわ」

「ロストロイ様に相応《ふさわ》しいのはナタリージェ様だけよ！　ナタリージェ様がどれほど長い間あの方をひたむきにお慕《した》いしていたのかも知らないで、横から突然出てきてロストロイ様と無理やり結婚するなんて、貴女は最低よっ!!　恥《はじ》を知りなさいっ!!」

このご婦人たち、噂のナタリージェ様のご友人だったらしい。遠回しな嫌味《いやみ》をやめて、本音をぶちまけ始めたぞ。

「ちょっと貴女、なんとか言いなさいよっ!!」

真ん中に立っていたご婦人が折りたたんだ扇子《せんす》を振り上げ、私の頰《ほお》を打とうとする。私は小さく手を動かして魔術式を構築し、扇子をバァンッ！　と爆破した。

黒焦《くろこ》げになった扇子はプスプスと音を立てながら、石造りのバルコニーの床に無残に落ちていった。

「キャアッ!!」

「え？　なに？　魔術!?」

「なにこの女、どういうこと⁉」

慌《あわ》てふためくご婦人たちに向かい、私は『かかってこいよ』と手招《てまね》く。

「私、口喧嘩《くちげんか》ではあんまり勝てないけれど、拳《こぶし》で語り合うのなら得意ですよ。さぁ、最初に手を上げたのはそっちなんですから、決闘しましょう！　貴女たちはぽっと出の私をボコボコにしなければ気が済まないのでしょう？　親友の恋路を邪魔する女には、痛い目に遭わせてやりたい。それが若い女の友情ですもんね！」

「な、なんなのこの女⁉」

「ちなみに私は一ツ目羆を倒したことがあります！　貴女たちのナタリージェ様への友情ははたして一ツ目羆よりも強いのか、見せてもらおうじゃありませんか！」

「え、え⁉　一ツ目羆⁉　嘘でしょう⁉」

「あと、一番大事なことを言い忘れておりましたが、流行とは真逆をゆく少女趣味を煮詰《につ》めたフリッフリドレスもハートのピアスも、ギルからのプレゼントです！　ギルのセンスです！　私じゃないんだっっっ‼」

血反吐《ちへど》を吐くような私の主張に、ご婦人たちはさすがに黙り込んだ。私の爆破魔術より、一ツ目羆を倒した武勇伝より、ギルのセンスの方が彼女たちに大きな絶望を与えていた。わかる、わかるよ、その気持ち……。

私たちのあいだに漂《ただよ》う空気は、もはやお葬式《そうしき》のそれであった。

「……もうその辺でやめましょう、皆さん」

いつの間にかバルコニーの入り口に、黒いドレスを着た一人の女性が立っていた。

金色の髪を夜風に靡《なび》かせ、紫紺の大きな瞳をしたその女性は、私より少し年上という感じだ。彼女の顔にはラジヴィウ公爵夫妻の面影《おもかげ》があった。

彼女の声に、ご婦人たちはハッとして顔を上げる。

「ナタリージェ様……。わたくしたち、勝手にしゃしゃり出てしまい……」

しどろもどろに弁解するご夫人に、ナタリージェ様はそっと微笑んだ。

「皆さんの優しいお気持ちは伝わりましたわ。……けれど、そのやり方では、この方を傷付けることなどきっと出来ませんわ。この方は他人から見られるご自分のお姿に、さほど大きな興味はなさそうですもの」

ナタリージェ様はそう言うと、私の方へ体ごと向いた。

「初めまして、オーレリア・バーベナ・ロストロイ夫人。わたくしがラジヴィウ家長女、ナタリージェです」

そう言ってこちらをまっすぐ射抜くナタリージェ様に、ギルとダンスを踊っていた間に私を凝視《ぎょうし》していたのはこの人だと確信した。


ほかのご婦人たちをバルコニーから立ち去らせると、ナタリージェ様は背筋《せすじ》をぴんと伸ばし、ゆっくりと私の元へ歩いてくる。その一歩一歩がこれぞ令嬢の鑑《かがみ》という感じで、私はたいへん感心してしまった。貧乏田舎《びんぼういなか》暮らし令嬢（しかも前世は生粋《きっすい》の庶民《しょみん》）という私には醸《かも》し出せない気品であった。

「どうぞ、オーレリア様」

ナタリージェ様は両手にグラスを持っていた。グラスの底からプチプチと気泡《きほう》が立ち上っては弾ける。たぶんシャンパンだろう。

これ、手を伸ばそうとしたら中身をドレスにぶっかけられたり、じつは毒入りだったとかじゃないよね？　と、私は一瞬疑ってしまう。

そんな私の気持ちが分かったのだろう。ナタリージェ様は妖艶《ようえん》に微笑んだ。

「わたくしから渡される飲み物が不安なら、こうしましょうか」

ナタリージェ様はそう言って、二つのグラスをシャッフルし、大理石の手摺の上に二つ並べた。

もし毒入りだとしてももうどちらのグラスかは分からないし、ナタリージェ様の手から離れた以上、私のドレスにシャンパンを掛けることは出来ないというわけだ。

「お好きな方をお選びください」

「……では、こちらを」

どちらのグラスも毒入りというパターンもあるので、私はグラスを選んだあと、ナタリージェ様がシャンパンを口にするまでは警戒して飲まなかった。

そしてナタリージェ様が飲んだあとでようやくグラスに唇《くちびる》を寄せる。警戒しすぎてちょっと申し訳なかったな、と思いつつシャンパンを飲むと――。

「うっ……！」

私は口元を押さえ、慌ててナタリージェ様の方を見た。

彼女は「うふふ」と桃色の唇で笑みを作る。

「ノンアルコールですわ」

「ひ、ひどすぎますっ、ナタリージェ様……っ!!!!」

ダンスをたくさん踊ってカラカラの喉に、ノンアル!! お酒を美味しく飲める状態の体に、ノンアル!! ひどいぞ、ひどいぞ、ひどいぞっ!! 魔術師団の皆からだって、こんなに意地悪な仕打ちを受けたことはないぞ……!!

ショックで呆然としている私に、ナタリージェ様は話し始めた。

「わたくし、オーレリア様のことをたくさん調べたのですよ。貴女に最高の意地悪をして差し上げようと思って。だから先程の彼女たちのやり方ではまったく効果がないと分かっておりましたの」

「こんなにひどい苛《いじ》めを受けたのは初めてですっ!!」

「実に愉快《ゆかい》だわ」

ギル、早く美味しいお酒を持ってきて。ノンアルつらいよぉ。

「わたくし、貴女に意地悪が出来て嬉しいわ。少しでも貴女を凹《へこ》ませてやりたいと、ずっとずっと思っていたの。だって本当に、何故貴女がロストロイ閣下に選ばれて、わたくしが選んでいただけなかったのか、ちっともわからなくて、気が狂いそうだったの」

美しくて気品があって家柄も良くて、何もかもを持っている女性から、暗い影が溢れ出てくる。

嫉妬や切望《せつぼう》、悲痛な恋の叫びが、とろりとろりと夜の闇よりも濃く浮かび上がってくる。

「王城の廊下でロストロイ閣下を初めてお見かけしたとき、氷の花のように美しい方だと思いました。戦争の英雄。誰もがそう彼を呼び、称《たた》えていましたが、いつもその横顔に孤独《こどく》が差し込んでいました。ロストロイ閣下をお慰《なぐさ》めしたい、彼を笑わせて差し上げたい、温かな幸福を感じてほしい、わたくしがそのお手伝いをしたいと、ずっとずっとそう思ってきました」

私はナタリージェ様から目が離せず、彼女が語る独りよがりで美しい片思いの話を遮《さえぎ》ることが出来なかった。

なんでギルはバーベナを諦《あきら》めて、この子と所帯《しょたい》を持たなかったのだろう。なんでこの子が選ばれなかったのだろう。私よりもずっと、ちゃんと、ギルに恋をしているじゃないか。

「ロストロイ閣下に何度も縁談を断られました。それでもわたくしは諦められませんでした。どうしても、諦められませんでした。いつの日かきっとわたくしの想いをわかってくださると信じ、彼に相応しい女性になろうと努力し続けました。——それなのに、ロストロイ閣下はオーレリア様との縁談を受け入れてしまわれました」

ナタリージェ様の紫紺の瞳が、私をまっすぐに射抜く。

「ロストロイ閣下がそれだけチルトン閣下に恩義を感じているだけなのだと、わたくしは思っていたかった。貴女など、どうせわたくしより格下の女で、ロストロイ閣下から愛されることなどないのだと信じていたかった。信じていたかったのに……」

彼女は泣かなかった。

けれど優雅《ゆうが》だった微笑みは崩《くず》れ、破れた恋の痛みに打ちひしがれる小さな女の子のような表情になった。

「ダンスホールで踊っているお二人をお見掛けいたしました。本当に打ちのめされてしまったわ。あんなに幸せそうで、楽しそうで、心から笑っておられるロストロイ閣下を見てしまったら、もう独りよがりな恋の夢の中にもいられません。どうしてわたくしではなく、貴女が愛されてしまったの……」

私は、こんな恋は一度もしたことがない。

オーレリアになってからは貞操《ていそう》が大切な令嬢生活だったから、誰とも付き合わなかった。

バーベナの頃は笑うときの雰囲気《ふんいき》が素敵《すてき》だなとか、会話が楽しいなとか、お酒の趣味が合うとか、爽《さわ》やかな理由で人を好きになって、相手からも好意を返されたらお付き合いをした。でも結局恋人より魔術師団の仲間の方が私の中では優先順位が高くて、気付いたときには自然消滅していた。

それで胸の真ん中にぽっかりとした空虚を感じ、「恋人と別れました」というネタで皆を飲み会に誘う。おじいちゃん先輩に「仕方がない娘だのぉ」とお酒を注がれ、グラン前団長に「また次の華麗《かれい》なる出会いがあるさ‼」と肩《かた》を叩《たた》かれ、ジェンキンズに「バーベナざまぁぁぁぁｗｗｗ」と嘲笑《あざわら》われる。私にとって、恋とはそういう気楽なものだったのだ。

……ああ、でも。ギルが入団してからは恋人がいなかったなぁ。ばーちゃんが死んだばかりで、戦争まで始まっちゃって。それどころじゃなかったんだ。

ギルの妻でいる限り、私はこんなふうにギルに強い恋情《れんじょう》をぶつけてくる女性に何度でも出会うのだろう。私が持ったことのない、一生の傷にも宝物にもなりえる片思いを胸に抱える強い女性に、何度でも向き合わなくちゃならないのだろう。

だが主張しなければならない。

ギルを好きだと言う女性から逃げてはいけない。

だって私は、ギルとの楽しい生活を守りたいから。

「ナタリージェ様が納得してくださらなくても、受け入れてくださらなくても。ギル・ロストロイの妻はこの私、オーレリア・バーベナです」

貴女の恋の美しさにひるむ気持ちもあるけれど。

それでも負けていられないのが、妻というものだ。

「私の夫に手を出さないでください。私の夫にもう恋をしないでください。ちゃんとその想いを諦めて、次の恋に進んでください」

ナタリージェ様は少しだけ目を丸くすると、ため息を吐《つ》いた。

「……そんなにハッキリと言うなんて。本当にひどい人ね」

「先にノンアルを飲ませるというひどいことをしたのは、ナタリージェ様です」

ナタリージェ様は手摺に再びグラスを置くと、夜空に浮かぶ月を見上げてこう言った。

「でもわたくし、この恋の諦め方を知らないの。だって初めての恋だったのですもの」

「じゃあ方法を探してくださいよ」

「いやよ」

そこからは本当に一瞬だった。

ナタリージェ様は手摺からぐいっと上体を乗り出し、「オーレリア様なんて大嫌いですわ」と静かに言って、彼女はそのまま三階のバルコニーから身投げした。

ナタリージェは己の愚《おろ》かさを自覚していた。初恋が叶わなかったからといって命を投げ出すのは、正しいことではないと分かっている。

けれどダンスホールで、ロストロイ閣下が今まで見たことのない甘い笑みを夫人に向けているのを見たとき、ナタリージェは自分の価値を失ってしまった。この世界でたった一人欲しかった相手から、『貴女は僕に必要ない』と己の存在を全否定されてしまったのだから。

ロストロイ閣下に相応しい女性になろうと水面下で積み重ねた努力も、愛も真心も時間も、彼の本当の笑顔を引き出すことは出来なかった。なにもかもが虚《むな》しかった。

自分の恋が彼になんの痕跡《こんせき》も残せなかったのなら、せめて彼の心の傷になりたい。当て付けに死んでやりたい。自分の自殺がロストロイ夫婦の関係に暗い影を落とせたら、どれほど胸のすく思いがするだろう。ナタリージェはそう、思ってしまった。

あれほどロストロイ閣下の御心を慰めたいと思っていたのに、いつの間にか真逆の道を選んでしまっている。ナタリージェはもはや自嘲《じちょう》するしかなかった。

「こんなわたくしが、ロストロイ閣下に選ばれるはずがなかったのだわ……」

「このっ、おばかっっっ!!!!」

失恋で自殺とか、仲間が死んじゃって自爆するのと同じくらいにばかだぞ！　ヴァルハラに行けなくなっちゃうんだからね！　私は経験者だから知っているんだ!!　ナタリージェ様は、バーベナと同レベルのばかだ!!

私もグラスを投げ捨てて、バルコニーから飛び降りた。

頭から落ちていくナタリージェ様を空中で追いかけ、彼女の体を片手で抱き締《し》める。そしてもう片方の手のひらを地上に向け、魔術式を構築した。まるいレースのように展開された魔術式から爆破魔術がドカンッ!!　と爆音を立てて放たれる。

公爵家ご自慢の美しい庭園が爆破によってえぐられた。木々が吹っ飛び、ベンチが燃え上がり、土煙がもうもうと上がる。庭園は大惨事《だいさんじ》だが、爆風のおかげでこちらの落下速度が少しだけ減速した。

私は次々に魔術式を構築し、ドカンドカンドカンッ!!　と派手に地面を爆破し続ける。

落下速度は最初の勢いよりマシになったが、それでも無傷では着地出来ないだろう。地面に叩《たた》きつけられる瞬間はきっと痛いだろうな……。私は覚悟を決めて、ナタリージェ様の頭を自分の胸元に強く押し付けた。

そのとき、地面に私以外の誰かが構築した魔術式が青白く光り輝き始める。――ギルの魔術だ。

「バーベナっ!!!!」

さっきまで私たちがいたバルコニーから、ギルの叫び声が聞こえてくる。どうやら美味しいお酒を見つけて戻ってきたところらしい。それなのに嫁が恋敵《こいがたき》と心中してる場面に出くわすとか、本当にびっくりだよね。

私とナタリージェ様はギルの『クッション魔術』で柔らかくなった地面に、ぽよんっと着地した。

腕の中で呆然とした表情をしているナタリージェ様に、私は声をかける。

「ばかばかばかばか!!　大丈夫ですか、ナタリージェおばか様!?　怪我《けが》とかはないと思いますけれど!!　大ばか!!」

「…………」

ギルが氷の魔術で階段を作り、こちらに降りてくるのが視界の端に映った。

庭で警備をしていたらしいラジヴィウ家の護衛や、一階にいた侍女たちが「ナタリージェお嬢様！」と集まってくる。ラジヴィウ公爵や奥様、そして先程のご友人たちの悲鳴混じりの声も聞こえてきて、どれだけこの子が愛されていたかがよく分かる。

「……オーレリア様にばかと言われなくても、わたくしが愚かな女であることは知っているわ。わたくし自身のことですもの」

ナタリージェ様はそう呟《つぶや》き、「うわぁぁぁぁ……っ!!」と泣き出した。

「好きだったのよ、どうしてわたくしじゃないの、どうして他の誰かが選ばれて、わたくしは選ばれないの、こんなに好きなのに、がんばったのに、わたくしじゃないの……！」

誰かが思い詰め、泣き叫ぶほどギルを欲しがっても、私はごめんなさいと謝ったりはしない。出来ない。

始まりは政略結婚で、白い結婚続行中だ。世の中には私よりギルの妻に相応しい人が、きっとたくさんいるんだろう。

でもそんなこと、どーだっていいと蹴散《けち》らしてやる。

ギルとダンスを一曲踊る時間もあげたくない。

グラス一杯分の時間もお喋りさせてあげたくない。

私とギルの時間はこの世界を遊び倒して暮らすにはとても短いのだから、邪魔しないであっちへお行き。ギルの妻はこの私だ。

「ギルのことは私が幸せにしてあげるから、ナタリージェ様はナタリージェ様で幸せになってください」

ナタリージェ様の中にある、ギルに対する恋心を爆破出来たらいいのになぁ。

「うわぁぁぁん……!!」

「……バーベナ」

いつの間にか私の後ろに立っていたギルが、私のお腹へと両腕を回し、抱き締めてくる。

私の肩に顎《あご》を乗せるギルに顔を向ければ、ギルは妻がこんなに頑張って恋敵を撃退しようとしているのに、ニヤけていた。君は妻にばかり闘わせる、ぐうたら旦那なのですか？

「僕を幸せにしてくださるのですか？」

「それが妻の役目だもの。そして旦那側も妻を幸せにするよう努力するように。相互努力が未来への鍵《かぎ》ですぞ」

「承《うけたまわ》りました、僕の妻」

ギルは静かな視線をナタリージェ様に向けると、

「僕はバーベナに幸せにしてもらい、バーベナを幸せにすることに一生忙しいので、もう僕のことはご心配なさらないでください。ラジヴィウ嬢の幸せを遠くから願っております」

と告げた。

ナタリージェ様はさらに泣き出し、身を震わせる。

ラジヴィウ公爵夫妻やご友人たちが息を切らして中庭にやって来て、ナタリージェ様を強く抱き締めた。

公爵は「ナタリージェの愚行《ぐこう》を止めてくださって、本当にありがとうございました」と私たちに何度も頭を下げた。

「オーレリア夫人、ナタリージェを助けてくださって本当にありがとうございました……！」

奥様が泣きながら私の両手を取り、こう言った。

「ナタリージェももう二十歳《はたち》ですから。いい加減、次の縁談を考えねばなりません。今夜ひと時でもロストロイ様のお時間をいただき、あの子にきちんと初恋に区切りを付けて欲しいと思ったのです——わたくしのように」

公爵がこの夜会に私たちを招待したのは、ナタリージェ様への思い出作りのためだったらしい。

なんでも、奥様の初恋の人がうちのお父様で、いまでもお父様の大ファンなのだそう。それゆえ、

愛妻家であるラジヴィウ公爵はずっと私のお父様のことを目の敵にし、私にもツンツンした態度を取ってしまったそうだ。奥様がやたらと私の顔を見ていたのも、お父様の面影《おもかげ》にうっとりしていたのだとか。

そんなふうに自分たちが未だに初恋問題でゴタゴタしているので、娘にはきちんと初恋の弔《とむら》いの時間を設けてあげようと考えたらしい。

「けれど結局、このようなことになってしまって……。ロストロイ夫妻にも、ナタリージェにも、本当に申し訳ないことをいたしました」

まさか身投げしようとするほど思い詰めていたとは、思わなかったらしい。

ナタリージェ様は両親に連れられ、屋敷の中へと戻っていった。その日の夜会はそこで中止になった。

後日、ラジヴィウ家からお礼の品や謝罪文が届いた。

ナタリージェ様はまだ新しい縁談に乗り気ではないようだけれど、ご家族やご友人たちの支えもあって、どん底から少し這《は》い出してきたらしい。その調子で頑張ってギルのことを過去にしておくれ。

そしてもう一通、ギル宛にラジヴィウ遺跡の調査許可証が送られてきたのだった。

『貴女《あなた》の髪はハーブの色　貴女の瞳《ひとみ》は爆煙《ばくえん》の色　瞳の裏で輝くその残像に、僕は手を伸ばしたい』

ラジヴィウ公爵家《こうしゃくけ》の夜会でご挨拶《あいさつ》した方々に手紙を送ったり、ジョージと一緒にロストロイ家の帳簿《ちょうぼ》の確認をしたり、爆破したり、使用人から報告や相談を受けたり、出入りの業者と面会をしたり、爆破したり、ギルに渡す領地の書類の確認をしていると。

資料の間からひらりひらりと、数枚のメモ用紙が落ちてきた。

なんだこれ、と思って確認してみれば、ギルが書き損じたポエムだった。そういえば初デートの時に、ギルが『恋人に捧《ささ》げるポエムの書き方～初級編～』とかいう本をこっそり購入していたっけ。このメモ用紙はその練習作ということだろう。

「ふーん」

私は執務机《しつむづくえ》に頬杖《ほおづえ》をつきながらメモ用紙を眺《なが》めた。

ちなみにここはギルの執務室で、壁にバーベナの肖像画《しょうぞうが》が飾《かざ》られている。肖像画の周囲には未開封の酒瓶が山のように積まれ、暗黒の儀式《ぎしき》を行う祭壇《さいだん》状態だ。かつてのギルが相当病んでいたことを窺《うかが》わせる。

……あのお酒ってバーベナに捧《ささ》げられてるんだから、私が飲んじゃっても問題ないのかなぁ？

第十章　◆　ラジヴィウ遺跡

今度ギルに聞いてみよう。

私は昔からどちらかというと理系の人間で、ポエムとかフィクション小説とかの文学的なことにはとんと疎《うと》い自覚がある。このポエムの良し悪しはまったく分からないし、なんならポエムを贈られることにトキメク心すら分からない。ギルが結婚当初のやらかしをどうにか挽回《ばんかい》すべく頑張《がんば》っているのは理解するが、ポエムが一般的に有効な手立てなのかも分からない。

私としては『まぁ、許してもいいか』という気持ちになったら、お父様やヴァルハラのばーちゃんが待望する子供を作ってみるかくらいの、非常にゆる〜いスタンスで白い結婚をやっているので、ポエムの有無とか最高にどうでもいい。

……最高にどうでもいいのだけれど。

「ねぇ、ミミリー」

「はい。如何《いかが》なさいましたか、オーレリア奥様」

私の専属侍女《せんぞくじじょ》であるミミリーに声を掛ける。

「商人に小物入れを持ってきてくれるよう、連絡してくれないかな？」

「承知いたしました。ちなみにどれくらいのサイズの小物入れをご希望でしょうか？」

「メモ用紙や手紙が入る大きさかなぁ……」

「では商人に、オーレリア奥様の好みそうなデザインのもので、手紙類が入る大きさのものを見繕《みつくろ》うよう頼んでまいります」

「よろしく〜」

彼女が部屋から退室したあと、私はもう一度ギルの書き損じポエムを読む。

どう考えてもこのポエムは必要ないし、欲しくもないのだけれど——何故《なぜ》だか愛《いと》おしいという不思議。

もしかしたらこれは、子供が初めて描いた絵を愛しく思ってしまう母親の気持ちに似ているのかもしれない。子供を産んだことはないので完全に想像だけれど。

私はその後やって来た商人からちょうどいいサイズの小物入れを購入して、ギルの書き損じポエムを保管した。

▽

「バーベナ」

ギルが珍《めずら》しく空の明るい内に帰宅したので、食堂のテラスに二人掛けのソファーとテーブルを出してもらい、夕涼《ゆうすず》みがてらお酒を飲む。

朱《あか》い夕日に染まる庭や屋敷を眺《なが》めながら、背凭《せもた》れにぺとりと寄りかかっていると。ギルが優しい声で私の名前を呼んだ。

「実は来週からラジヴィウ遺跡の調査に向かう予定なのですが」

「いいな～楽しそう～、怪我《けが》に気を付けてね～。面白い古代魔術式が見つかったら教えておくれ」

私はギルを羨《うらや》ましく思いつつも、そう答えた。

今の私の役目はロストロイ家を守ることであり、ギルとの生活を守り抜くことだ。ギルの旅行鞄《かばん》に隠れてこっそりラジヴィウ遺跡に付いていき、思うがままに魔術式を解読することではない。めちゃくちゃ実行したいけれども。

「いえ、バーベナも遺跡を見たいだろうと思いまして。僕と一緒に来ませんか？」

「……旦那《だんな》の出張先に嫁《よめ》が付いていったら、他の団員が困惑《こんわく》するんじゃないですかね？」

「その心配はありません。今回の遺跡調査は下見で、僕一人で行きますから」

「ええええっ⁉　いくら団長とはいえ、単独行動は危険じゃない⁉」

ギルの話によると、現在の魔術師団はまだまだ人手不足の状態なのだそう。

もともと魔術師というのは、魔力持ちの人間にしかなれない職業だ。

魔力持ちというのは遺伝的なものではない。偶発的に生まれる存在なので、魔術師同士の間に生まれた子供が魔力を持たないことなどごく普通である。バーベナとばーちゃんが二人揃《そろ》って魔力持ちだったことは、結構珍しいことなのだ。

そういうわけで、魔力持ちの人間は増やしようがない。そして魔力持ちであっても、魔術師の道を選ぶとは限らない。実家のパン屋を継《つ》ぐ人だっているだろうし、道具に魔術式を込める魔道具師になる人だっている。

魔術師の道を選んだとて、国家魔術師団に入団するためには難関の試験を突破しなければならない。挫折《ざせつ》する者は多い。

それに、バーベナの頃の国家魔術師は魔力持ちが一度は憧《あこが》れる職業だったけれど、戦争を経験した現在では話が変わる。ひとたび有事が起これば前線で殺戮《さつりく》兵器にならねばならない国家魔術師より、町で穏やかに自営の魔術師をやっている方が幸せだと考えても仕方がないのだ。戦後に国家魔術師を引退して田舎《いなか》に引っ越した者も多かったらしい。

そんなわけで人手不足に陥《おちい》った魔術師団だが、もう一つの受難《じゅなん》があった。

戦時中に私を含めた上層部全員が亡くなってしまったことで、仕事の引き継ぎが上手くいかなかったのである。

「まず、団長室の鍵《かぎ》が見つからず、扉《とびら》に仕掛けられた五十五個の魔術トラップを解除するのに二年かかりました……」

「あ。ごめん。私が鍵を持ったまま自爆しちゃった」

引き継ぎが上手くいかなかったの、私が自爆したせいだった。

ノウハウを知っている上層部全員死亡という状況で、重要書類のある団長室を開かずの部屋にしてしまい、本当に申し訳ありません……。

歴代の団長が一つずつトラップを追加していったから、すごく大変だっただろうなぁ。

「どうにか団長室に入れたかと思うと、部屋の中でもトラップに次ぐトラップの嵐。一番厳重にトラップが仕掛けられた金庫を開けるのにさらに三年かかりました。しかも金庫の中身が芋煮《いもに》のレシピ一枚のみで……」

「あのレシピ、漆黒《しっこく》の支配者ボブ先輩が、改良に改良を重ねためちゃくちゃ美味《おい》しいレシピだよ。当時、王城の料理人に狙われて争いが巻き起こったから、グラン団長が金庫に厳重に保管してくれたんだよね」

「……もう渡してしまいました」

「なんでー⁉」

「…………」

魔術師団と王城料理人との間に起こったいざこざも、後世《こうせい》に引き継ぐことが出来なかったとは。戦争は伝統や文化を破壊するばかりだ。悲しい。

ギルはげっそりとした表情をして中空に視線を向けていた。

「……とにかく。バーベナたちがいた頃よりも人手が半数以下になり、単独での魔術依頼やモンスター討伐がぐっと増えています。本業である魔術研究にしわ寄せが来る有様《ありさま》ですよ」

「私たちの頃は最低二人で受けていたのに、大変だなぁ。どうりでギルが『今夜は飲み会で遅くなります』とか言わないわけだ」

「飲み会など、もはや忘年会《ぼうねんかい》と新歓《しんかん》だけですよ」

「時代の流れかぁ」

そういえば私、ギルが結婚前に会いに来なかったことを『私の頃とそんなに業務内容が変わったのか⁉』って怒っていたけれど、本当に変わっていたんだな……。

ほとんどゼロからの再出発だったんだろうなぁ。

「理解の行き届かない妻でごめんね、ギル……」

当時のことを謝れば、ギルが気まずそうに視線を逸《そ》らした。

「……すみません。結婚前に貴女に会う時間を取らなかったのは、仕事の忙しさのせいではなく、ただ単に僕が愚《おろ》かだっただけです……」

「そうか。まぁ、お互い話し合って配慮《はいりょ》し合える夫婦になろう」

「そうですね」

というわけで、私もギルの出張にくっついてラジヴィウ遺跡を見に行くことになった。

楽しみだ！

▽

「ではジョージ、僕たちがいない間の留守を任せた」

「じゃあ皆行ってくるねー！　お土産《みやげ》楽しみにしてて！」

ラジヴィウ遺跡へと旅立つ日の朝。私とギルは馬車に乗り込み、見送りに出てきてくれた使用人たちに挨拶《あいさつ》をする。

執事のジョージや侍女のミミリーがしっかりと頷《うなず》いた。

「行ってらっしゃいませ、旦那様、奥様」

「屋敷の者一同、お二人のご無事の帰還を祈っております」

彼らに手を振り、馬車はロストロイ家から出発した。


ラジヴィウ遺跡は旧バーデニア子爵領にあり、広大なラジヴィウ公爵領の中でも僻地《へきち》にある。かろうじて飛び石にならなかった場所だ。

王都からは一週間ほどの距離にあり、元々の人口は少ない。けれど四年前に遺跡が発見されてから研究者や観光客が増え、現在は小都市となっているらしい。

遺跡は地下神殿のようになっており、観光客が訪れることが出来るのはその入り口までだ。研究者が地下二階まで探索しているが、まだその先へ進むことは出来ずにいるらしい。

「僕が話を聞いたところによると、どうも地下二階より先には魔術トラップが仕掛けられてあるらしく、ラジヴィウ家お抱えの魔術師だけでは解除出来ずにいるらしいのです」

「どうしてその状況でギルからの調査依頼を放置出来たんですかね、公爵よ……」

「僕が根負けして、ご令嬢《れいじょう》との縁談に応じるのを待っていたらしいですね……」

私たちは思わず遠い目になる。

「それで、こちらが遺跡の地下二階までの地図です」

「ほほう。拝見《はいけん》しよう」

ギルが広げた地図を覗《のぞ》き込む。

地下神殿に似ているとはいっても実際の神殿ではないようで、本堂や祈りの場などは地図に記載されていない。まだ探索されていない地下にあるのかもしれないが。

用途不明の部屋がいくつもあり、食器などの生活道具や、壺《つぼ》や絵画などの美術品、槍《やり》や剣《けん》といった武器も見つかっているらしい。

「本当に竜王が暮らしていた館だったら面白いね」

「研究者たちもそちらの線で調べているようです。竜王《りゅうおう》の呪《のろ》いを受けた宝を見つけ出せたら、後世に残る大発見になるでしょう」

「呪われて死ぬかもしれない宝ですけれどね」

「人は強欲《ごうよく》ですから」

「でもその死に方じゃあ、ヴァルハラにはきっと辿《たど》り着けないね」

「確かに、呪われた宝を手に入れようとする人間は、手を出さなければならないほど切羽詰《せっぱつ》まっている状況か、元々視野が狭《せま》い人間でしょうね。死後のことなど考えていないでしょう」

現世を真っ当に戦い抜いた者だけが、ヴァルハラの地を踏める。呪われた財宝を欲しがって死に至るような人間では、きっと辿り着けはしないだろう。

ギルはふと口にした。

「バーベナが本来行くはずだった死者の国は、どのような場所だったのでしょうね」

「そりゃあもう、治安がものすっっっごく悪くて、極悪人がうろうろしてて、きっと蜂蜜酒《はちみつしゅ》なんて一滴も存在しない恐ろしい場所に決まっているよ」

「貴女にとってお酒の無い場所は、すべて暗黒の世界なのですね」

ギルはそう言って苦笑した。

私たちはそんなふうに、ラジヴィウ遺跡までの長閑《のどか》な道をのんびりと進んでいった。


ラジヴィウ遺跡に到着する前日の宿で、私は久しぶりに夢の中でヴァルハラのばーちゃんと会った。

ちなみにその日泊まった宿は温泉が売りで、宿の支配人が気を遣ってくれて、露天風呂《ろてんぶろ》を夫婦の貸し切りにしてくれた。けれどギルが「後生《ごしょう》です、水着着用許可をお願いします」と支配人に土下座《どげざ》して大変だった。

君、一応爵位《しゃくい》持ちだろ。庶民《しょみん》を困らせるのはやめろ。白い結婚続行中とはいえ夫婦なのだから、混浴するのに水着なんて着なくてもいいじゃないか。そもそも水着を着たらどうやって体を洗えばいいんだ？

私よりも恥《は》じらいのあるギルのせいで、せっかくの露天風呂が水着着用になってしまったが、お風呂は素晴らしかった。源泉掛け流しの露天風呂は眺《なが》めも良く、入浴中のお酒もサービスされて最高だった。

私はすっかり良い気分になり、「ギルもお酒、飲むでしょ？」とお酒を注いであげようとしたら、ギルは露天風呂にまだ一分しか浸かっていないのに逆上《のぼ》せていた。

私は慌《あわ》ててギルをお姫様抱っこして脱衣場まで運んだ。心臓発作《しんぞうほっさ》とか危険な状況かと思って、非常にびっくりした。

『久しぶり、ばーちゃん！　本日は何用ですか⁉』

『ちょっと孫《まご》の様子を見に来ただけですよ。元気そうで良かったわ、バーベナ』

ばーちゃんからの御告《おつ》げがないということは、今回はラジヴィウ遺跡が大崩壊《だいほうかい》とかのフラグはないようで安心する。

『旦那《だんな》さんと仲良くやっているようで安心しました。貴女もそろそろ白い結婚はやめて、曾孫《ひまご》の四人や五人を』

『あ、ばーちゃん。聞きたいことがあるんだけれど』

私はばーちゃんの面倒《めんどう》くさい話を強引に遮《さえぎ》る。

『私の元にばーちゃんが現れることが出来るのは、私が一度死んで生まれ変わったという特異《とくい》のせいなんですか？　私の魂《たましい》はヴァルハラに繋《つな》がっているの？』

以前ギルとそんな話をしていて、自分からばーちゃんを呼び出すような真似《まね》はしないで欲しいと頼まれた。で、今回ばーちゃんの方からやって来てくれたので質問してみる。

ばーちゃんはハッとしたような表情をして私を見つめた。

『そうですね……。バーベナは本来死者の国へ行くはずだったのを、大神様《おおがみさま》に嘆願《たんがん》して、ねじ曲げていただきました。だから私が貴女に会いに来れるのは、ねじ曲げたことによる歪《ゆが》みのせいなのかもしれません……』

ばーちゃんにもハッキリとは分からないようだったが、ギルの仮説は結構正解に近いのかもしれない。

『ただその場合、バーベナの魂に繋がっているのはヴァルハラではなく、死者の国なのでしょう』

『死者の国⁉　なんで⁉』

『貴女が死者の国へ行くはずだった魂だからですよ』

真剣な表情をしたばーちゃんが、私の両肩に強く手を置く。

『いいですか、バーベナ。貴女の魂が通常の人間よりも死に近い場所にあるというのなら、これ以上、死に魅入《みい》られないようにしなければなりません。頭から死に飲み込まれてしまったら、すぐにでも死者の国に引きずり込まれてしまうでしょう』

『いやぁぁぁ！　おっかない！』

『私ももう気軽に貴女のもとへ訪れるのは止めておきましょう。これ以上バーベナの魂に歪みを引き起こすわけにはいきませんから』

私はとっさに言葉を飲み込んだ。

心境《しんきょう》としては、やだやだやだ！　ばーちゃんが会いに来てくれないなんて寂《さび》しい！　また会いに来てよ！　と駄々《だだ》をこねたいのだが。死者の国に引きずり込まれて、ばーちゃんとヴァルハラで再会出来なくなるのも非常につらい。

でも涙がポロリと零《こぼ》れる。

『死に飲み込まれないよう、堅実《けんじつ》に今を生きるのですよ、可愛《かわい》いバーベナ』

『……はい』

『貴女がしっかりと生きて天寿《てんじゅ》を全《まっと》うすれば、またヴァルハラで会えるのですから。寂しがってはいけませんよ。おばあちゃんも魔術師団の皆も、いつでもバーベナを見守っていますからね。……それにもしかすると、貴女と会う方法が他にあるかもしれませんし』

私がこくりと頷《うなず》くと、ばーちゃんは夢の中から消えていった。


大事な人全員と、ずっとずっと一緒にいたい。

なんて幼くて、普遍的《ふへんてき》で、どうすることも出来ない願いなのだろう。

私の嫁入りの時にチルトン家の皆が泣いてくれたように、ナタリージェ様が泣いたように。人は別れを繰り返す。

どうせ別れを受け入れ、諦《あきら》めるしか方法はないくせに、どうしてこんなにも泣けてしまうのだろう。


「……バーベナ?」

ギルに肩を揺《ゆ》すられ、目を覚ます。まだ真夜中のようで室内は暗く、私は顔中をびしゃびしゃにしていた。

ひどく心配げな表情をしたギルの顔が、すぐ側《そば》にあった。

彼の手のひらが私の頰《ほお》を擦《さす》る。爪先《つまさき》で傷付けないようにという配慮《はいりょ》が見える、ぎこちない動きだった。

「どうして泣いておられるのですか？　夢見が悪かったとか……」

「ばーちゃんが夢に出てきた」

私はギルに涙を拭《ぬぐ》われるまま、夢の中でのばーちゃんとの会話を口にした。

話せば話すほど寂しくなって、胸の奥が軋《きし》んで、涙がだらだらと耳の横を伝っていく。ギルは手を使うのを諦めて、側にあったタオルで私の顔を拭《ふ》き出した。

「……仕方がないことですよ。バーベナの魂が死者の国へ引きずり込まれてしまうより、よっぽどマシです」

「分かってる。でも寂しいぃぃぃぃ！」

「僕がいます。貴女の傍にずっといますから」

「どうせ私より先に寿命《じゅみょう》でヴァルハラへ行っちゃうくせに！　私をひとりぼっちにするくせに！」

こんな事、口にしたってどうしようもない。

ギルとオーレリアは十六歳も年が離れているのだ。どう考えたって私を置いていく。どうしたって私を孤独にさせる。考えたって解決方法なんてない。だからいつもみたいに面倒なことは考えるのを止めて、諦めて、忘れてしまいたい。

それなのに今の私は感情の荒波《あらなみ》が抑えられず、ギルに情けないところを見せてしまう。自分が自分じゃないみたいだ。

いや、こういう愚かな部分も確かに自分だと分かっているのだが、今まで直視したくなかったのに、ギルの前では隠せなくなってきている。

……幼いギルの前ではもっと師匠面《ししょうづら》していられたのに、大きくなってしまったギルの前では弱い自分を繕《つくろ》うことが出来ない。何故だ。

ずっと傍にいるだなんて慰《なぐさ》めるなよ、ギル。余計に寂しくなっちゃうだろうが。

「では、僕たちの間にたくさん子供を作り、家族を作りましょう。バーベナのことを母と呼び、祖母《そぼ》と呼んで愛してくれる家族を増やしましょう。僕がヴァルハラへ行ったあとも、貴女が賑《にぎ》やかな家庭で過ごせるように」

ああ、そうか。だから人は懸命に命を繋ぐのか。自分が最後の一人にならないように。明るい世界の中で、自分の命が終われるように。子供を生み育てて未来を作ろうとするのか。

今の私には一人にならない為《ため》にそんな解決方法があるのかと、びっくりしてまた涙が溢《あふ》れた。

「だからどうか、死に魅入られないで。僕が貴女をヴァルハラへ連れて行くときまで、どうかきちんと生き抜いてください」

温かなギルの腕の中に抱き締められて、私は溺《おぼ》れる人間みたいにギルの背中に腕を回した。私はギルの夜着の胸元を涙と鼻水でべちゃべちゃに濡《ぬ》らし、それでもまだ涙が出てくる。もはや湧き水かよ。

けれどギルが何度も繰り返し私の頭をよしよししてくれて、だんだんと落ち着いてくる。

いつの間に、私はギルをお子ちゃまとして見なくなってしまったのだろう。

私は泣き疲れ、ギルの腕の中で夢も見ずに朝まで眠った。

▽

朝起きると目が真《ま》っ赤《か》に腫《は》れていた。まぁ、いいか。

とりあえず顔を洗って、髪の毛を適当に纏《まと》めて、ハートのピアスを付けて、動きやすいローブに着替える。

遺跡探索中の食料や飲み物、方位磁石やタオルやナイフなどは、空間魔術式が組み込まれたバッグに詰め込んだ。それなのにたいした重さを感じないので素晴らしい。値が張るだけのことはある。

身支度《みじたく》が整ったのでギルのもとへと行けば、ギルは氷魔術で冷やしたタオルを用意してくれていた。有《あ》り難《がた》い。

タオルを目元に当てるとひんやりとして気持ちがいい。嬉《うれ》しい。ギル大好き。

「……もう気持ちは落ち着きましたか？」

銀縁眼鏡《ぎんぶちめがね》の奥のギルの瞳が、こちらを気遣《きづか》う色をしていた。

あんなふうに泣き喚《わめ》いて、自分の押し隠していた感情をギルにぶつけたのは初めてだったから、心配をかけてしまったらしい。

たぶん上司だった頃のバーベナなら、ギルに『もう大丈夫だよ。吹っ切れたから』と言えただろう。子供に見せられないような恥ずべき感情など、無かったことにしただろう。

だけれど今の私はおかしくて、ギルの前で自分の負の感情をうまく隠すことが出来ない。

ギルのことを守るべき幼い部下ではなく、私と対等な一人の男性として見てしまっていた。

「心配かけてごめんね。まだ気持ちはぐちゃぐちゃだけれど、遺跡探索には持ち込まないようにするから」

私がそう言えば、ギルは優しく目を細めて微笑んだ。

「貴女の心配くらいさせてください。僕は夫として、貴女のことを心配する権利があるのですから」

ギルの言葉に、胸がぎゅっと痛んだ。


私たちは宿から出発すると、遺跡がある草原まで馬車で移動する。

地平線の果てまでも続きそうな草原に、人や馬車の往来《おうらい》で踏み固められた土の道が続いていた。

まだ朝の早い時間帯なので観光客の姿は見えず、研究者風の人や遺跡の周辺で商いをしているっぽい人が馬や驢馬《ろば》に乗って進んでいく姿が見える。

ラジヴィウ遺跡がある地下への入り口がある場所はすぐにわかった。まだ開店前の屋台の列が並び、遺跡の警備にあたる兵の宿舎が建てられた大通りがあり、それを辿《たど》った先に地下へと繋がる穴がぽっかりと開いていた。穴は大人が三人、横に並んで入れるくらい大きい。

「この入り口は発見時はとても狭く、人の手で掘り広げて今の大きさになったそうです」

「へー、そうなんだ」

私とギルは馬車から降り、御者《ぎょしゃ》に宿へ帰るように伝えてから入り口へと向かう。

穴を覗《のぞ》き込むと、中は急な階段になっていた。どうやらこの階段も新しいものらしい。

「バーベナ、滑《すべ》り落ちないように気を付けて進みましょう」

「はーい」

ギルが先に進み、私も階段を下る。穴の中に入るとムワッと土の臭《にお》いがして、一気に気温が下がって肌寒くなった。

階段の途中から天井《てんじょう》付近にランプが現れ、辺りが照らし出される。階段はぐねぐねと曲がりながらどこまでも続き、果てがないようにも思えた。まるで死者の国へ降りていくみたいだ。

「もうすぐ下に着くようですよ、バーベナ」

階段から滑り落ちないように足元ばかり見ていた私は、ギルの言葉に顔を上げる。

数段先に地面が広がっていて、洞窟《どうくつ》のような空間が広がっていた。

そしてその先にはたくさんの松明《たいまつ》が灯されて、黄色っぽい石で作られた巨大な地下神殿がドドーンと存在していた。

「こいつは凄《すご》いね！　いったい誰がどうやってこんな地下に石を運び込んで建てたんだろう⁉」

残りの数段をぴょんぴょんと降りて、私は遺跡を見上げた。

神話に登場する場面が描かれたレリーフが壁や柱に細かく彫り込まれていた。あまりにも緻密《ちみつ》な彫りに、制作者の狂気すら感じる。

遺跡の入り口には警備の兵士がおり、ギルが彼らにラジヴィウ公爵からの許可証を見せると、すぐに中へ入れることになった。

遺跡の中はやはり全部石造りだ。歩く度に足音がカンカンと響いて反響する。

建材となった石はなぜか薄《うっす》らと発光していて、遺跡の中は完全な暗闇にはならなかった。そのおかげで、壁や天井に彫られた幾何学模様《きかがくもよう》のようなものが見える。魔術式ではないので、古代文字だろうか。

「この辺は資料通り、無数の部屋があるようですね」

「石で作られたベンチやテーブルなんかもあるね。生活の跡だ」

時折ほかの研究者グループと出くわし、情報を聞き出す。やはり地下二階より下へはまだ降りられず、困っているとのこと。

研究者に教えてもらったルートを進むと、地下三階へ続く階段を発見した。

「いいですか、バーベナ。ここは遺跡の中です。爆破魔術の安易《あんい》な使用は生き埋めになる可能性があるので、気を付けてください」

「わかった。致《いた》し方無しって時に使うね」

そうして私たちは階段を降り始めた。


「きゃぁぁぁぁ！　物凄い速さで巨大な石球が転がってくるよぉぉぉ！」

「駄目《だめ》です、バーベナ！　この先は行き止まりです！」

「もはや致し方無し！　爆破！」

突如前方から転がって来た巨大な石球から逃げる道を探して走っていたが、結局私たちは袋小路《ふくろこうじ》に追い詰められてしまった。

私は両手を前に翳《かざ》し、魔術式を構築、爆破魔術を発動！　ドッカーン‼

「バーベナっ！　こんな狭い廊下で爆破したら……‼」

巨大な石球は木っ端微塵《こっぱみじん》に爆破され、その残骸は爆風に乗って廊下の奥へと消し飛んだ。

そしてギルも爆風に巻き込まれ、一緒に吹っ飛んで行くのが見えた。

「えええぇぇ⁉　ギルぅぅぅ⁉」

ギルは結界魔術が使えるから命の心配はないと思うが、大丈夫だろうか……。

ひやひやしながら爆風が晴れるのを待っていると、ギルはローブの端に引火した火を消しながら姿を現した。どうやら大きな怪我《けが》はないようだ。

「爆破しちゃってごめんね〜、ギル。火傷《やけど》用の軟膏《なんこう》もあるけれど、使う？」

「いえ、大丈夫です。次は僕がちゃんと、バーベナの爆破のタイミングに合わせて結界を張るので……」

ギルが無事で良かったぁ。第一のトラップ、無事に解除だね！

先へ進んで行くと、今度は廊下の壁と天井から無数のトゲが現れた。そして私たちを串刺《くしざ》しにしようと、壁や天井ごと迫ってくる。

「うん、これは致し方無し。爆破だ！　いいよねギル？」

「はい。次は絶対に巻き込まれたりしません！」

壁や天井に向けて素早く魔術式を構築、爆破の連打!!　ドカン！　ドカンッ！　ドッカーン!!

ギルは爆破に巻き込まれないよう、すぐに結界を張ったが、「さすがバーベナの爆破魔術……！

結界にもっと魔力を注ぎ込まないと、すぐに打ち消されてしまう……！」と額に汗を滲《にじ》ませていた。

私の爆破作業が終わる頃には息も切らしていた。

「大丈夫、ギル？」

「正直、副団長との魔術対決よりきついです」

というわけで第二のトラップを解除！


「お次は大鎌《おおがま》を振り回すゴーレムかぁ」

「バーベナ、あのゴーレムは僕が足止めします。そのあいだに貴女はゴーレムの中にある核《かく》を探して破壊を……」

「え？　ゴーレムの中の核をいちいち探して壊すより、全部爆破しちゃえば早くない？」

「……それは、そうなのですが」

というわけでドッカーン！

「……ふつうは頑強《がんきょう》なゴーレムを灰燼《かいじん》にする方が、難しいのですよ」

ギルは燃えカスになったゴーレムを眺め、静かに呟《つぶや》いた。


数々のトラップを爆破粉砕し、私とギルは順調に地下神殿を攻略していく。もしかすると今回の調査で最下層にまで辿り着けるかもしれない。楽しみだ。

うきうきした気分で廊下を進んで行くと突然、足元の床が消えた。

「わあぁぁっ！」

「バーベナっ！　僕に摑《つか》まってください！」

ギルと抱き合う形で巨大な穴へと落下していく。

ナタリージェ様の時と似ているな。あの時と同じようにギルがクッション魔術を使って地面を柔らかくしてくれれば、怪我はしないで済むだろう。

「あれ？　今回は地下に進みたいんだから、このままどんどん落下して、爆破で地下に次々と穴を開けていけばいいんじゃない？」

「その方法ではさすがに地下神殿が崩壊します！　そもそもこの穴の下がどうなっているのかも分からないのに、危険すぎます！　僕の風魔術で元の階まで飛びましょう！」

ギルはそう叫ぶと、あっさりと風魔術の式を構築して一気に穴から脱出した。

わあ〜、ギル、すごいね！


さらに先を進んでいくと、急に廊下が傾斜《けいしゃ》して、天井から謎の液体が流れてきた。

「滑って前に進めなーい。めっちゃツルツルする！　これは致し方無しでいいよね、ギル？」

「これが可燃性の液体だったらどうするのですか⁉　僕が氷魔術で凍結させます‼」

私が両手を翳《かざ》す前に、ギルが廊下をすべて凍らせた。なるほど、これで前進できるね！

おおっと、今度は『死者の国の入り口を守る番犬』と言われている巨大な狼犬《ろうけん》ガルムが現れた！

こっちを見下ろして黄色い牙を出し、グルグルと唸《うな》っているぞ！　こちらが少しでも近づけば噛み殺してやろうという気迫を感じる。

「こいつは致し方無」「僕が睡眠魔術で眠らせます!!　まだこの先にどれだけのトラップが仕掛けられているのか分からないのですから、無駄な戦闘は避けてください!!」

ギルは私の前に出ると、鮮やかな手腕でガルムを眠らせた。あんなに怖い顔をしていた狼犬も、眠ってしまえば子犬のように可愛いねぇ。

私は「ほぉ～」っと、感心のため息を吐《つ》いた。

▽

やはりギルは天才だなぁ。どのような魔術もそつなくこなす。私の夫、格好良い。妻として鼻高々である。

お陰で無事に、地下七階まで到達した。

そしてこの地下七階、今までの階と違って廊下や部屋がなく、ダンスパーティーでも開けそうな巨大空間になっていた。

床には正方形のタイルが敷き詰められ、四方の壁には神話の場面のレリーフがぐるりと並んでいる。巨大な柱が等間隔に並び、そこには葉や蔦《つた》などの模様が彫り込まれていた。

だが、それだけの空間だ。物は何も置かれておらず、地階へ続く階段もない。ブーツの踵《かかと》で床を叩けば、これ以上地下に空洞があるような音はしなかった。

「ここが最後の階だとすると、竜王の宝は存在せず、伝説はただのお伽噺《とぎばなし》だったということなのかなぁ」

私のぼやきが広い空間に反響する。

ギルは先程から壁のレリーフを観察していて、ゆっくりと大広間を歩き回っている。私も彼の側に近寄って、レリーフを眺めることにした。

……おや？

神話の場面が描かれたレリーフの中で一点、奇妙な箇所を見つけた。ヴァルハラが描かれた場面なのだが、館の形がおかしい。

神の館ヴァルハラ。

実物を見ることは叶わなかったが、チルトン領で石像群を制作した時に、教会の神父様からたくさんの宗教画を見せてもらったのだ。だから私、ヴァルハラの館にはちょっと詳しい。世界樹の一本であるレーラズがあって、五百四十の扉があって、槍《やり》の壁と楯《たて》の屋根があって、なんか色々とすごいのだ。

だがレリーフに描かれたヴァルハラの館は、一目見ただけで紛《まが》い物《もの》であることが分かった。これはヴァルハラの館ではなく、この地下神殿ラジヴィウ遺跡だ。

そしてそのレリーフの地下神殿から、微《かす》かな魔術式の痕跡《こんせき》を見つけた。

「ギル。このレリーフに描かれた地下神殿こそが『本物』だよ」

私が彼を呼んでレリーフを指差せば、ギルは驚いたように該当箇所を確認し始める。

「……相変わらずバーベナの解析は早いですね」

「私、昔から目が良いから。まぁ、どちらにしろ爆破魔術しか使えないんでね。解析より先はギルに任せるよ」

「では、バーベナに出来ないことはこの僕が。『本物の地下神殿』への入り口を開きます」

ギルが両手を翳して魔術式を構築、レリーフの中の地下神殿の扉に仕掛けられた魔術を次々に突破していく。さすがは現魔術師団長、無《む》駄《だ》がなく素早い動作だ。

そして最後の魔術式を解除すると、レリーフの中の地下神殿の扉がぽっかりと開いた。

開いた穴は小さな子供さえ入れない大きさに見えるが、一歩近づけばレリーフの中の世界に入れるのだろう。

「さて行きましょうか、バーベナ」

「もちろんだとも、ギル！」

私たち夫婦は手を繋ぎ、同じタイミングで足を踏み出す。

すぐに次元が歪んで、レリーフの中の世界へと吸い込まれた。

第十二章 ◆ 竜王の宝物殿

レリーフの中は、先程まで私とギルがいた大広間とそっくり同じ造りをした空間だった。舞踏会でも開けそうな程に広く、等間隔に柱が見える。

ただ一つ違うのは、お宝がぎっしりと詰め込まれていて床がまったく見えないということだ。

金銀財宝がたくさんの山を築き上げ、目に痛いほど眩《まぶ》しく輝いている。部屋の奥の方は財宝に隠れてしまい、壁すら見えない。

一歩足を踏み出すだけで、黄金のゴブレットや銀の皿を蹴飛ばしてしまった。指輪や金貨などがブーツの裏でジャリジャリと音を立てると、前世庶民《しょみん》・現世貧乏令嬢《びんぼうれいじょう》として生まれた私には少々罪悪感が芽生《めば》えてしまう。

「大丈夫《だいじょうぶ》ですか、バーベナ？　この空間に入ったせいで体調などに異変はありませんか？」

「金銭感覚が崩壊《ほうかい》しそうな異変がありますね……」

「それならば大丈夫です。強欲《ごうよく》であることは悪いことばかりではありませんから。それでリドギア王国の経済が回り、だれかの今日の生活が守られるのです」

「そういう問題なのかはよくわかりませんが、頑張《がんば》って財宝を踏みます！」

「そうしないと先へ進めませんからね」

私は覚悟を決め、財宝の山をザックザクと登っていく。

足場が不安定すぎて何度も滑《すべ》り、ブーツの裏に財宝の尖《とが》った部分が刺さっては引っこ抜く。たまに財宝の雪崩《なだれ》が起こって逃げたり、財宝のクレバスにズサァァッと落っこちてギルに救出されたりした。どうもこんにちは、金銀財宝まみれの奥さんです。ローブのあちこちから金貨がいっぱい出てくるよ……。

しかもここにある財宝のほとんどすべてに、死に関連する魔術式が組み込まれている。闇魔術だ。この部屋から財宝を運び出せば、凍死《とうし》したり、人体が発火したり、ゆっくりと全身が壊死《えし》したり、四肢《しし》がもげて死んだりするような魔術ばかりだ。うっかりポケットに金貨の一枚でも紛れ込んだら、たいへん危険である。

これらの闇魔術が『竜王の呪われた財宝』と呼ばれるにいたった原因なのかもしれない。

「あとで詳しく解析しないと駄目《だめ》だね、この財宝」

解析した魔術式とその危険性をメモしてギルに渡しておけば、後日魔術師団が調査に来たときに注意してもらえるだろう。

「今回の下見に、バーベナが来てくださって助かりました」

爆破と解析は私の得意分野だからね。その代わり、解除はまったく出来ないのですが。

……しかしこの魔術式、本当に竜王《りゅうおう》が仕掛けたものなのだろうか？

伝説の中ではバーデニア領主の息子として生まれた竜王なので、特別な竜だったのかもしれないけれど。ドラゴンは火を噴《ふ》いたり、雨を操ったり、カラスのように財宝を集めて執着するイメージばかりで、闇魔術を操る印象はあんまり無いんだよなぁ。

まぁ私、ドラゴンの専門家じゃないからわかんないや。


そんな感じで歩みは遅かったが、なんとか部屋の三分の一ほどまで進むことが出来た。

そして私たちはその光景をようやく目にすることが出来た。

「あれが竜王の――骨?」

「完全に白骨化《はっこつか》していますね」

財宝の山の中に、丸太のように大きな骨が何百本と落ちている。

その中でも一際大きいのは頭蓋骨《ずがいこつ》で、それだけで小屋くらいの大きさがあった。

「本当に竜王が存在していたんだ……」

「旧バーデニア子爵《ししゃく》領に残された竜王伝説がどこまで真実かはわかりませんが。確かにこの宝物殿に、竜が封印されていたのは事実ですね。国王陛下に報告しなければ」

「死因はなんだろう?」

「次回の調査では魔術師団だけではなく、学者たちも連れて来なければなりませんね」

伝説では旧バーデニア子爵家の血縁《けつえん》の女性に首を切られたと言われているが、実際には無理だろうな。竜王の骨の大きさから考えて、女性の腕力では致命傷《ちめいしょう》は与えられないだろう。

「まぁ、真実はともかく。この死の魔術たっぷりの財宝を解析してみるとしますか!」

「僕はもう少し先に進んで、この宝物殿の調査を続けます。バーベナは財宝の雪崩に気を付けてください」

「はーいっ」

ギルがメモを取りながら部屋の奥へ進んでいくのを見送り、私は竜の骨の周囲にある財宝を調べることにした。

「さて、まずはこの大きなエメラルドが付いた王冠《おうかん》は……」

私が王冠を持ち上げたとき、ガラガラと大きな音がすぐそばから発生した。

何の音だ、と振り向いてすぐに、音の発生源が分かる。

竜王の骨だ。

財宝の山の上にバラバラと散らばっていたはずの竜王の骨が勝手に動きだし、まるで骨格標本《こっかくひょうほん》を組み立てていくかのように連結していく。――アンデッドだ。

「うわぁぁ……。これ、爆破でどうにかなるのかな……」

十中八九無理、と思いつつも私にはそれ以外に方法がない。

完全に竜の形になる前にと私は魔術式を複数構築し、ドカンッ!! ドガガガガンッ!!!! と派手《はで》に爆破魔術を連発した。

竜の骨は私の爆破魔術で粉々《こなごな》になったが、すぐに破片《はへん》が集まって再び巨大な骨の形に戻る。やはりアンデッドに爆破は無意味だった。

竜王の骨はまた連結を始め、巨大な頭蓋骨から長い尻尾《しっぽ》、指の骨の先の鋭《するど》い爪《つめ》まで綺麗《きれい》にくっついた。

そして骨で出来た翼を使って、私の方へと羽ばたいてくる。

なんで骨だけで飛べるんだ⁉　そもそも目玉もないのに、どうして私の存在を把握してるんですかね⁉　アンデッドめちゃくちゃ怖っ‼

あんな鋭い牙や爪で襲い掛かられたら、人間など一瞬で肉片《にくへん》になってしまう。

私は必死で竜王のアンデッドから逃げながら、ふと、『私、ここで死んじゃうのだろうか？』と考えてしまった。

え？　こんなところで死ぬの？　そりゃあ、ヴァルハラに行くことは私の夢で、憧《あこが》れで、幸福のはずだけれど。今？　この瞬間なの？

――ギルを置いて逝《い》くの？

夫の顔が脳裏《のうり》をよぎった瞬間、後ろから「バーベナ‼」と私を呼ぶギルの声がした。

「竜王ごときが、僕の妻に手を出すなっ‼‼」

財宝の山の天辺《てっぺん》に立ったギルが、魔術師用の杖《つえ》を携えていた。杖は魔道具の一種であり、高度な魔術式や大規模魔術式を構築する時に使われる。私も戦時中はよく使っていた。

ギルは杖を振るい、複雑な魔術式を構築した。私でさえ見たことのない魔術式だ。

巨大な魔術式が空中に浮かび上がり、そこから金色の光を放つ無数の矢が放たれる。――すっっっごく珍《めずら》しい、光魔術だ。

アンデッドは目標を変えてギルに襲い掛かろうとしたが、聖なる光の矢の方が早かった。矢は次々と竜王のアンデッドに突き刺さり、その部分からどんどん浄化《じょうか》していく。アンデッドが最後の

足掻《あが》きにギルへと鋭い爪を向けたが、最後の矢がアンデッドの舟状骨《しゅじょうこつ》に刺さって消滅していった。

ギル、すごい……。

あんなに小さかったギルが、こんなにすごい魔術まで使えるようになっているとは。彼の成長と頼もしさに胸が熱くなってくる。

「ギル、助けてくれてありがっ、」

嬉《うれ》しくて、ギルの元まで駆けていこうとして、私はまた何か変な財宝を踏んで転んでしまった。

また蟻地獄《ありじごく》みたいな財宝の中へ落ちてしまっては大変だと思い、私は近くにあった何かに摑《つか》まろうと手を伸ばした。

私が摑まったのは、水晶玉《すいしょうだま》のようなものだった。人の頭ほどの大きさで、中心に黒い靄《もや》のような渦《うず》が見える。黒い渦は生き物のように蠢《うごめ》き、一瞬ごとに形を変えていく。

そんな不思議な水晶玉から声が聞こえて来た。

〈……妾《わらわ》は帰りたいのじゃ〉

癇癪《かんしゃく》を起こしている、幼女らしき声だ。だが、すごく古臭《ふるくさ》い喋《しゃべ》り方だな。

〈帰りたいのじゃ　帰りたいのじゃ！　妾を帰らせるのじゃ阿呆《あほ》トカゲめ～っ！　妾を帰らせないつもりなら呪ってやるのじゃ　トカゲを盛大に呪ってやるのじゃ～〉

水晶玉が喋《しゃべ》る度に中心の黒い靄が蠢き、そして黒い靄が水晶玉から噴き出してくる。

なにこれ、やばい。こんなに禍々《まがまが》しい闇魔術は見たことがない。

慌《あわ》てて手放そうとしたけれど時すでに遅く、黒い靄は私の視界を塞《ふさ》ぎ、体に絡《から》みつく。絡みついた靄は凍てつく冬の空気みたいに冷たくて、私の体温を一瞬で奪っていった。

「バーベナっっっ!!!!」

一瞬ギルの焦《あせ》った表情が見えたけれど、私は手を伸ばすことも叶わず、水晶玉の中へと誘《いざな》われてしまった。

▽

「バーベナっっっ!!!!」

竜王のアンデッドを倒してからすぐに財宝の山から降りると、バーベナが水晶玉から溢れ出てきた黒い靄に飲み込まれる瞬間を見た。

僕は慌てて彼女に向かって手を伸ばし、財宝の山を蹴散らしながら走ったが、バーベナの体に届くことはなかった。

一体なにが起きた？　今の黒い靄はなんだ？　バーベナはどこへ連れていかれた？

たくさんの疑問が思考を埋めながらも、僕はバーベナがいた場所に辿《たど》り着く。

そこにあるのはたくさんの財宝と、先程黒い靄を噴き出した水晶玉だ。

僕はバーベナほど、魔術式の解読は得意ではない。バーベナは昔から行使する魔術がすべて爆破属性になってしまうという特異体質《とくいたいしつ》だが、魔術研究分野では抜きん出ていたのだ。それで前世では魔術師団上層部まで上り詰めた人だ。

そんな彼女が焦《あせ》ったようにこの水晶玉を手放そうとし、間に合わずに黒い靄に消し去られた。どう考えてもこの黒い水晶玉が怪《あや》しい。

中心が真っ黒く染まった、禍々しい水晶玉を手に取ってみる。……やはり僕にはこの水晶玉の仕掛けを探るには時間が掛かりすぎる。

バーベナが今どこにいて、どんな状況なのかも分からない現状で、呑気《のんき》に解析などしていられない。もしかしたら彼女に死の危険が迫っているかもしれないのだ。

もう二度と、貴女を失ってたまるものか。絶対に離れるものか。

「いま貴女の元へ向かいます、バーベナ」

彼女に焔玉《えんぎょく》のピアスを贈っておいて本当によかった。

ピアスに『居場所探知の魔術』を仕込んでおいたから、彼女を追いかけることが出来る。それが魔術によって作られた異空間だとしても。

僕はピアスから発せられる魔術を追って、水晶玉の中の世界へと入り込んだ。

どこまでも続く草原の中心に、雨雲よりもさらに重く黒い靄が広がっている。

居場所探知魔術はあの黒い靄の中心から発せられていた。どうやら靄の中にバーベナがいるらしい。僕はそこに向かって走ることにした。

僕が近付くことを阻《はば》むように正面から強風がぶつかり、周囲の草がナイフのように飛んでくる。ローブが破れ、切れた肌から血が滲《にじ》んだ。すぐさま結界魔術で防ぐ。

〈帰らせるのじゃ　帰らせるのじゃ　妾を帰せぇぇぇ‼　あのトカゲ野郎は決して許さぬのじゃ呪うのじゃ　呪うのじゃ　盛大に呪ってやるのじゃぁぁ‼〉

黒い靄の中心から、幼い女の子の癇癪が聞こえてくる。妙《みょう》な話し方なのに、その言葉に込められた行き場のない怒りと憎しみだけは肌に痛いほど伝わってきた。

その癇癪に連動するように、黒い靄の量が増えていく。

バーベナのピアスから発せられる魔術の痕跡《こんせき》と、その癇癪の声を頼りに靄の中へと入る。暫《しばら》く走っていると、靄の中心が見えた。

大きな岩の上に幼い少女が座り込んでいる。年の頃は十歳ほどだろうか。

少女の透けるように白い肌は血の気がなく、作り物めいた顔をしている。長い銀《ぎん》の髪を地面まで垂《た》らし、純白の衣装を身に付けて膝《ひざ》を抱えていた。

あれは確か隣国トルスマン皇国の民族衣装だ。我がリドギア王国に側妃《そくひ》として輿入《こしい》れした巫女姫《みこひめ》が、似たような衣装を着ていたと記憶している。

岩の上の少女は突然現れた僕にはまるで見向きもせず、怒りの言葉を吐き続けていた。

〈妾を帰すのじゃ　帰らせるのじゃ　妾の地に帰らせろなのじゃ！〉

この少女は水晶玉の世界の主《あるじ》なのだろうか。帰せ、とは、一体どこへ帰りたいというのだろう。そんなことを一瞬思ったが、それよりもバーベナだ。バーベナを見つけなければ。彼女のピアスはこの周辺を示しているというのに、姿がなかなか見えない。

――ふと視線を下げると、長く繁《しげ》った草むらの中に、くの字に倒れ込んでいるバーベナの姿をかろうじて発見した。

「バーベナッ!!!!」

慌《あわ》てて草を掻《か》き分け、バーベナの体を抱き起こす。

触れた彼女の肌は氷のように冷たく、鼻や口元に手を翳《かざ》すと本当にささやかな呼吸しか感じられない。バーベナの胸元に耳を押し当てて心拍《しんぱく》を聞けば、その音は今にも途切れて消えてしまいそうだった。

バーベナが死にかけている。

「嫌だ嫌だ嫌だ嫌だ!!!!　一体何故《なぜ》っ、目を開けてくださいバーベナっ!!!!　どうしてこんな……っ、一体なにが……!!!!」

身体中から血の気が引いていく。自分の心の奥深いところから噴き出してくる真っ暗な絶望に飲み込まれ、思考が潰《つぶ》されて、バーベナを抱き締めていた指先にさえ力が入らなくなってくる。

けれどたった一つの疑念《ぎねん》が僕を突き動かし、どうにか顔を上げた。

「貴様《きさま》がバーベナに何かしたのかっ!?」

岩の上に腰《こし》かけていた少女は今ではこちらを見下ろし、頬杖《ほおづえ》をついていた。少女の紅《あか》く輝く瞳《ひとみ》が、ひどく畏《おそ》ろしいと思った。

〈妾ではない〉

「ならば何故、バーベナはこのような状態になっているんだ⁉」

〈その小娘が生まれ変わりなどという異端《いたん》な生き方をしておるからじゃ　通常の魂《たましい》よりも死の縁《ふち》に近い　妾がトカゲを倒す為に作り出した死の呪いに引きずられ　妾の元まで流されてきたのじゃ
じゃがこの小娘はこの空間に耐えきれず　魂だけが死者の国へ墜《お》ちただけのこと　直に肉体の方も生を止めてしまうじゃろう〉

「そんな……」

バーベナの生まれ変わりが非常に繊細なものであることは想像していた。けれどこんなふうに呆気《あっけ》なく、魂が死者の国へと墜ちてしまうなんて。あんまりではありませんか……。

バーベナの二度目の死の訪れに、僕はもう立ち上がる気力も湧かない。

……このまま自決してしまおうか。

彼女の魂がヴァルハラではなく死者の国に向かったというのなら、僕でも追いかけられるだろう。

〈小娘を助けたいのか？〉

その言葉に、僕はぼんやりと少女を見上げる。

〈妾を帰すと約束するのなら　小娘を助ける方法を教えてやるのじゃ〉

「……バーベナを、妻を、助ける方法があるのか……？」

まだバーベナと生きていたい。この人の笑顔を見ていたい。

語り尽くしたいことが山のようにあり、一緒に行きたい場所も一緒にやりたいことも星のようにあって、どうしてもこの人を失いたくない。

まだ神の前で彼女への永遠の愛を誓《ちか》っていないし、口付けだってしていないし、この人と熱を交わし合う喜びも知らない。僕たちの子供にもまだ会えていない。

バーベナが足りない。

一生をかけても彼女が足りないかもしれないのに、こんなに呆気なく逝かれてしまっては、僕はもう生きていたくない。

バーベナと生きる未来がまだあるというのなら、目の前にいるこの少女が化物《ばけもの》でも構わない。この世界の果てに連れて行けと言われても、僕はそれに従ってやる。

〈妾は宝玉クリュスタルムじゃ　トルスマン皇国を豊穣《ほうじょう》に導く役目を持つ国宝なのじゃ　百五十年前に巨大なトカゲに拐《かどわ》かされて以来　国に帰ることが出来ないでおる　憐《あわ》れなクリュスタルムなのじゃ〉

「……隣国か」

我がリドギア王国の沃土《よくど》を狙い、侵略戦争を仕掛けてきたトルスマン皇国。

トルスマン大神殿に君臨する大祭司が皇国の豊穣を願い、平和を維持していたが、いつの頃からか不毛《ふもう》の土地と呼ばれるほどに国力が落ちた。その結果リドギア王国に戦争を仕掛け、敗戦国となった。

その国宝クリュスタルムが『巨大なトカゲに拐われた』と言い、竜王の宝物殿にある。確か伝説にも、竜王が大陸中の財宝を略奪《りゃくだつ》するエピソードがあったはずだ。この宝玉もその略奪品の一つなのかもしれない。

「……分かりました」

いま大事なことは、僕の妻であるオーレリア・バーベナ・ロストロイの魂を地上に取り戻すことだけだ。

「貴方《あなた》をトルスマン皇国へ御返《おかえ》しいたしましょう。ですから、どうか妻を助ける方法をお教えください」

〈約束を違《たが》えるでないぞ　小僧《こぞう》！〉

クリュスタルムはニヤリと笑うと、僕に人差し指を向けた。

〈妾がお前を死者の国へ送ってやるのじゃ　そこでお前は妻の魂を見つけるのじゃ　じゃがしかし妻の姿を見てはならぬ　決して見てはならぬのじゃ　盲目《もうもく》の中で妻の魂を見つけ出し　一度も妻の魂を見ることなく地上へと連れて戻ってくるのじゃ　さすればお前の妻は目を覚ますそうぞ〉

聞いたことを決して忘れないよう、心に刻む。

バーベナだけが僕の人生に〝楽しい〟を与えてくれる。貴女がいないと僕は笑うことさえ出来やしない。

貴女と生きるためならば、死者の国でもどこへでも墜ちていこう。どんな苦難も乗り越えてやる。だから、どうか世界よ、僕と妻を引き離さないでくれ。

クリュスタルムの小さな指先から光が溢れ、視界が真っ白に染まった時、僕は肉体ごと死者の国へと墜ちていった。

僕の背後には毒液が流れる大きな川があり、黄金《おうごん》の橋が架《か》けられていた。

そして僕の正面には、荒廃《こうはい》した雰囲気の死者の国が広がっていた。

どこまでも続く岩と砂の地面には雑草《ざっそう》の一本すら見えず、天には永遠の夜が覆《おお》っている。鼻《はな》の奥や喉《のど》の粘膜《ねんまく》が痛くなるような刺激臭《しげきしゅう》がするのは、きっと毒の川のせいだろう。ここは本来なら、生身の体を持つ人間が立ち入ることは許されない場所なのだ。

僕は杖を振るい、解毒《げどく》魔術で周囲の毒を無毒化できないか試みてみる。だが死者の国は女神の領域であるためか、人間の魔術では完全に解毒することは難しいようだ。魔力欠乏《けつぼう》に陥《おちい》らないよう調整しながら解毒魔術を展開し、周囲の毒を薄《うす》め、僕は先を進むことにした。

歩いていると周囲の様子が変わってくる。果てしない暗闇の中に、無数の青白い光が飛び交い始めた。

青白い光の一つ一つから声が聞こえた。

「なぜ俺がこんな目に遭《あ》わなきゃならないんだ!」

「全部ぜんぶ、あの人が悪いのに……」

「悔《くや》しい、悔しい、あいつら全員不幸になれ」

これはヴァルハラに辿《たど》り着くことが出来なかった者の魂だ。

生前の恨《うら》み、憎しみ、苦しみ、怒り。人魂《ひとだま》からブツブツと続く怨嗟《えんさ》の声は、聞いているだけでこちらの気分をひどく滅入《めい》らせてくる。

絶望に慣れた僕でさえ、ここではこんなに息苦しい気持ちになってしまう。バーベナなど、すぐにその快活《かいかつ》さを失ってしまうだろう。

喜びや楽しみなど一つもないこんな場所に、バーベナの魂を独りにしておくわけにはいかない。

あの人には愛に満ちた楽しい場所でいつも通り笑っていて欲しいと、僕は改めて思った。

「おい、お前！　なぜ人の身で死者の国にいるんだ⁉　その体を俺に寄越《よこ》せ‼」

一つの人魂が僕の周りで騒ぎ始めた。

するとそれを聞きつけた他の人魂も「その体を俺にくれ‼　死者の国から出たいんだ‼」「わたしに体をちょうだい‼」と集まってきて、僕に攻撃を仕掛けてくる。これでは前に進めない。

もしこの人魂の群れの中にバーベナがいて、その姿をうっかり見てしまったら、彼女を地上に連れて帰ることが出来なくなる。一瞬そう危《あや》ぶんだが、彼女が僕を攻撃するはずもないと思い直した。

「貴方たちにかかずらっている時間などない！　どけ！」

解毒魔術を展開中だが、人魂を追い払うために光魔術も使用する。すると人魂たちは光魔術に当てられて火傷《やけど》を負ったように悲鳴を上げ、悪態《あくたい》を吐《つ》きながら去って行った。

……まずい、思ったより魔力が減ってしまったな。

僕はため息を吐いた。

先へ進むたびに人魂の群れが現れてくるので、僕は目を瞑《つむ》って歩くことにした。うっかりバーべナの姿を見ないように。

人魂の群れは光魔術を使用すれば簡単に追い払えたが、ごっそりと魔力が減る。そして疲《つか》れた体に解毒しきれない毒がまわり、呼吸が苦しくなってきた。足元がふらつき、頭の芯《しん》がズキズキと痛む。先に進めば進むほど、毒の濃度《のうど》が上がって解毒が追い付かなくなっているような気がした。

けれど、歩みを止めることは出来ない。

だってきっと今この瞬間、バーベナは泣いている。

この広大な死者の国の中で、きっと幼子《おさなご》のように泣いているはずだ。

貴女はとても大雑把《おおざっぱ》で、強くて、優しくて、とても寂《さび》しがり屋な弱い女性だから。孤独に堪《た》えきれずに泣き喚《わめ》いているだろう。

僕は貴女の涙を覚えている。

家族のように愛した魔術師団上層部を奪われ、精神を追い詰められていったときの貴女の悲鳴は、いつまで経っても僕の心の奥を引っ掻き、忘れることが出来なかった。

そんなふうに誰かを愛した貴女が眩《まぶ》しく、貴女から愛された上層部たちが羨《うらや》ましく、十六歳の僕は貴女の涙を拭《ふ》き取れるような大人になりたかった。

僕は三十二歳になり、僕という人間を構成する外側は大人になったが、精神の根幹《こんかん》に関してはそれほど大きな変化を感じていない。僕は十六歳の頃と変わらず、勇ましいバーベナに振り向いて欲しくて一生懸命格好付けようとし、失敗し、空回りし、貴女の一挙一動に振り回されているだけの情けない男だ。

だが昨夜泣いている貴女の涙を拭い、抱き締めて慰められるくらいには大人になれたことを僕は証明した。

僕は貴女の夫だ。

結婚の始まりをとことん間違え、まだまだ未熟な夫でしかないけれど、世界でただ一人この僕だけがオーレリア・バーベナ・ロストロイの夫なのだ。

妻の涙を拭い取るのは夫の権利である。リドギア王国の法律に記載されてなくとも、そうに決まっている。むしろ議会で可決すべきです、陛下。

さぁ、進もう。

死者の国の毒が何だというのだ。妻の涙より僕を苦しませるものなどないんだ。

泣いている妻の魂を探し出し、慰めて、二人で一緒に地上へ帰るのだ。

▽

うえええぇぇぇぇん!!!!　うわあああぁぁぁぁん!!!!

ヤバい、私また死んじゃったっぽいよぉぉぉぉ!!!!

なんか私また魂の姿になっちゃってるし、どう見ても今いる場所は地上じゃないし、ヴァルハラでもないし。ここ絶対に死者の国でしょ!!

なんか周りの人魂、皆ブツブツ言っててすっごく怖い。すっごく暗い。花も咲いてなくて、景色が荒野の夜みたい。魂だからお酒も飲めないし、すごくすごくすごく嫌過ぎる。

やっぱりあの黒い水晶玉に近付いたのが悪かったんだろう。私は普通の人より死に魅入《みい》られやすいみたいだから、飲み込まれて死者の国まで引きずり込まれちゃったんだ。

どうしよう、どうしよう。

――死ぬのが嫌だ。

私は今、はっきりと自覚してしまった。

たとえここが死者の国じゃなくてヴァルハラだったとしても、魔術師団の皆がいて蜂蜜酒《はちみつしゅ》飲み放題だったとしても、絶対に「死にたくなかった」と泣き喚いているだろう。あれほどヴァルハラを恋しく思っていたのに。

だって私、ギルと一緒に生きていたい。

まだまだギルと一緒に、どこまでも、遊んで、笑って、暮らしたいよ――君の妻として。

魔術対決とかしてないし、ロストロイ領にも行ってないし、まだギルの作ったポエムの完成作も聞いてないよ。温泉だってギルと一分しか入れなかったし、結婚指輪も選んでないし、ねぇ、私、後悔しかない。

嫌だ、嫌だよ。もうギルに会えないなんて嫌だ。

私のことが大好き過ぎるギルに会いたい。ハートのピアスを贈ってくる、ダサダサセンスのギルに会いたい。前世の私に操《みさお》を捧《ささ》げて「貴女を愛することはない」とか言っちゃう、おばかなギルに会いたい。

——私の愛《いと》おしい夫に会いたい。

私、いつの間にこんなにギルを夫として愛してしまっていたんだろう。

こんなふうにただ一人の相手に強い愛情を持ったのは初めてだ。バーベナの頃に付き合った人全員、本当に淡《あわ》い好意だったのだなと今になって分かる。離れてしまえば忘れてしまえる程度のものだった。

失いたくない、離れたくない、こんなふうに別れたくない、終わりにしたくない。死に物狂いでギルに縋りつきたい。

どうして死ななきゃならないんだ。私は生きたい。

ギルと一緒におじいちゃんおばあちゃんになるまで、楽しく遊んで長生きしたかったよぉぉぉ……。

▽

もうどれほど暗闇の中を歩き続けただろう。

目を閉じて、妻の声を探しながら死者の国をさ迷っているせいで時間の感覚がない。半日くらいしか経っていないような気もするし、もう百年もバーベナを探し求めている気もする。

けれど人魂たちの怨《うら》み辛《つら》み罵詈《ばり》雑言《ぞうごん》の中に、僕の心に爪を立てるような、悲痛な泣き声が聞こえてきた。

「……バーベナ」

妻の泣き声だ。

身も世もなく泣く、妻の魂の声だ。

僕はその声を頼りに足を進め、愛しい妻の名前を呼んだ。

「そこにいるのでしょう、バーベナ。迎えに来ましたから、一緒に帰りましょう」

「……ギル？」

泣き過ぎて思考がぼんやりとしているのか、バーベナは力の抜けきった声をしている。

「ギルの幻《まぼろし》が見える……、私を呼ぶ幻聴まで聞こえる……、そんなわけないのに……。私、ついに壊れちゃったのかも」

「いいえ、現実ですよ。貴女の夫のギル・ロストロイです」

「うっそだぁ。ギルが死者の国に来るわけないよ。ギルは私と違ってまともだから。自爆したりしないし、死んだとしてもヴァルハラに行ける人だよ……」

「バーベナの為ならば、いくらでも死者の国へ墜ちますよ」

貴女と共にいられるのならば、僕は死者の国でも構わない。永遠に離ればなれになるくらいなら、そちらの方を選ぶ。

けれど、バーベナの方が死者の国での生活に堪えられないだろう。実際泣き喚いているくらいだし。

「……本当にほんとのギルなの？」

「ええ、そうです。さぁバーベナ、一緒に地上へ帰りましょう。どうか僕の方へ来てください」

バーベナの沈黙《ちんもく》に、『地上に帰れるって、どういう事なのだろう？』という困惑《こんわく》が滲《にじ》んでいる。

自分が本当に死んでしまったのだと思っているのだろう。

「バーベナの肉体はまだ辛《かろ》うじて生きています。だから僕が貴女の魂を地上に連れて帰れば、再び生きることが出来るんですよ」

僕はバーベナに懇願《こんがん》した。

「どうか僕と一緒に地上で生きてください、バーベナ。それが嫌《いや》だと仰《おっしゃ》るのなら、僕も共に死者の国で暮らす覚悟《かくご》はあります。ですが貴女にはこんな寂しい世界は似合いません。明るくて、暖かくて、お酒とご馳走《ちそう》があって、貴女の側でたくさんの人が微笑みかけてくれるような場所で、僕と共に生きてください——僕の妻よ」

目を瞑ったまま両手を差し出せば、指先にふよふよとした冷たい空気を感じる。これがバーベナの人魂の感触だろうか。

「……なんでギルが肉体ごと死者の国にいるのか、ずっと目を瞑って喋ってるのかとか、気になることはいっぱいあるんだけれど。そんなふうに夫からたくさん口説かれちゃったら、涙も止まっちゃうよ。分かった、地上に帰る！　夫が迎えに来てくれたから、帰るよ！」

僕はバーベナの魂を両手でそっと包み込み、彼女の今の姿を決して見ないようにローブの内側へと仕舞《しま》い込んだ。

「ギル、愛してる！」

「僕も貴女を愛していますよ、バーベナ」

ローブの中から声をかけてくれる彼女に答えながら、僕はようやく目を開ける。

そして僕は妻の魂を大事に胸に抱えたまま、死者の国の底から地上に続く長い長い上り坂を歩く。

地上に近づくにつれて毒が薄まり、黄金の橋が見えてきた。

橋を越えると地上の新鮮な空気が肺《はい》に流れ込んできて、僕はゆっくりと膝《ひざ》をついた。

▽

目を開けると、そこはラジヴィウ遺跡へ出発する前に宿泊した宿の寝室だった。

私は暫《しばら》くぼーっと天井《てんじょう》の造りを見上げていたが、ハッと気付いて自分の体を確かめた。

もう魂の姿じゃない。腕も足もお腹も頭もあり、指先もちゃんと動く。痛みや違和感もなく、死者の国から生還《せいかん》した代償《だいしょう》は無いようだった。

「目が覚めましたか、バーベナっ⁉」

私がもぞもぞ動いていると、ベッドの横から声を掛けられた。ギルだ。

ギルはすぐ側《そば》に置いた椅子《いす》に腰掛《こしか》けて、ずっと私の目覚めを待っていたらしい。

私のことをすごくすごく心配してくれたのだろう。目の下の隈《くま》が酷《ひど》くて、疲《つか》れた表情をしていて、いつもはちゃんとサラサラしている黒髪もボサボサで、無精髭《ぶしょうひげ》まで生えている。

そんな憐れでボロボロの姿のギルなのに、愛おしく見えてしまうのだから不思議だ。

「どこか痛みますか⁉　なにか必要なものは⁉　水を飲みますか⁉」

オロオロしているギルを見ていたら、本当に生きて帰れたことが実感出来て、涙が出てきてしまう。私が無言《むごん》でポロポロ泣くものだから、ギルはまた慌て出した。

「痛く、ない。平気」

「とにかく水を飲んでください！」

「ギルが口移しで飲ませて」

「無茶を言わないでくださいっ‼」

死者の国まで迎えに来てくれたギルはあんなに格好良かったのに、地上へ戻ってきたらいつも通りヘタレのギルだった。ふふ、なんだか可笑《おか》しい。

私は上体を起こし、ギルから水の入ったグラスを受け取って飲み干した。

「ギル」

グラスをサイドテーブルに置き、未だ私を心配そうに観察してくるギルの手を取る。

「私を死者の国まで迎えに来てくれて、ありがとう」

戦時中は死ぬことなんて怖くなかった。ヴァルハラに大切な人の九割がいたから、私は無敵《むてき》だった。ヤバイくらい無敵だった。

でも今は違う。

オーレリアである私には大好きな実家があり、懐《なつ》かしい故郷《こきょう》があり、新しく受け入れてもらえたロストロイ家があり、愛おしい夫がいる。オーレリアの大切な人は皆、地上にいる。

この人たちと生きる現世を、まだまだ、まだまだまだまだ！　私は失いたくない。死にたくないのだ。たとえヴァルハラにいる魔術師団の皆に、あと九十年は会えないとしても。

私が握《にぎ》った手を、ギルが両手で包み込む。骨張《ほねば》った大きな手だ。この手が私の魂を死者の国から連れ帰してくれたのだと思えば愛おしさが増す。

「僕は貴女がいなければ笑えません。楽しい気持ちになれません。バーベナが僕の人生の喜びです。貴女を取り戻す為ならば死者の国へも迎えに行きますし、ヴァルハラにいらっしゃる魔術師団上層部とも闘う所存《しょぞん》です」

ふふふ、ばーちゃんを始めとした上層部を相手にしたら、いくら天才魔術師団長ギルでも勝てそうにないと思うけれど。そう言ってくれただけで十分嬉しい。

私は胸の奥から湧き上がる愛おしい気持ちに身をゆだね、「ギル」と夫を呼んだ。

繋《つな》いだ手を引っ張り、夫をベッドの中へと引きずり込む。

「……バーベナ？」

「愛してるよ、ギル」

ベットに倒れ込んだ衝撃でギルの眼鏡のフレームがずれてしまったが、これ、要らないよな。私はギルの眼鏡を外して、それもサイドテーブルに置いておく。

ギルは困惑顔だ。その表情もとても可愛《かわい》い。胸にグッとくる。

「君を愛しているよ、ギル。バーベナの可愛い部下だった時も、オーレリアとして再会してからも君を大切に思っていたけれど。今はギルと同じ熱量を持って、君を愛している。ギルが愛おしい。可愛い。大事に大事に守ってあげたい。この一生が終わっても離れたくない。恋しいよ」

「なっ……！」

私の愛の告白を聞いて、ギルの表情が驚愕《きょうがく》に変わった。そして恥じらうように照れながらも、笑顔になっていくのを観察する。

「つ、つまり、バーベナは僕と本当の夫婦になってくださるということですか……？」

「うん。そうだよ」

私はギルの顔の横に片手を置き、もう片方の手でギルの顎《あご》を持ち上げる。

「ば、バーベナ……ッ」

途端《とたん》に顔を赤くさせ、オロオロし始めたギルに、私はゆっくりと顔を近付けていく。

私の顔が近づく度にギルが、「待ってくださ……っ」「いや、やっぱり待たなくていいです!!」「あ、でも、こういう時って僕はどうすれば……!?」などとブツブツ呟《つぶや》く。

これって、さっさとチューしてもいいのだろうか？

「バーベナ、僕、口付けも初めてなので、その……っ！」

「…………」

そういえば発熱時に口移しで薬を飲ませたこと、ギル本人に言ってなかったなぁ。

黙《だま》っていた方がギルは幸せなのだろうか？　伝えた方が誠実なのだろうか？　よく分からない。

「大丈夫だよ、ギル。緊張するのは仕方がないけれど、怖がらなくていいから。私がちゃんと優しくしてあげる……」

〈妾の前で淫《みだ》らなことは止めるのじゃ～!!!!〉

突然、幼女の叫び声が部屋中に響いた。

なんだなんだ何事だ、と思って周囲を見回せば――窓際に置かれたテーブルの上に、頭蓋骨程の大きさの水晶玉が輝いていた。

「うわっ」

あれって、呪《のろ》いの水晶玉じゃん⁉


私が咄嗟《とっさ》に水晶玉を爆破させようとするのと、ギルが結界を発動して水晶玉を守ろうとする夫婦対決が勃発《ぼっぱつ》。

ギルが何故《なぜ》そんなヤベー闇魔術発生機を守ろうとするのか、まったく理解出来ない。なんで竜王の宝物殿からそれをピンポイントで持ち帰ってくるんだ。お宝なら他にもいっぱいあったじゃん。死の呪い付きだけれど。

私、そいつの死の呪いに当てられたせいで、死者の国に行くはめになったんですけれど。ていうか、あそこにあった財宝の呪いって、この水晶玉が発生させた闇魔術が組み込まれちゃったせいだよな……。

私の疑問に、ギルは眼鏡をかけ直しながら答えてくれた。

隣国トルスマン皇国の失われた水晶玉だとか、豊穣の宝玉だとか、名前はクリュスタルムだとか、竜王が盗んだとか、ギルを死者の国へ送ってくれたとか。

「ふーん。で、このクリュスタルムをトルスマン皇国に返還しなきゃいけないってこと？」

「まずは国王陛下に報告してから、手続きを始めなければなりませんが」

ギルを死者の国へ送ってくれたことの代償が隣国への返還だというのなら、こちらもその約束は守らなければならないだろう。おかげで私も助かったのだし。

だけれど……。

「この水晶玉、本当に安全になったの？　豊穣の宝玉と言いつつ、めちゃくちゃ闇魔術を発生させていたよね？　本当は闇の水晶玉とかじゃないの？」

クリュスタルムを指先でツンツンと突けば、彼女は威張《いば》ったように答える。

〈かつて妾を作り出した偉大なる父上曰《いわ》く　妾はそもそも『高濃度の魔力の塊《かたまり》』なのじゃそうじゃ
それゆえ妾がご機嫌であれば力は正の方向に傾き　妾が不機嫌であれば力は負の方向に傾くとのこ

とじゃ〉

つまりクリュスタルムそのものは純粋な力の塊で、彼女の気持ち一つで世界を豊穣に導いたり、破滅に導いたり出来るというわけらしい。

宝物殿では超絶不機嫌だったために闇魔術を量産し、その闇魔術で竜王を滅ぼした挙句《あげく》にアンデッド化までしてしまったのだろう。

……怖っ！　両極端な水晶玉だな⁉

「ギル、これ、結構危険な水晶玉じゃない⁉」

「制作者もその危険性を理解し、『豊穣の宝玉』と名付けることでクリュスタルム本体に暗示をかけている部分がありますよね……」

本当に宝物殿から出しても大丈夫な存在なのだろうか……。

不安な気持ちでクリュスタルムを観察する。

〈ふははははは‼　妾の知らぬ間にあのトカゲ野郎が死んでおったとは思いもよらなかったのじゃ‼　きっと妾が生み出した死の呪いのどれかがトカゲを滅ぼしたのじゃ‼　妾は最強なのじゃ‼　ふははははは‼‼〉

テーブルの上に置かれたクリュスタルムは元気一杯に輝いていた。宝物殿で見たときは水晶玉の中心が黒い靄で渦巻《うずま》いていたのに、今では七色に輝くオーロラのようなものが見えて綺麗《きれい》だ。このオーロラが、クリュスタルムの力が正の方向に働いている証《あかし》なのかもしれない。

「クリュスタルムのこの性格なら、わりといつでもご機嫌っぽいから、下手《へた》に封印するより共存した方がメリットが大きいのかもね」

「隣国も実に奇妙《きみょう》な水晶玉を作り出したものですね」

まぁ、危険な闇魔術をこれ以上生み出さないのなら、大丈夫かな。

宝物殿にあった財宝も、解呪《かいじゅ》すればお宝としての価値を取り戻せそうだったし。解呪に関しては魔術師団に頑張《がんば》ってもらおう。

私とギルのラジヴィウ遺跡の下見《したみ》は、クリュスタルムという結果を残して終了したのである。

第十二章 ◆ 英霊の廟所

〈オーレリア！　早う妾《わらわ》を柔らかい布で磨《みが》くのじゃ！　そして今夜は妾に月光浴《げっこうよく》をさせるのじゃ！〉

「はいはい」

ロストロイ家にクリュスタルムを持ち帰って一週間。私はクリュスタルムのお世話係をさせられている。

クリュスタルムはトルスマン大神殿にあった頃、たくさんの巫女姫《みこひめ》にお世話をされて暮らしていたらしい。

巫女姫というのは、国中から集められた十歳から二十歳《はたち》までの少女の中から選び抜かれた十人ほどの集団だそうだ。ちなみに特別な能力があるとかではないらしい。重要なのは生娘《きむすめ》であり、信仰心があり、クリュスタルムが気に入る容姿をしているかどうか、なのだそう。

つまるところ、クリュスタルムをおだてるためのハーレムだ。クリュスタルムの機嫌一つで、彼女の力の方向性が変わってしまうので。

けれどこの巫女姫に選ばれると良い縁談《えんだん》が来るので、トルスマン皇国《こうこく》では女性憧《あこが》れの職になっているらしい。巫女姫に在任して一日で結婚退職した猛者《もさ》もいたとのこと。

のじゃ〉

〈妾が国に帰るまでは　オーレリアが妾の世話をするのじゃ　お前は実に妾好みの顔をした生娘な

「そちらの宗教は信仰しておりませんけれどね～」

そんな訳で私とギルは白い結婚をやめることを決めたが、クリュスタルムのせいで夫婦関係に進展はない。私がギルに『いってらっしゃいのチュー』をしようとするだけで、クリュスタルムが〈やめるのじゃぁぁぁオーレリアァァァ!!!!　妾のために清らかであるのじゃぁぁぁ!!!!〉と叫《さけ》ぶので、本当にまっさらである。

ギルは「バーベナの魂を取り戻すためならば化物《ばけもの》と取引をしても構わないと思いましたが、クリュスタルムはもはやこの世界の災厄《さいやく》です……っ!!」と毎回血の涙を流している。

私がせっせとクリュスタルムを磨いていると、侍女《じじょ》のミミリーがやって来た。

「オーレリア奥様、旦那様《だんなさま》の馬車が屋敷の前に到着したようです」

「じゃあギルのお出迎えに行こうか」

〈オーレリア　妾を置いていってはならぬのじゃ〉

「はいはい」

「奥様、こちらクリュスタルム様用のバッグです」

「ありがとう、ミミリー」

裁縫《さいほう》が得意なミミリーが作ってくれた斜めがけのバッグを下げ、そこにクリュスタルムを入れて玄関《げんかん》ホールに向かう。そこには今日も一ツ目《ひとつめ》羆《ひぐま》が我が家の守り神として君臨《くんりん》している。

玄関ではすでにジョージが扉を開けていて、ギルがホールに入ってくるところだった。

「ギル、おかえり！」

「っ!!　バーベナ!!　ただいま帰りました!!」

素早《すばや》くギルに駆け寄って抱きつけば、ギルも私の背中に腕を回し、ぎゅうぎゅう締め付けてくる。

なんだか大型犬みたいで可愛《かわい》い旦那だなぁと思い、そのままギルの脇腹《わきばら》を持ち上げてくるくる回ったら「これはさすがにちょっと恥《は》ずかしいです」と照れている。可愛い。私の夫、照れ顔も最高に可愛い。可愛いからほっぺにチューしよう。

ギルを下ろしてほっぺにチューしていたら、斜めがけバッグの中のクリュスタルムが〈イチャつくのはやめるのじゃ～！　この世から生娘が減ってしまうぅぅ！〉と叫び始めた。

この世界をクリュスタルムの趣味《しゅみ》に合わせていると、人類滅亡だなぁ。本当に豊穣の宝玉と呼んでいいのか？

ほっぺに三回チューしただけでフラフラになっていたギルがなんとか持ち直し、話し始めた。

「バーベナ、クリュスタルムのことで報告があります。夕食をとりながら話しましょう」

「はーい」

場所を食堂に移し、ギルと向かい合って夕食をとる。

テーブルに置かれたキャンドルの側にクリュスタルムを並べると、明かりが水晶玉に反射してとても綺麗だ。七色の光が食堂の壁や天井《てんじょう》にキラキラと映り、ギルが「この災厄もこうすると使い道がありますね」と楽しげに言う。

当のクリュスタルムは〈妾を照明器具扱《あつか》いするでないっ！〉と騒いでいるが。

「それで、クリュスタルムについての報告って？」

「クリュスタルムを隣国へ返還する手続きを取る前に、陛下にクリュスタルムをお見せすることになりました。その場には元巫女姫である側妃様《そくひさま》も立ち会われるそうです。クリュスタルムが側妃様のことを気に入れれば、返還まで側妃様がクリュスタルムの世話をしてくださるでしょう。この災厄とも、じきにおさらばです！」

百五十年前に失われたトルスマン皇国の宝だ。側妃様なら私よりしっかりお世話してくださるに違いない。

「それで、バーベナにも謁見《えっけん》の場にご一緒していただきたいのです」

「クリュスタルムの付き添いをすればいいの？」

「それもあるのですが、陛下《へいか》が『俺、チルトン領の石像群の制作者に会ってみてぇ。そいつ、今はギルの嫁《よめ》なんだろ？』と仰《おお》せでして」

「そっちかぁ」

国王陛下には前世の頃に一、二度お会いしたことがある。グラン団長が亡くなって私が団長職を引き継ぐ際にお声がけしていただいたのだ。あの頃の陛下はまだ三十代後半だったけれど、今では五十代くらいか。

「いいよ、わかった」

「ありがとうございます、バーベナ」

「ただ王城に行くなら、一ヶ所寄りたいところがあるんだけれど……」

普段は一般公開されない場所だけれど、魔術師団長のギルなら許可をもらえるだろう。

不思議そうな表情で首を傾《かし》げるギルに、私は頼み込むことにした。

▽

「へぇ～、これがクリュスタルム？　とかいう奴《やつ》かぁ。すっげぇピカピカじゃん。俺、これめっちゃ気に入ったわ」

〈やめるのじゃぁぁ!!　おっさんの手で妾に触《さわ》るでないのじゃぁぁ!!　妾は美しい生娘か　美しき生息子《きむすこ》の手にしか触れられたくないのじゃぁぁぁぁ!!!!〉

王城の中で最も豪華絢爛《ごうかけんらん》な場所、謁見《えっけん》の間《ま》。その玉座《ぎょくざ》に座るのはリドギア王国国王、ガイルズ陛下だ。

とても五十代とは思えないほど若々しい容姿をしている。髪もまだふさふさで、金髪《きんぱつ》が眩《まぶ》しい。陛下は上質な毛皮の飾りがついたマントや、黄金製の装飾が施された格式高い衣装を身に付けていたが、それらを台無しにするように第三ボタンまで開けていた。足元など、平民が履《は》くようなペラペラのサンダルである。素足《すあし》、めちゃくちゃきれいですね、陛下。

見た目は完全にチャラいおっさんだが、実はとんでもなく優秀……ということもなく、中身もチャラいおっさん。それがガイルズ陛下である。

本日は王妃様《おうひさま》がいらっしゃらず、隣国の元巫女姫《みこひめ》である側妃様がガイルズ陛下のお隣《となり》の椅子《いす》に座っていた。側妃様は陛下がクリュスタルムをくるくる回しながら観察する姿をハラハラしたご様子で見つめていたが、「なぁなぁ、側妃よ。これって本当にトルスマン皇国の宝玉なのか？」と突然渡されて驚いていた。

無事にクリュスタルムを受け取った側妃様は、ホッとしたようにため息を吐《つ》いた。

「……わたくしも文献《ぶんけん》でしか存じ上げませんが、豊穣の宝玉クリュスタルム様の特徴と、かなり一致していると思います」

〈だ〜か〜ら〜！　生娘が良いと言うておるじゃろうが　妾は！〉

「……ならばわたくしの女官《にょかん》から、クリュスタルム様のお世話をするのに相応《ふさわ》しい者を選びましょう」

側妃様だって好きで輿入《こしい》れしたわけじゃないんだぞ、クリュスタルム。戦争の賠償金《ばいしょうきん》支払いが滞《とどこお》っているせいで、人質になってしまっただけだぞ。我《わ》が儘《まま》言うなよ。

急遽《きゅうきょ》クリュスタルムのお世話係を選ぶ審査が開催されることになり、側妃様が女官を呼び集め始める。

その間に、ガイルズ陛下が私とギルに声をかけた。

ちなみに本日は私のお父様も謁見の間に呼ばれており、玉座の下に立って私たちを見守っている。

確かお父様はガイルズ陛下より年下のはずだが、陛下よりもかなり年上に見えるなぁ。いろいろ苦労したんだろうな、お父様。

「オーレリア、俺さぁ、チルトン領に行ってお前が制作した山間部の石像群を見てきたぜ。あれ、マジですげぇな。俺、めっちゃ気に入った」

「もったいないお言葉です、陛下」

「俺、才能がある女は大好きだ。なぁオーレリア、お前まだ生娘なんだろ？　クリュスタルムが言ってたからな。どうだ、俺の愛妾《あいしょう》になるのは？」

陛下のその言葉に一番反応したのはギルだった。

「駄目《だめ》です陛下!!　オーレリア・バーベナ・ロストロイは僕の愛する妻です!!　妻を愛妾にと望むのなら、僕は魔術師団長の職を辞《じ》し、妻と共にリドギア王国を去ります!!」

「ははは、ギルがいなくなっちまうのはマジで困るよなぁ〜」

顔を真《ま》っ赤《か》にして怒るギルを見下ろし、陛下は楽しげに笑う。陛下はゆっくりとお父様に視線を移した。

「だってよ、オズウェル。ギルの奴、ちゃんとお前の娘を愛してるみたいだぜ？　俺、こんなギルは初めて見たわ」

「相変わらずお人が悪いですぞ、ガイルズ国王陛下。そもそもオーレリアのような爆発物を陛下の愛妾として王城に置いておくわけにはまいりません。ここが国で一番守られるべき場所なのですからな」

「むしろ最強の兵器って気もすっけどな？」

「オーレリアは諸刃《もろは》の剣《つるぎ》ですぞ。陛下の御身《おんみ》が危《あや》ぶまれます」

お父様は「はぁ……」とため息を吐きつつ、私を見た。

「それでお前はどうなのだ、オーレリアよ。ギル君と夫婦として上手《うま》くやれそうか？」

それを聞く機会を与えるために、陛下はお父様をこの場に呼んでくださったらしい。

結婚式以来直接会っていないから、お父様は私とギルのことをそれはそれは心配してくださったのだろう。とても嬉《うれ》しく、くすぐったい気持ちだ。

私は隣に立つギルの腕を取り、彼の肩《かた》に頭を寄せた。

「大丈夫《だいじょうぶ》ですよ、お父様。お父様が私のために選んでくださった夫は、とっても頼りがいがあって、可愛くて、愛おしい人です。私、ギルを愛しています。一生ギルを大切にします。お父様、この縁談を用意してくださってありがとうございました！」

私もギルも何度でも失敗し、間違うだろう。

それでもお互い話し合って、共に生きる道を選ぶために足搔《あが》いていくだろう。

そうやって二人で夫婦になっていくんだろう。

だからお父様、『まったく心配しないで』っていうのは無理だろうから、あんまり心配し過ぎないでくださいね。

お父様は私の言葉に目を丸くしたが、ゆっくりと柔らかい微笑《ほほえ》みを浮かべ、「そうか」と穏《おだ》やかに、少しだけ寂《さび》しそうに頷《うなず》いた。

そしてギルが眼鏡《めがね》の奥でちょっとだけ泣いた。


リドギア王国王城の広大な庭の一部は、国民にも開放されている。

『英霊《えいれい》の広場』と呼ばれている場所もその一つである。

だだっ広い芝生《しばふ》の広場で、その中央には壁のように大きな石碑《せきひ》がたくさん並んでいる。

石碑《せきひ》の表と裏には、トルスマン皇国との戦いで亡くなった戦没者《せんぼつしゃ》の名前がすべて刻《きざ》まれていた。

王国軍の幹部、徴兵《ちょうへい》された若者、市街戦に巻き込まれた多くの市民、私が家族のように愛した魔術師団の仲間たち、そしてバーベナの名前も。

今日も石碑に花を手向《たむ》ける人の姿や、英霊たちに祈《いの》りを捧《ささ》げている人の姿があった。

この人たちも愛する人を失ったのかもしれない。親兄弟を、友を、恋人を、我が子を、隣人を。

それでも皆、今日まで歯を食いしばって生きてきたのかと思うと、ただただ頭が下がる。

私とギルは戦没者の石碑を通り過ぎ、小道を通ってさらに奥にある『英霊の廟所《びょうしょ》』へと向かう。

ここは戦勝記念日にのみ一般開放される、国葬《こくそう》された英霊たちの墓場だ。名だたる軍人たちと共に、魔術師団上層部のお墓とバーベナのお墓がある。普段は身内以外立ち入ることが出来ない場所なのだけれど、今回はギルに頼んで王城から特別許可を取ってきてもらった。

入り口には白く塗られた鉄製の門扉《もんぴ》があり、墓守の役人へギルが許可証を見せると鍵《かぎ》を開けてくれた。

門扉の向こう側は、少し透き通った感じのする乳白色《にゅうはくしょく》の石で作られた、階段状の墓地になっている。階段状と言っても一段一段が幅広く大きい。その一段ごとに墓石が六つ置かれている。それが何十段も続いているのだ。

「……ずいぶん綺麗《きれい》な廟所だね」

「この廟所はガイルズ陛下が『国と俺を守ってくれた最強の奴らのために、すっげぇ墓作ってやりてぇ』と私財《しざい》を惜《お》しみ無く投じてお作りになったのですよ」

「ありがたいなぁ」

階段の縁《ふち》には水路があり、最上段に設置された豪奢《ごうしゃ》な噴水から水が流れてくる。水が上段から下段まで流れ落ちる様子はとても風流で、廟所に清涼感を与えていた。

端《はし》の方には樹木《じゅもく》が植えられており、濃いピンク色の花を咲かせていた。吹き抜ける風にその花の甘い香りが混じる。

こんなに気持ちの良い場所で上層部と一緒にお墓を並べてもらえて、良かったじゃないか、バーベナ。遺体《いたい》はないけれど。

「ここが魔術師団上層部のお墓です」

「案内してくれてありがとう、ギル」

ギルに案内されてのぼっていった先に、六人分のお墓があった。

グラン前団長におじいちゃん先輩、おひぃ先輩にボブ先輩、同期のジェンキンズに、バーベナのお墓だ。全員一列に並んでいて、墓石《はかいし》が陽光に当たってピカピカ輝いている。

オーレリアに生まれ変わってから、一度は皆の墓参りに行きたいなぁと思っていた。

けれど、こんな気持ちで訪れることになるとは思ってもみなかった。もっと泣き喚《わめ》いて縋《すが》りつい
て、どうしようもなく空虚《くうきょ》な気持ちになると思っていたのにな。

私は今日、ヴァルハラの皆に一時の……私がヴァルハラへ行くまでのだいたい九十年くらいの間
の、お別れを告げるためにここへやって来た。あんまりヴァルハラの皆のことを引き摺《ず》り過ぎてい
ると、また死を引き寄せて死者の国に墜《お》ちてしまいそうな気がするので。

私がバーベナの生まれ変わりであることは、変えようのない事実だけれど。

この人生はバーベナの延長戦じゃなくて、オーレリアとしての私の一回限りの人生だ。私はそれ
をようやく理解したと思う。

オーレリアの人生は、オーレリアが愛した人々に捧げたい。

かつてバーベナの人生が、バーベナの愛した人々に捧げられていたように。

「では皆のお墓に、ギルの暗黒祭壇《あんこくさいだん》に積んであったお酒を掛けてあげようかな」

「暗黒祭壇と呼ばないでください」

空間魔術が組み込まれたバッグから酒瓶《さかびん》を取り出す。うむ、実に良い銘柄《めいがら》だ。

キュポッとコルクを抜いて、グラン前団長のお墓から順に掛けていく。

グラン前団長は植物系魔術が得意で、まだお若かったガイルズ陛下が式典や夜会で演説する時な
どに、背景に様々な花を降らせるという演出をする為によく駆り出されていたっけ。

「いずれ薔薇《ばら》で作ったゴンドラで、国王陛下の入場を華麗《かれい》に演出したいものだ！」と言って、ゴンドラ用の魔術式を一生懸命研究していたな。完成を見ることは出来なかったけれど。

おじいちゃん先輩は土魔術が得意で、魔術師団の連絡用に手乗りサイズのゴーレムを作ってくれたなぁ。

ゴーレムの口からおじいちゃん先輩の声で『今夜は七時半に焼き肉屋ナナカマドの炎に予約を入れておいたから、死ぬ気で仕事を終わらせるんじゃよ』と言われると、その日の業務はめちゃくちゃはかどった。

闇魔術が得意なボブ先輩は、茶髪のくせに自称『闇《やみ》より生まれし漆黒《しっこく》の支配者《しはいしゃ》』だったけれど、どこら辺に漆黒要素があったのか最後まで教えてもらえなかったなぁ。

おひぃ先輩はヴァルハラでもまだボブ先輩に告白していないのかな。何十年片思いを続ける気なんだろう。

一人ひとりの墓石の前で、その人の思い出が甦《よみがえ》ってくる。

今でもまだ一緒に過ごした時間の楽しさが、まったく消えてくれないよ。

「そういえばギルはジェンキンズと仲が良かったよね」

憎まれ口ばかり叩《たた》いていた同期のジェンキンズのお墓にもお酒を掛け、ふと思い出したことを口にしてギルを見上げれば、

「は⁉」

と、心底意味が分からないというように真顔《まがお》になった。

「二人でよく喋《しゃべ》っていたと思うんだけれど」

「あれは喋っていたのではなく、いがみ合っていただけですね」

ギルは私から酒瓶を受け取り、ジェンキンズの墓石に酒を掛けた。

「まぁ、今さら死者を悪く言う気はありません。ただ、『バーベナのことは僕にすべてお任せください』と、ジェンキンズ先輩に直接言って差し上げられなかったことが非常に残念ですね」

ギルが「ははははは！」とブラックな笑みを浮かべていた。

よく分からないが、夫が楽しそうなので良しとする。

「そのうちバーベナのばーちゃんのお墓にも、行ってやらなくちゃなぁ」

「リザ元団長のお墓はどちらにあるのですか？」

「王都の市民墓地だよ。バーベナの両親や一族のお墓があるの。全員バーベナが物心つく前や、生まれる前に亡くなってるからよく知らないんだけれど」

バーベナの墓までお酒を掛けると、この一帯がアルコールの良い匂《にお》いに満たされた。

お酒の匂いは皆で飲んだくれた花見の、納涼祭《のうりょうさい》の、芋煮会《いもにかい》の、温泉旅行の、数々の記憶が甦って胸の奥が切なくなる。

亡くなった大事な人に会いたいと願う気持ちはきっと一生無くならない。

けれどあと九十年くらい、我慢《がまん》してみせる。

私にはオーレリアとしての人生がまだまだ続き、ギルや、オーレリアの大事な人たちとたくさん遊んで暮らさなければならないのだから。

私は皆のお墓の前で、手を祈りの形に組み合わせた。

ごちゃごちゃ祈るのは性に合わないから、『私がヴァルハラに行く日まで、またね』と。


「あのね、ギル」

お墓参りが終わり、ギルと手を繋《つな》いで階段状の墓地を下りていく。

ギルは眼鏡の奥の優しい黒い瞳をこちらに向けた。

「どうかしましたか、バーベナ？」

「それ。私のことを『バーベナ』と呼ぶのを止めてもらおうと思って」

私は立ち止まり、ギルを見上げる。

「私からギルには『バーベナ』と呼んで欲しいって頼んだくせに、申し訳ないんだけれど。これからは『オーレリア』と呼んで欲しいと思うんだ」

ギルはもう『バーベナ』呼びに慣れてしまっていて、変更するのは面倒《めんどう》かもしれないが。

私がヴァルハラへの想いを一度断ち切るには、そういう変化が必要な気がするのだ。

「もちろん構いませんよ」

ギルはこだわり無さそうに言った。

「僕は貴女の姿形や名前が、どれほど変わってもいいんです。一緒にいると楽しい、そんな貴女の魂を愛しているので」

「ギル……」

「オーレリア」

ギルの優しい声が、私の新しい人生の名前を呼んだ。

「僕と再会したばかりの貴女はどうしようもなく『オーレリア・バーベナ』でしたけれど、今は『オーレリア』になることを選んだのですね。貴女のその選択、変化を、僕は愛します」

愛する夫が、人生のパートナーが、そう言って私を肯定《こうてい》してくれる。それだけで百人の味方を得たように嬉しくて、私は思わずギルに抱きついた。

「めちゃくちゃギルにチューしたい‼」

「……お気持ちは嬉しいのですが、本当に死にそうな程嬉しいのですが、墓地でファーストキスはちょっと……」

まぁ確かに。墓地というシチュエーションでは止めておくけれど、相変わらず拗《こじ》らせている夫に笑ってしまう。

「じゃあ屋敷に帰ったら、チューしてもいい？」

「そ、そうですね、きっと今頃クリュスタルムも側妃様の女官から好みの世話役を選び終わったでしょうし……なんなら、もう白い結婚をやめてくださっても……」

ギルがそう言って、なんだかぎこちない手つきで私の腰《こし》の辺りを撫《な》でてくる。脱水症状か？　と疑問に思うレベルで手がプルプル震えているんだけれど、大丈夫なのか。

夫の拙《つたな》い手の動き（たぶん愛撫《あいぶ》）を甘んじて受け入れていると、『英霊の廟所』の入り口である鉄の門扉が突然開かれて、王城の役人が姿を現した。

役人はすぐに私たちを見つけ、手を振って大声で叫ぶ。

「ロストロイ魔術師団長様！　クリュスタルム様が〈好みの顔の生娘が一人もおらぬから　妾はオーレリアのところに戻るのじゃ〜!!〉と仰せでして……っ！　お早く城内にお戻りください！」

「あのっ、災厄がっっっ!!!!」

ギルは一瞬で地面へと崩れ落ちた。

どうやら私たちの白い結婚はまだまだ終わらないらしい。

第十三章◆チルトン領の朔月花祭り

「……オーレリア」

ぼんやりとした意識の中で、私を呼ぶギルの声がする。いつの間にかすっかり、ギルから現世の名前で呼ばれることに慣れてしまっていた。

薄《うす》く目を開ければ、自分がうたた寝していたことに気が付く。

ガタゴトと揺《ゆ》れる車内、背凭《せもた》れや座席部分のクッションの柔《やわ》らかさ、ギルの肩《かた》に預けていた右半身は体温が移って温かくなっていた。

「ん〜。ギル、ごめん、私、寝てた……」

寝起きで滑《なめ》らかに動かない口を動かし、目元を擦《こす》る。

隣《となり》に腰《こし》かける夫を見上げれば、彼は眼鏡《めがね》の奥の黒い瞳《ひとみ》を優しく細めていた。

「謝らなくていいですよ、オーレリア。旅の道中など退屈《たいくつ》でしょうし」

「でも私が寝ちゃうと、クリュスタルムしか話し相手がいなくてつまらなかったでしょ？」

「貴女《あなた》の寝顔を観察しているだけで僕は至福ですよ」

「寝顔なんか別にいつでも見る機会があると思うけれど」

「最近はオーレリアと一緒にぐっすり寝てしまうので、じっくり観察する機会は少ないです」

まぁ確かに。結婚当初のギルは緊張して寝付きが悪いこともあったが、三ヶ月も一緒に眠っていたら慣れたようだ。

「そんなことより、オーレリア。そろそろ到着するみたいですよ」

ギルがそう言って、馬車窓の向こうを指し示した。

晴れ渡る夏空に彩《いろど》られた、懐かしい光景が広がっている。

かつて丘があったけれど、私がうっかり爆破してしまってなだらかな平野になってしまった牧草地。地形学者のおじいちゃんの指示のもと、爆破して作った新しい川。一《ひと》ツ目羆《めひぐま》を仕留めた森は夏らしい濃い緑に覆《おお》われ、お父様と海賊《かいぞく》を捕らえた漁港の海は深い青に輝いている。

その光景を一目見ただけで、この胸に確かな郷愁《きょうしゅう》の念が生まれた。

「現世の貴女が生まれた地、チルトン領に」

懐《なつ》かしく、平凡で、でも誰もが日常を必死に紡《つむ》いで暮らしている、私《オーレリア》の故郷《こきょう》チルトン領。

ロストロイ魔術伯爵家に嫁《とつ》いで以来初めての里帰りであり、――ギルが初めて私の家族に挨拶《あいさつ》をする日がやって来た。

▽

突然里帰りをすることになったきっかけは、クリュスタルムが〈もっとたくさんの妾《わらわ》好みの生娘《きむすめ》にちやほやされて暮らしたいのじゃ……〉と悄気《しょげ》ていたことが一つ。どうやらクリュスタルムは私一人では飽きたらしく、新たなハーレムを求めていた。

私はちょうどその時、チルトン領にいる弟妹《ていまい》たちから届いた手紙を読んでいた。そろそろチルトン領に『朔月花祭り《さくげつかまつり》』の時期がやって来る、という内容だった。

『朔月花祭り』は真夏の新月の夜に開催される小さなお祭りだ。

これはチルトン領が出来る前から存在する土着《どちゃく》の風習《ふうしゅう》である。真夏の新月の夜にだけ咲く『朔月花』の群生地《ぐんせいち》が山の麓《ふもと》にあり、領民はそれを愛《め》でながら音楽を奏《かな》でたり踊ったりするのだ。

このお祭りは古来の若者たちにとって出会いの場だったらしく、今では男性が意中の女性に告白し、女性から返事の代わりに組紐《くみひも》を渡されるとカップルが成立するというイベントになっている。

だからこの季節のチルトン領の若い女性たちは一生懸命《いっしょうけんめい》組紐を編み、男性たちも意中の女性をどうやってお祭りに誘うかでソワソワしているのだ。

私は貴族令嬢《れいじょう》だったので告白イベントには参加出来なかったが、楽しそうな若者たちがちょっと羨《うらや》ましかった。

弟妹たちの手紙には朔月花祭りにかこつけて、私に里帰りするよう促《うなが》す文言《もんごん》がいっぱい書いてあった。実に微笑《ほほえ》ましい。

「そういえば私には幼い弟妹が五人いるんだけれど、みんな私似……と言うか、お父様に似て綺麗《きれい》な顔立ちをしているよ」

私がクリュスタルムにそう話しかけると、水晶玉の中がキラキラと輝いた。

〈なんと！　オーレリア似の生娘と生息子《きむすこ》が五人もおるのか！　会いたい！　妾はその者たちに会って　ちやほやされたいのじゃ！〉

「でもなぁ、仕事のギルを王都に置いて、私一人でクリュスタルムを連れてチルトン領へ帰るのもなぁ……」

ギルは結婚式の時にチルトン家の皆へちゃんと挨拶《あいさつ》をしなかったので、そんなギルを置いて里帰りをすると、私たちの仲を弟妹に心配されてしまいそうである。

行くのならギルと一緒が良いだろう。私もギルがいないと寂《さび》しいし。

〈会いたい！　オーレリアの弟妹に会いたいのじゃ〜！〉と騒ぐクリュスタルムをなだめるために、テーブルの上で独楽《こま》のように回して遊んでやる。

この子、水晶玉でツルツルした奴なんだけれど、なんだか猫《ねこ》っぽいんだよなぁ。

そんなことを思いながら私はその日の午後を過ごした。


「ですから僕、ようやく結婚後の長期休暇を取得することが出来ました……!!」

満面《まんめん》の笑みで帰宅した夫が、玄関《げんかん》ホールで私をぎゅうぎゅう抱き締めながらそう言った。

「え？」

よくぞあの人手不足の魔術師団で長期休暇が取れたな、と驚いていたら、私の気持ちを読み取ったように「今さら僕一人が長期休暇を取らずにいたところで、慢性的人手不足は解消されませんから」と言った。

「むしろ産めよ増やせよで次世代の子を増やすべきです」

などと、お父様みたいなことを言い出す始末《しまつ》である。

「再来週には休暇《きゅうか》が取れそうなのですが、オーレリアはどこか旅行に行きたいところはありますか？　海底遺跡でも山の空中古代都市でもいいですよ」

古代魔術式の解析は大好きだけれど、それよりも優先したいことがある。

私の首筋《くびすじ》の匂《にお》いを嗅《か》いでいるギルの額《ひたい》を押し退《の》けながら、私はきっぱりと言った。

「チルトン領に行こうよ。ギルはまだ、私の家族に挨拶してないでしょ」

「そ、そうですねっ⁉　ぼ、僕っ、お義父様《とうさま》以外のご家族にご挨拶していませんでしたね⁉」

みるみるうちに顔色を青ざめさせるギルは、振り子のように首をたてに振った。

こうしてギルのチルトン家への初めての挨拶と、クリュスタルムの接待の為に、三ヶ月ぶりにチルトン領へ向かうことが決定したのである。

▽

敷地は広いけれど質素《しっそ》な佇《たたず》まいであるチルトン侯爵《こうしゃく》家の屋敷に、ロストロイ家の馬車は無事に到着した。

チルトン家の庭は向日葵《ひまわり》や野バラがたくましく花開き、樹木の葉も濃い緑色にわさわさと繁《しげ》っている。地面には木漏れ日《こもびび》が落ち、蟻《あり》や蜘蛛《くも》、蛙《かえる》の姿などがすぐに見つかった。庭は途中から原っぱや林に繋がっているので、どれが庭師が育てている植物で、どれが自生している植物なのか、正直よく分からない。

「おかえりなさい、オーレリアお姉様！」

「お待ちしておりました、お姉様！」

「オーレリアお姉様、会いたかったです！」

「わたしと遊んでくださいっ！」

「僕もっ！」

チルトン家の変わらぬ夏の大自然を味わっていると、屋敷の玄関扉がいきなり開いた。そして幼い弟妹たちがわらわらと外へ飛び出してくる。

きっと馬車の止まった音を聞きつけて、屋敷の中を走ってきたのだろう。息を切らした侍女たち《子守り担当》が、へとへとの様子で後ろから現れた。

上は十一歳の長男アシル、十歳の次女ライラと八歳の三女エメリーヌ、そして五歳の双子《ふたご》の弟妹マリウスとルチル。これが現世の私の弟妹である。バーベナの頃は一人っ子だったので、全員目に入れても痛くないくらい可愛い存在だ。

早速私の体によじ登る双子を捕まえて、両肩に小麦《こむぎ》の大袋を担《かつ》ぐように乗せる。その間にほかの弟妹たちが腰《こし》や腹《はら》にしがみついてきた。

「みんな、ただいま～。元気にしてた？」

「はいっ、僕たちみんな元気です！」

「でもちょっぴり寝不足《ねぶそく》です。オーレリアお姉様が帰ってくると聞いて、わくわくしすぎて眠れなかったんです」

「いっしょにお昼寝してくれますよね、お姉様？」

「わたしはおひるねよりクワガタを見てほしいです！」

「僕もお父さまといっしょにカブトムシをつかまえました！　大きいです！」

弟妹たちは全員私と同じく父親似で、オリーブグリーンの髪とアッシュグレーの瞳《ひとみ》をした美少年と美少女だ。みんな興奮で頬《ほお》を桃色《ももいろ》に染め、キラキラした笑顔を浮かべている。癒《い》やされるなぁ。

斜めがけバッグの中にいるクリュスタルムも、弟妹たちの純粋さを感じ取っているのだろう。なんか〈フンスッ！　フンスッ！〉という奇妙《きみょう》な鼻息《はないき》？　が聞こえてくる。

私がいなかった間に起こった出来事を脈略《みゃくらく》無く話してくる弟妹たちに「うんうん」と頷《うなず》いていると、背後から「あの……」と、所在《しょざい》無さげな声が聞こえてきた。ギルである。

私が振り返るのに釣られて、弟妹たちもそちらに顔を向けた。

「……初めまして、チルトン侯爵家のご子息《しそく》ご息女《そくじょ》の皆様。僕はオーレリアの夫のギル・ロストロイと申します」

夫はなぜか、小さな子供相手に緊張をしていた。

そして子供というのは敏感な生き物である。

ギルの緊張を読み取った弟妹たちは『目の前の大人より、自分の方が優位な立場』ということを瞬時に把握してしまう。

私にしがみついていた弟妹たちが無言で離れ、ギルの元へと移動する。両肩に担いでいた双子も「おねえさま、おります」「おろしてくださいっ」と地面に下り立ち、兄姉の後ろに付いていく。

「チルトン侯爵家へようこそ、ギル・ロストロイ様」

長男アシルがにっこりと微笑《ほほえ》んだ。けれどそのアッシュグレーの瞳はまったく笑っていない。

「長旅でお疲れでしょう。立ち話もなんですから、屋敷内にご案内いたします。どうぞ僕に付いてきてください――取調室へっ!!」

おい弟よ、取調室なんて我が屋敷にはないですよ？　衛兵の兵舎にはありますが。

上の弟の言葉に合わせて、下の弟妹たちがギルの周囲を囲む。そして「さぁロストロイ様、取調室です！」「じんもんです！」「じんもんってなんですか？」「わからないですっ」と言いながら、ギルの背中をぐいぐい押していく。

抵抗しようと思えば幾らでも抵抗できるギルだが、小さな子供相手に怪我《けが》をさせるのを恐れているらしく、彼らに押されるがまま足を進めている。

まぁ、弟妹は私と違って魔力はなく、爆破したりはしないから、ギルの身に危険はないだろう。

私はそう思い、子供たちとギルを見送ってから、持ってきた荷物やお土産《みやげ》をチルトン家の使用人に運んでもらうことにした。

「ではギルさん、次のテストです。『貴方《あなた》はオーレリアお姉様とのデートの待ち合わせ場所に予定より早く着いてしまいました。この時、貴方はどんな気持ちでオーレリアお姉様を待ちますか?』一、魔術師団の仕事や領地のことなど、他のことを考える。二、「遅刻しなくて良かった」と安心する。三、「もしかして待ち合わせ場所や時間を間違えた?」と心配する。四、いつオーレリアお姉様がやって来るのかソワソワする。さぁ、答えてください!」

皆がいると聞いた客室に入ると、ギルは子供たちに囲まれていた。そしてギルの目の前に座るアシルが分厚い本を読みながら、謎のテストを出題していた。なんなんだ、あれ。

私が首を傾《かし》げていると、子供たちの様子を見守っていたらしいお母様に「こちらへいらっしゃい、オーレリア」と手招きされた。いつもの鉄仮面《てっかめん》で。

「ただいま帰りました、お母様」

「おかえりなさい。道中危険がなかったようで安心しました。まぁ、貴女に勝てる山賊《さんぞく》など見たこともありませんけれど」

「お父様の姿がこちらには見えないようですが」

「朔月花祭りの準備で群生地の方へ行ってらっしゃいます。夕食前にはお会いできるでしょう」

お母様が腰掛けるソファーの隣に、私も腰を下ろす。すると侍女《じじょ》がすぐに果汁水《かじゅうすい》を用意してくれた。侍女にも「ただいま」と挨拶すれば、「おかえりなさいませ」と微笑《ほほえ》んでくれた。

冷たい果汁水で一息吐《つ》いてから、お母様に尋ねる。

「それで、あの子たちとギルは何をやっているんです？」

「あれは心理テストです」

「心理テスト？」

「ギル殿の深層心理を暴《あば》くためのものだそうですよ」

心理テストを受けさせられているギルは、銀縁眼鏡の縁に指を添え、まったく悩む様子もなく「四です」と答えた。

アシルは重々《おもおも》しくため息を吐き、『やってしまいましたね』と言うように首を大きく横に振る。

「今の心理テストはギルさんの束縛度《そくばくど》を表しています。四番を選んでしまったギルさんは……なんと束縛度一〇〇％っっっ‼　これはオーレリアお姉様に嫌われてしまう最悪の結果ですね！」

「まぁ！　自由で破天荒《はてんこう》なオーレリアお姉様を束縛しようだなんて、ギルさん、ひどいですわ！」

「お姉様は誰かに束縛されるような方ではありませんよ！」

「そくばくってなんですか？」

「わからないですっ」

子供たちから非難され、自分でも心理テストの結果に打ちのめされている夫がちょっと憐《あわ》れになってくる。

私は助け船を出すことにした。

「はい、みんな～、注目～！　王都で色々お土産を買ってきたから、みんなに配るよー！」

「お土産！　嬉しいです、オーレリアお姉様！」

「どんなものを買ってきてくださいましたか⁉」

「可愛いものはありますか？」

「僕はあまいものがすきです！」

「わたしはあまくてかわいいものがだいすきです！」

弟妹たちが大急ぎでこちらにやって来る。ちょろいものだ。

私は使用人に運んでもらったお土産の箱を確認し、それぞれ違うラッピングが施された箱を手渡していく。

アシルには紅琥珀《べにこはく》で作られた鉱石ナイフ。柄《つか》の部分まで紅琥珀で出来ており、中には偶然混入した虫の姿が見えていて面白い品だ。ペーパーナイフとして使える。

次女ライラには王都で流行《はや》りの帽子《ぼうし》と、それに合わせたシトリンの帽子ピン。

三女エメリーヌには桜貝《さくらがい》が貼り付けられたキラキラの手鏡《てかがみ》と揃《そろ》いの櫛《くし》。

双子のマリウスとルチルは昆虫に夢中なお年頃なので、最新版の昆虫図鑑と蝶々《ちょうちょう》の形のキャンディーだ。

それぞれの好みを考慮して選んだお土産に、弟妹たちは大喜びである。

「ありがとうございます、オーレリアお姉様！」

「とっても素敵な帽子と帽子ピン、すごく嬉しいです！」

「わたし、この手鏡を一生大切にしますっ」

「「ありがとう、おねえさま」」

嬉しそうにお礼を言ってくる弟妹たちに、私はギルを指差した。

「私から君たちの好みを聞いて、そのお土産を一生懸命選んでくれたのはギルだよ。だからギルにお礼を言おうね」

チルトン領へ行く前に、ギルは王都中のお店をくまなく覗《のぞ》く勢いでお土産探しをしていた。「気に入っていただける品を贈って、少しでも義家族に僕を受け入れていただかなければ……！」と必死な様子だった。

私はギルのお義母《かあ》さんやお義兄《にい》さんに何故《なぜ》か絶縁《ぜつえん》されてしまった嫁《よめ》なので、義家族との付き合いが難しいことはよく知っている。だからギルが私の家族と上手《うま》くいかなくても仕方がないと思うのだが、夫本人が気に入られたいと頑張っているので、少しは橋渡ししてやりたかった。

弟妹たちはお互い顔を見合わせると、お土産を抱えたまま、ゆっくりとギルの元へ戻った。

「……ギルさん。僕たちのためにお土産を選んでくださって、ありがとうございます。僕も弟妹も、お土産がとても気に入りました。ずっと大切にいたします」

アシルが代表してそう言い、弟妹が頭を下げる。ギルはちょっと嬉しそうに表情を綻《ほころ》ばせた。

「ギルさんは束縛度一〇〇%だし、嫉妬《しっと》深さも愛の重さもストーカー度も執念《しゅうねん》深さもロマンチック度もオール一〇〇%だと、心理テストの答えで出てしまった危険人物なのですが……」

ギルの心理テストの答え、確かにやばいですね。

「でも、オーレリアお姉様のことを愛してくださっているのはちゃんと分かったので、僕たちはあなたがお姉様の夫であることを認めます。――ギルお義兄様《にいさま》」

アシルがそう言うと、ギルは眼鏡《めがね》の奥の黒い瞳を感動したように潤《うる》ませた。

ギルがゆっくりと口を開く。

「本来であれば縁談《えんだん》の時点でチルトン侯爵家へご挨拶に伺《うかが》うべきところを、本日まで不義理をしてしまい、本当に申し訳ありませんでした」

ギルはそう頭を下げた後、「ですが」と言葉を続ける。

「僕はオーレリアを愛し、彼女と共に楽しい一生を送っていくと決めています。不束者《ふつつかもの》ですが、末永《すえなが》くよろしくお願いします」

そう言って再び頭を下げるギルに、私の胸の真《ま》ん中《なか》がとても温かくなる。

自分の愛する人に、愛する家族を受け入れてもらえるということはとても嬉しいことだ。そしてその反対に、自分の家族に自分の愛する人を受け入れてもらえることも。結婚に関するあれこれを前世では経験していなかった分、その喜びは鮮《あざ》やかだった。

妹たちもギルに頭を下げ、「オーレリアお姉様のことをよろしくお願いいたします」「オーレリアお姉様は爆破しまくる方ですけれど、わたしたちの大好きなお姉様なんです。大事にしてください」と言った。

五歳のマリウスとルチルはよく分かっておらず、「ギルさん、僕たちのおにいさまになったのですか？」『そうみたいですっ！』と二人で話し合っていたが。

何はともあれ、ギルと私の弟妹たちが歩み寄ったようで良かった。

さて、ギルと私の弟妹たちがようやく歩み寄れたところで、クリュスタルムの接待《せったい》である。

私とギルがソファーに並んで腰かけると、弟妹たちもそれぞれ定位置に座り、お茶の時間が始まった。お茶菓子は私とギルが王都で選んだスノーボールクッキーだ。弟妹たちはもちろん喜んでいたし、お母様も無表情で喜んでいる。

まったりとした空気が流れてきたところで、私は例のブツを斜めがけバッグの中から取り出した。ゴトリと水晶玉をテーブルに置くと、弟妹たちが不思議そうに首をかしげたり、興味津々《きょうみしんしん》の様子で身を乗り出してくる。

「オーレリアお姉様、この水晶玉みたいなのはなんですか?」

「真ん中がキラキラしていますね。まるで朝いちばんの光を閉じ込めたみたいにきれいですわ」

「もしかしてオーレリアお姉様、占いを始めましたの?」

「うらないってなんですか?」

「わたし、しってます。世界のおわりがいつやってくるのか、おしえてくれるんですよ」

「僕、世界がおわっちゃうの、こわいです!」

「わたしもです!」

双子が不吉《ふきつ》なことを言い出したので、私は勿体振《もったいぶ》らずにクリュスタルムの紹介をすることにした。

「これはね、喋《しゃべ》る水晶玉です。クリュスタルムという名前の、豊穣《ほうじょう》……いや、農作物を元気に育てる力を持っている不思議な水晶玉なんだよ。私がチルトン領に滞在中、みんなにこの水晶玉と仲良くして欲しいんだ」

ちなみにこの間、クリュスタルムはずっと無言のまま鼻息？　が荒い。彼女の喜びを表すように水晶玉の中央がかつてないほど光り輝いていた。

どうやらうちの弟妹たち、クリュスタルムの好みに入っていたらしい。

「クリュ……タ、ム……さん？　ですか？」

「オーレリアお姉様、水晶玉さんのお名前が難しすぎますわ」

「わたし、舌《した》を噛《か》んでしまいそうです」

「クーちゃん？　ですか？」

「きっとクーちゃんですっ」

〈し……仕方がない童《わらべ》たちなのじゃっ!!　妾のことをクーちゃんと呼ぶのを　特別に許してやるのじゃ!!〉

まさかクーちゃん呼びを許可するとは。豊穣の宝玉としてのプライドはどこへ行ったのだ、クリュスタルムよ。

そう思った私の隣で、ギルがぼそりと「この災厄《さいやく》、自らの欲望のために宝玉としての威厳《いげん》を溝《どぶ》に投げ捨てましたね」と呟《つぶや》いた。どうやらギルも私と似たような感想を抱いたらしい。

弟妹たちは「本当に水晶玉から声が聞こえました！」「不思議ですわ」「すごいっすごいっ」とはしゃぎ、クリュスタルムに夢中になった。

クリュスタルムも自分好みの純粋な生き物にチヤホヤされて嬉しいらしく、〈苦しゅうない　近うよるのじゃ〉〈妾に触れても良いのじゃぞ〉〈おお　なんと清らかな手なのじゃ……！〉と、光を放ちまくっていた。

「これで当分はクリュスタルムの機嫌も良いでしょ」

「いつまで保《も》つかは分かりませんけれどね」

ギルは冷ややかな笑みを浮かべた。

「それよりギル、明日は領内を案内してあげるよ。石像群とかすごいから」

「ああ、歴史偽造《ぎぞう》問題で陛下に呼び出しを食らったやつですよね」

「石像群へ行く前に、大通りを案内しようかなぁ。あそこも石像群グルメとかグッズとか色々あって栄え始めてるんだよね。あとギルが楽しめそうなところはどこだろう？　初めてのチルトン領観光に相応《ふさわ》しいのは……、漁港で地引網《じびきあみ》体験？」

「ふふっ」

どこから案内しようか悩む私を見て、ギルが笑った。

「オーレリアが僕を楽しませようと一生懸命考えてくださるだけで、僕はとても幸せです」

ギルは頰を赤く染めながら私の手を取り、優しく握った。

「オーレリアが僕のことを気にかけてくださる細やかな愛情が、僕はとても嬉しいんです。昔からずっと」

私の今の発言に細やかな愛情というものがあったのかどうか、自分ではよくわからない。せっかくギルと一緒にチルトン領にやって来たんだから楽しみたいという、遊びへの欲求だ。

でもギルにそんなふうに喜んでもらえると嬉しいし、ちょっと照れる。そっかぁ、ギルは昔から私のそういうところが好きなのかぁ、と。なんだかフワフワする気分だ。

「細やかな愛情というのはよく分かんないし、バーベナが昔ギルにあげたのはどう考えても師弟愛《していあい》だったけれど。今は全然違うよ」

「オーレリア？」

「私がギルに向けてるのはね、一緒に生きたいっていう夫婦愛」

私はなんだかギルに抱き着きたいような気持ちになって、隣に座るギルとの距離を詰めた。ぴったりと寄り添って座ると、とてもあたたかい。

するとギルも私の手を、指を絡《から》めて握り直し、「嬉しいです」と照れた表情を向けてきた。

「僕も貴女と同じ……というには、重く濁《にご》ってどろどろしているかもしれません。なにせ束縛度も嫉妬深さも愛の重さも一〇〇％ですからね……。ですがオーレリアと一緒に生きていきたいです」

「えへへ、ありがとう。嬉しい」

そうやって二人掛け用のソファーで隙間《すきま》無くぴったりとくっついて座っていると。向かい側に座っている弟妹たちが「オーレリアお姉様はタフだから、あんなに重いギルお義兄様の愛情にも圧《お》し潰《つぶ》されないいんですね」とか、「まぁ、とっても仲良しですわ」とか、「意外と相性がいいみたいです」などと、好き勝手に言い始めた。

お母様はというと、私とギルの様子をしっかり観察したあと、何か合点《がてん》が行ったというように頷く。

「オーレリアのように摑《つか》みどころのない子には、何がなんでもしがみついていくようなギル殿のような方が合うのでしょう。良かったですね、オーレリア。オズウェル様に素敵な結婚相手を用意していただけて。オズウェル様によく感謝するのですよ」

「はい、お母様」

その日はそうやって旅の疲れをチルトン家で癒やし、夕食にはお父様も帰宅されたので九人という大所帯《おおじょたい》で食事をした。

ちなみに私は未だ、チルトン家ではアルコール禁止令を出されたままだった。悪酔《わるよ》いなどしないと訴えたのに駄目《だめ》だった……。

クリュスタルムは弟妹たちに懐いたので、そのまま彼らのうちの誰かと一緒に眠るかと思いきや、就寝時間には私とギルの元に帰ってきた。夜が一番イチャイチャしたい時間帯だというのに、クリュスタルムめ。

そんなふうにしてチルトン領一日目が過ぎていった。

▽

昨夜は道中の疲れもあって早めに就寝したが、その分早くに目が覚めた。

ギルもどうやら同じだったようで、私がベッドから上体を起こしたタイミングで彼も一緒に起き上がる。

「おはようございます、オーレリア」

「おはよう、ギル。よく眠れた？」

「ええ。ここは王都と違い、夜間が静かでいいですね」

「虫の音や夜行性動物の鳴き声はするけれどね」

「風情《ふぜい》があって素敵ですよ」

ギルはフィールドワークや戦時中に鍛《きた》えられたので、どんな過酷《かこく》な環境でも睡眠を取ることが出来る。だがそれを差し引いても、チルトン領の静かな夜は眠りやすかったのだろう。よく熟睡《じゅくすい》したという顔をしていた。

夫の顔を両手で挟《はさ》んでみる。部下だった頃のギルはもっとぷにぷにした頬《ほ》っぺたをしていたような気がするけれど、今は肉が薄い。頬骨《ほおぼね》の形や滑《なめ》らかな触り心地の鼻筋《はなすじ》、唇《くちびる》、と一つ一つのパーツを確かめるように触れていく。三十代だというのに、まだまだ張りがある肌《はだ》だなぁ。

「あ、の、……オーレリアばかり僕に触れるのは狡《ずる》くないでしょうか……？」

ギルは照れを隠すように拗《す》ねた表情をしてみせた。かわいい。

両頬をびろーんと引っ張ってみると、ギルの美貌《びぼう》が変な表情になる。ギルはどんな顔をしててもかわいく感じるので不思議だ。

「オーレリア！」

「わわっ」

ギルの顔で遊びすぎたせいか、私は起き上がったばかりのベッドに押し戻された。

気が付けばギルが私の頭の横に両手をつき、真上から私を見下ろしている。俗に言う、押し倒された状態だった。

すごい、あの奥手《おくて》なギルが私を押し倒すなんて……！

いざという時は私がすべてリードするしかないと思っていた可愛い年上の夫が、着実に成長していることに私は感動した。

「……オーレリア」

耳に心地好いギルの低い声が私の名前を呼び、そっと前髪を撫《な》でてくる。

「貴女に、く、口付けを、しても、良いでしょうか……？」

サイドテーブルに鎮座《ちんざ》するクリュスタルムは、昨日弟妹たちとはしゃぎ過ぎたせいかまだ静かだった。水晶玉に休息が必要なのかは分からないが、彼女の意識は眠っているらしい。

邪魔するもののいない、夫婦だけの早朝の時間だ。夫と初めての口付けを交わすくらい、してもいいだろう。

私は「うん」と頷いた。

「どーぞ」

私は目を瞑《つむ》り、にやけそうになる唇をなんとか閉じて、ギルからの口付けを待つ。

ギルの大きな手のひらが私の頬に触れ、少しずつ少しずつ、ギルの顔が近づいてくる気配がする。

もうすぐギルと初チューしちゃうぞと思うと、嬉しくて、わくわくして、ついでにソワソワもしちゃって、薄《うっす》らと目を開けて確認してしまう。

ちなみに以前ギルに口移しで解熱剤《げねつざい》を飲ませたことは、内緒《ないしょ》のままである。

「……オーレリア。恥ずかしいので、ちゃんと目を閉じていてください……」

「はーい」

真《ま》っ赤《か》な顔をしたギルにそう言われてしまえば、我慢して目を閉じるしかない。

早く早く、と念じながら待機していると、ギルの吐息《といき》が肌に触れた。彼が発する熱が近づいてきて温かい。近づいてくるギルの香りに、とても安心した気持ちになる。

「では、その、……口付けますね」

私は小さく頷いた。

自分の胸の内側を叩《たた》く鼓動《こどう》の音に耳を傾けながら、その時がくるのを待っていると――……。

「「ハァァァァァァーッッッ!!!!」」

……庭から、お父様とアシルが剣術の早朝練習をする声が聞こえてきた。めちゃくちゃ気合いが入っていますね。

「え⁉　えっ⁉　何事ですかっ⁉　まさか敵襲ですか⁉」

「いや、違うよ……」

ギルはびっくりして跳ね起き、チューする雰囲気《ふんいき》が完全に霧散《むさん》してしまった。

私もベッドから起き上がり、庭に面した窓のカーテンを開けてみる。

元王国軍少将であったお父様の鍛練場所であり、嫁入りする前は私の魔術練習場でもあった広い空き地に、今はお父様と並んで剣を振るうアシルの姿が見えた。

「そんな軟弱《なんじゃく》な剣では、オーレリア無きチルトン領を守り抜くことは出来ぬぞ‼」

「はい、お父様っ‼　オーレリアお姉様の爆破が無くてもチルトン領を守り抜けるよう、精進《しょうじん》いたします‼」

「その心意気《こころいき》、実にあっぱれだ‼」

ブォンブォンと愛用の大剣《たいけん》を振るうお父様と、子供用の剣を一生懸命に振るう弟の大声が、早朝の庭で熱を帯びて響いている。こんな健康的な光景を見てしまったら、新婚のイチャコラした空気など消えて当然だろう。

「よし。私もお父様たちに混じって爆破してこようかな。やっぱり朝の爆破って爽《さわ》やかで清々《すがすが》しいし」

「それ、領民から苦情が来ないんですか？」

「昔は来たけれど、いつのまにか消えたねぇ。そして最終的に、朝を知らせる鐘《かね》みたいな役割に変化したよ」

「教会の務《つと》めですよね、それ」

「神父様が、鐘より遠くまで響くから私がした方がいいって言ってくれたんだよね」

そんなことを話しながら私とギルはそれぞれ別の部屋に移り、朝の身支度《みじたく》を済ませた。

私がさっそくお父様たちの鍛練に混ざろうと庭へ向かおうとすれば、「僕も参加します」とギルもついてくることになった。

朝食の時間までお父様たちと合同訓練をさせてもらうことになった。

私は念願のギルとの魔術対決が叶《かな》い、白熱しすぎてうっかりまたチルトン家の屋敷を吹っ飛ばしそうになった。けれどギルが颯爽《さっそう》と結界魔術を展開してくれたおかげで、屋敷は無事だった。

屋敷を守り抜いたギルに、お父様は大喜びだ。

「流石《さすが》はギル君だ！　私がオーレリアの夫にと見込んだだけはある男だ！　これからもオーレリアを見捨てないでやってくれ!!」

お父様はギルの両肩をしっかりと掴み、感激の眼差《まなざ》しをギルに注ぐ。

そしてアシルも、ギルを憧れの瞳で見上げていた。

「ギルお義兄様はただの愛情が重過ぎて危険な人というだけではなかったのですね！　さすがは現役魔術師団長様です！　オーレリアお姉様の爆破に耐えうるのはギルお義兄様だけです!!」

私たちの早朝訓練を屋敷の中から見ていたらしい他の家族や、使用人たちが大喜びで庭へと出てくる。

「また屋根くらいは消し飛ぶかと思いましたが、ギル殿のお陰でチルトン家の平和は守られましたわ。ありがとうございます、ギル殿」

「ギルお義兄様、すごいですわ！」

「オーレリアお姉様にぴったりの男性はギルお義兄様だけですね！」

「なにか、キラキラ光るまくが、おうちを守ってくださいました！」

「きれいでした！　わたし、もう一回見たいです！」

皆、昨日ギルを受け入れた時の百倍くらいの好意を向け始めたのだが。屋敷を守ったことで、好感度が爆上がりしちゃったの？

ギルはチルトン家一同からの突然の好意にあたふたしていたが、同時にとても嬉しいらしく、頬を火照《ほて》らせている。

そんな夫と私の家族を見ていると、なんだか私の方まで嬉しくなってきた。

私とギルが将来作る家庭も、チルトン家のように明るい家庭だといいな。

笑顔や好意や許しや慈《いつく》しみに満ちていて、楽しいことは二倍で、悲しいことは半分に分けることが出来るような家庭だといい。

ううん。いいな、ではなく、そんな家庭を作りたい。お父様やお母様を参考にしながら。私は自然とそう思った。


それから私たちは全員で食堂に移り、朝食を取った。

弟妹たちから「クーちゃんはまだおねむなんですか？」と聞かれて、ようやくクリュスタルムのことを思い出す。

慌《あわ》てて寝室に戻れば、クリュスタルムは〈妾を置き去りにするとは　呪い殺されたいのかオーレリアァァ!!〉と、めちゃくちゃお怒りだった。

こんなところでまた闇魔術をぶっ放されると困るので、私はたくさん謝るはめになった。


〈妾を置き去りにした罰《ばつ》として　オーレリアとギルの外出に妾も付いていくぞ!〉

「貴様、今日はオーレリアが僕にチルトン領を案内してくださる日だということを承知《しょうち》での発言なのか⁉」

額《ひたい》の青筋《あおすじ》をピクピクと浮き上がらせながらギルが睨《にら》み付けるが、クリュスタルムは〈ふんっ!〉と拗ねた声を上げるだけだ。

「今日は私の弟妹たちにチヤホヤされなくてもいいの、クリュスタルム?」

宥《なだ》めるように尋ねてみると、水晶玉の中央に現れた薄墨色《うすずみいろ》の靄《もや》が揺れ動く。弟妹たちにチヤホヤされたいのは山々だが、私たちに放置されたのも腹が立つ、という心境らしい。

基本的にクリュスタルムは寂《さび》しがり屋で注目を浴びたがり屋で、一時でも忘れられるのは我慢がならないという性質のようだ。竜王の宝物殿で長年孤独だったこともあり、その性質に拍車《はくしゃ》がかかっているのかもしれない。

「朝はクリュスタルムのことを忘れたままで、本当にごめん。悪かったよ。私たちの外出に同行したいのなら連れて行ってあげる。弟妹たちとは明日からも遊べるんだし」

私がそうクリュスタルムに語りかければ、ギルは驚いた表情をして「オーレリア⁉」と声を上げる。

クリュスタルムは嬉しそうに水晶玉の中央に光をちらつかせて、〈うむ！　妾も外出するのじゃ！〉と答えた。

「オーレリア！　今日は夫婦水入らずで観光をするのではなかったのですか⁉」

「え？　夫婦水入らず？」

私の両肩を摑み、捨てられた子犬のような表情をする三十二歳児の言葉をつい繰り返してしまう。

「ギルと二人で外出する予定ではあったけれど、チルトン領で夫婦水入らずの状態は無理だと思う」

「は……？」

不思議そうに目をしばたたかせるギルに、私はこう答えるしかなかった。

「まぁ、屋敷の外に出ればわかるよ」

▽

「オーレリアお嬢様がチルトン領に帰っていらっしゃいやがったぞー‼」

「え⁉　オーレリアお嬢様じゃなくて、オーレリア夫人じゃないのかい、あんた？」

「なんだって⁉　もう離婚《りこん》して出戻って来ちゃったんですか、オーレリア様⁉　やっぱり嫁《とつ》ぎ先《さき》を爆破して追い出されちゃったんですね！」

「オーレリア様が未亡人《みぼうじん》になったたって⁉　ずいぶん年上の旦那と結婚したって聞いていたけれど、つまり旦那の遺産《いさん》が目当てだったたってわけか！」

「オーレリアお嬢様が夫を爆殺《ばくさつ》しちまったらしいぞー‼」

クリュスタルムをしっかりと斜めがけバッグに入れ、私たちは領地で一番賑《にぎ》やかな町の大通りに向かった。

かつては領民向けのお店ばかりが並ぶ大通りだったが、今では石像群目当てにやってくる観光客向けのお店もたくさん立ち並ぶようになっている。クリュスタルムは物珍《ものめずら》しそうに通りを眺め、〈なんと活気のある町なのじゃ！〉と感心していた。

そんな賑やかな大通りに一歩足を踏み入れれば、途端に店先や奥の民家から領民がわらわらと集まってきて、目の前でとんでもない伝言ゲームを始めたのだが。

なんなんですか、旦那を爆殺して遺産相続して出戻って来たって。どんな悪女《あくじょ》なんだ、私。

領民の騒ぎように、隣に立っているギルは目を白黒させている。

「……オーレリア、貴女は本当にチルトン侯爵家のご令嬢として、十六年間この領地で過ごされていたのですよね……？」

「私もご令嬢のつもりだったんだけれどさぁ。気付いたらこの有様で。誰も私のことをお父様のように敬《うやま》ってはくれないんだよね。なんでだろ」

「比較対象をお義父様にするのは流石に止めておいた方がいいですよ」

一ツ目羆を仕留めたり、石像群を作ったり。領地のために私なりに結構頑張《がんば》ったつもりなのだが、領民の態度はこれである。前世庶民《しょみん》なので、そこまで『ご令嬢として敬われたい欲』はないのだが、かつてのギルがバーベナのことを師匠呼びしてくれなくなった時を思い出してしまう不可解さだ。

とりあえず目の前の伝言ゲームを止めさせようと、私は片腕を上げて花火を一発打ち上げた。周囲の視線を集めるにはこれが一番である。

「みんな～！　私の横にいるこの黒髪眼鏡の男性に注目～っ!!　この人が私の愛しの旦那様、ギル・ロストロイ魔術伯爵様でーす!!!!」

私の発言に、領民が一気に騒ぎ出した。

「朗報《ろうほう》だぁぁぁ!!　オーレリアお嬢様の旦那様が生きていらっしゃいやがったぞー!!」

「まだ嫁ぎ先を爆破してなかったんですね！　もうっ、オーレリア様ったら、心配させないでくださいよー！」

「オーレリア夫人の旦那様、すっごく格好良いわ！」

嘘八百《うそはっぴゃく》の伝言ゲームが終了し、私はホッと胸を撫で下ろす。ギルと離婚なんて縁起《えんぎ》でもないからな。

「ロストロイ魔術伯爵様と言えば、先の戦争を終結に導いた英雄だぞ!!　皆、オーレリア様に対するような気安い態度を取るんじゃない！　オズウェル様に接するように礼儀《れいぎ》正しくしなきゃダメだぞ！」

「ま、まぁ……！　オーレリア様の旦那様って、そんなにすごい御方《おかた》だったのね⁉」

「おお、ロストロイ様……！」

「ロストロイ様ばんざーい！」

「ばんざーい‼」

ギルは領民からの突然の大歓迎に困惑しているが。かつての部下を戦争の英雄として崇《あが》められて、私は鼻高々《はなたかだか》である。

ギル、戦時中も戦後の今もすごく頑張ってるからな。納得の評価だ。

……ただちょっとだけ、結構長い間チルトン領の守護神として戦ってきた私のことも、英雄として敬ってくれても構わなかったのだけどなぁ、という気持ちになった。


というわけで私とギルが大通りを歩けば、領民に話しかけられ構われて、デートという雰囲気にはならなかった。たとえクリュスタルムが一緒にいなくても、『夫婦水入らずの観光』ではなかっただろう。

ギルは銀縁眼鏡《ぎんぶちめがね》の縁《ふち》に指を当てながら、「こういうわけだったのですね……」と遠い眼差しをした。

「そういえばバーベナがいた頃の魔術師団も、こんな感じでしたね。誰も彼もが貴女を信頼していて、気安く接し、貴女がいつも話題の中心にいました」

「私、なんか舐《な》められやすいタイプっぽいんだよねぇ」

「舐められているのとは、少し違う気もしますけれどね。だってオーレリアは爆破魔術という武器を持っていますから」

「じゃあなんで皆、あんな感じに私に接するんだろう？」

「きっと誰もが貴女を好いているのでしょう」

大通りを進むたびに声をかけてきたり手を振ってくる領民を見て、ギルは言った。

「オーレリアと一緒にいると楽しいですから。次は一体どんなことをやらかしてしまうのだろうと、見ていてヒヤヒヤすることもありますけれど。一緒にいて楽しくて、おかしくて、自然と笑顔になってしまうような相手って、人生でそんなに多く出会えるものではないです」

「おお。そう言われると、私って結構すごい人みたいに感じるね」

「僕は貴女のことを凄い方だと思っていますよ、昔から」

ギルは私の手を取り、両手でぎゅっと握った。

「……妬《や》けてしまいますね。貴女は昔から、僕だけの喜びではいてくださいません。他の誰もが貴女といることを楽しいと感じ、貴女の傍《そば》を求めるのですから」

そう言って拗ねたように目を細めるギルが——めちゃくちゃ可愛かった。

正直、ギルが何をそんなに妬いているのかはよく分からない。領民に好かれているからと言って、それ、恋愛的な意味じゃ全くないし。愉快《ゆかい》なお嬢さん的意味合いだし。こんな訳分かんないことで妬かれてたら、バーベナだったら絶対面倒《めんどう》くさがっていただろう。

でも、今の私はこんなギルを何故か許せてしまう。私の旦那、可愛いなぁ、とニヤニヤしてしまう。なんだろう、この気持ち。これが新婚というものだろうか？

胸の真ん中から込み上げてくる気持ちのせいで、足元がふわふわする。

私はギルの腕にぎゅっと抱きついた。

「妬く必要なんてまったくないぞ、ギル！　誰が私と一緒にいたがろうと、私の隣はギルにあげたから！」

私の中の特等席は君のものだ、ギル。

そんな気持ちでギルを見上げれば、ギルは真っ赤な顔をして別の場所を見ていた。

「ギル、愛しの嫁が良いことを言ったんだから、私とちゃんと目を合わせなよ」

「……いえ、その……っ！」

何がそんなに気になるんだと思ってギルの視線を追えば、ギルの腕と、その腕を挟む私の胸の谷間を見ていた。

「これは本来ギルが見たり揉《も》んだりしても何の問題もないものだから、そんなに過剰《かじょう》に反応しなくてもいいんだ」

「現時点では全く見たことも揉んだこともないので、そう仰っても無理ですね……」

眼鏡のレンズが若干曇《くも》ってしまったギルが、辛そうに言う。可哀そうに。

私たちの関係の進展を目下阻《もっかはば》んでいるクリュスタルムが、斜めがけバッグの中から叫んだ。

〈こんな往来《おうらい》でイチャつくのはやめるのじゃ！　清純が減ってしまうのじゃ！　そんなことよりも妾はもっとこの町が見てみたいのじゃー！〉

確かに往来でイチャつくのは通行の妨げになるので、私はギルの腕にしがみつくのを止めて彼の手を取った。ギルは残念な気持ちと安堵《あんど》の気持ちが入り交じった、非常に複雑な表情を浮かべたが、静かに私の手を握り返す。

〈まずはあの青い屋根の店が見てみたいのじゃっ〉

「はいはい」

クリュスタルムがねだる方向へと、私たちは足を進めることにした。

私の右手には魚の串焼きが二本、左手に石像群まんじゅう。ギルの右腕には石像群バーガーの紙袋が抱えられ、左手には石像群クレープを器用に二つ持っている。

クリュスタルムの望む方向へ散策《さんさく》していたら、領民から「これ、オーレリア様が嫁いだあとに販売開始したやつ！　食べてみて！」「今はこの魚が旬《しゅん》だから持っていきなよ」「石像の形をした焼き印を押しただけで、まんじゅうの売り上げが上がったんですよ～」などと言われ、次々に食べ物を頂いてしまった。

「オーレリアは本当に領民から好かれていますね」

「石像群の発案者だから、お裾《すそ》分けしてくれたんだと思う」

「そもそもなぜ石像群を制作することになったのですか？」

「……あれは私が十二歳になった、ある日のことだった」

領主館で開かれた有識者会議にて、商店街のリーダーが出席してこう訴えたのだ。

「チルトン領は他の領地に比べて、旅行客や観光客が少ないんです！　領民だけが細々と買い物をしても、商店街は冷え込む一方です。なにか観光の目玉を作るべきだと思います！」

有識者会議に出席していたのはお父様や財務の役人（領地経営の専門家）、私（爆破の専門家）、兼業農業のおじいちゃん（地形学の専門家）や教会の神父様（宗教の専門家）など、総勢二十人くらいだった。

お父様は全員の顔を見ながら、「何か案のある者はおるか？」と尋ねたが、皆一様に頭を抱えるだけだった。当時のチルトン領にはこれといった観光名所も名産品もなく、人を呼んで領地にお金を落としてもらえるような魅力《みりょく》はなかったのだ。そして予算もなかった。

そんな中で私がひらめいたのが、山間部の崖《がけ》にたくさんの石像を彫ることだった。

「神父様が石像のデザインをしてくれて、地形学のおじいちゃんが崖の性質を調べてくれて、私が爆破で崖を彫《ほ》ることになったの。予算も人件費や瓦礫《がれき》の処理くらいで結構抑えられそうだったから、お父様がゴーサインを出してくださったというわけ」

「ガイルズ陛下に呼び出された、歴史詐称《さしょう》問題はなんだったのですか？」

「新品の石像より、古代の石像の方が価値があるからに決まってるじゃん」

「……オーレリアがチルトン領での暮らしを本気で謳歌《おうか》していたのは、よく分かりました」

そのおかげで今ではチルトン領の大通りにはたくさんの観光客が行き交い、賑《にぎ》やかになった。石像群と銘《めい》打たれたお土産品や食べ歩きグルメがどんどん売れているようだ。

中には『あの国王陛下が「マジうめぇ」と絶賛《ぜっさん》したグルメの店！』という看板《かんばん》を掲げたお店も十五軒ほど見かけた。陛下、食べすぎじゃないですか？

活気に溢れたチルトン領を見るとホッとする。私はもうこの領地から嫁いだ身だけれど、皆が笑ってたくましく生きているのを今でもちゃんと知ることが出来て嬉しい。

「おっと。オーレリア、このクレープは早めに食べないとクリームが溶けそうですよ」

「確か、あっちにある果汁水のお店の前に、テーブルやベンチがたくさん並んでいたと思う」

〈休憩するのなら　妾をバッグから出してほしいのじゃ！〉

「喋る水晶玉が出てきたら、領民の腰が抜けてしまわないだろうか？　いや、皆メンタル強いからきっと大丈夫」

私の記憶の通り、果汁水のお店の前にはパラソル付きのテーブル席がたくさん設置されていた。観光客や地元のお客で賑わっている。

「では僕が飲み物を注文してきます」とギルが果汁水を買いに出掛け、私は空いているテーブル席を探すことにした。

「あー！　オーレリア様っ⁉　オーレリア様だぁ‼」

「あれ、もしかしてメアリー？　大きくなったね」

懐《なつ》かしい顔がテーブル席にいた。貴族令嬢のたしなみとして孤児院の奉仕活動を行っていて、そのとき仲良くなった孤児のメアリーである。

メアリーとのあいだには色んな思い出があるが、その中でも特に、一ツ目羆に遭遇した時のことが印象深い。孤児院の子供たちと一緒に森へ野イチゴを摘《つ》みに行き、その際にメアリーが白い貝殻《かいがら》のイヤリングを落としてしまい、不運にもそのイヤリングを一ツ目羆が拾ってしまったのである。

一ツ目羆は人間の天敵なので爆破しようと思ったのだが。

「オーレリアお嬢様、メアリーのイヤリングは壊さないよね？　漁港で二時間も探した白い貝殻を、シスターにイヤリングに加工してもらったお気に入りなんだよ」

メアリーは幼いながらに大変なおしゃれ女子であった。

「……んっん～～。壊しちゃうかも……」

「絶対いや。イヤリングは壊さないでね！」

イヤリングを壊さないように爆破するのはちょっと難しい。何か他に方法がないか、私は頭を悩ませた。だが一ツ目羆は待ってはくれない。

「あっ！　オーレリアお嬢様、熊さんがこっちに走ってきたよ！」

「熊さん、足すっごく速いねぇ」

子供たちののんびりとした実況に私は慌て、側にいたチルトン家の護衛から銃《じゅう》を引ったくった。

「ごめん、コレ借りるから！」

銃に魔術式を組み込み、即席魔銃《そくせきまじゅう》を作る。打てるのは一発限りなので、一ツ目羆の急所を狙って、さくっと仕留めないといけない。

私はこちらに向かって走ってくる一ツ目羆の眉間《みけん》を狙ったのだが……。目玉が一つだけなので、眉間がどこなのか全く分からなかった。

悩んでいる内にどんどん一ツ目羆との距離が縮まってくる。

「えーい、ままよ！」

ということで私は適当に魔銃をぶっ放し、上手いこと一ッ目羆の巨大な目玉を撃ち抜いた。魔弾はそのまま脳へと貫通し、爆破魔術が発動する。脳だけを破壊された一ッ目羆はそのまま後方へと倒れ込み、メアリーのイヤリングを無事に回収することができたのだった。

そして副産物として一ッ目羆の立派な剝製《はくせい》を作ることができ、今ではロストロイ家の守り神となっているわけである。

そんなふうにおしゃれ女子だったメアリーは、今では十四歳に成長し、すでに白い貝殻のイヤリングは卒業していたが、代わりに花の形の可愛らしいイヤリングをつけていた。私はそれを微笑《ほほえ》ましい気持ちで、ニコニコと眺める。

するとメアリーは、「どうしたんですか、オーレリア様。そのとんでもないピアス。五歳児みたいですよ」と私の耳元を見て言った。

私のハートのピアスに関しては放っておいてくれ。ダサさに比例して夫の愛が詰まっているのだよ……。

「メアリーたちは何をしているの?」

旦那と里帰り中だと説明し終わったあとで、私はメアリーに尋ねた。

メアリーが座るテーブル席には他に少女が三人いて、果汁水の入った木製カップが人数分と、たくさんの糸が散らばっていた。メアリーたちは私と話している間もずっと熱心に手を動かし、糸を編んでいる。

「何って、もちろん組紐作りですよ。もうすぐ『朔月花祭り』ですからねっ」

「ああ、その組紐かぁ」

古来の若者たちの出会いの機会であった『朔月花祭り』は、今では告白イベントに変化している。朔月花が咲く群生地で意中の男性から告白された場合に備えて、メアリーたちは返事の代わりになる組紐を編んでいたのだ。

「ユージーンに告白されたらどうする？」

「あたしは絶対にエディに告白されてみせるわ！　それでエディの瞳と同じこの水色の組紐を渡すのよ」

「雑貨屋に勤めてる娘も、エディ狙いだって聞いたよ？　しかも編んでる組紐も水色だって」

「やだぁ、ライバルじゃん」

メアリーたちは恋の悩みを口にしては、頭を抱えたり、慰《なぐさ》め合ったりと忙しい。それでも決して組紐を編む手は止めなかった。

皆、なんともまぁ可愛らしいことだ。斜めがけバッグの中のクリュスタルムも〈生娘の真心というわけじゃな！　なんとも愛らしいのぉ〉と、うっとりとした声を上げている。

「え？　今、オーレリア様の鞄《かばん》から声が聞こえてきた!?」

「あたしも聞こえたっ！　小さな女の子みたいな声！」

メアリーたちが騒ぐので、クリュスタルムを取り出してみる。

クリュスタルムはうら若き乙女たちを見上げ、〈生娘であることは尊《とうと》いが　妾の好みではないのじゃ〉と、大変ブラックなことを言い出した。

「やだー、なにこれー、すっごく可愛い!!　メアリー、こういう綺麗なもの、好き!」

「キラキラして、ちっちゃな女の子がお婆ちゃんみたいな喋り方してる!　ウケル!」

「王都ってこういう水晶玉が流行りなんですか、オーレリア様⁉」

「あたしもペットの代わりにこういうの欲しい～」

皆、スプーンが転がっても可笑《おか》しいお年頃のようで、クリュスタルムの暴言《ぼうげん》などなんのその。楽しげに笑っている。

「オーレリア様は作らないんですか、組紐」

「私が?　もう既婚者なんだけれど」

「もちろん旦那様にですよ!　この時期に里帰りするなら、お祭りに参加するんでしょう?」

メアリーにそんなことを話し掛けられていると、果汁水店から飲み物を買ってきたギルがやって来た。

「席は見つかりましたか、オーレリア?　この辺りのテーブルはすでに埋まっているようですが」

「ごめん、ギル。まだ見つけてない」

私はクリュスタルムを回収し、手が止まってしまったメアリーたちに声を掛ける。

「じゃあ私、席を探さなきゃいけないから、またね。組紐作り頑張って」

「……あ、はい」

「……お気をつけて」

「……さようなら」

「……お元気で」

メアリーたちは呆然とギルを見上げたまま固まっていた。さっきまでの十代女子パワーはどこに消えてしまったのかという静かさだった。

しかし、私とギルが彼女たちのテーブルを離れると、歓声《かんせい》が上がった。

「きゃぁぁぁぁ!! オーレリア様の旦那様見たっ⁉ すっごく格好良い!! 優しそう!!」

「チルトン侯爵様並みに素敵じゃない⁉」

「目の前に現れただけでめちゃくちゃ緊張しちゃった!!」

「あんなカッコいい人、チルトン領にいないよ〜!!」

彼女たちのかしましい声が聞こえてくる。

なるほど。それで静まり返ったのかと納得して、私はまた微笑ましい気持ちになった。


パンとお肉とチーズと豆のペーストと茶色いソースで地層を表現したという『石像群バーガー』は、野菜を一切入れないというとんでもない代物だったけれど美味しかった。石像群関係無しに、野菜嫌いの人から高評価らしい。

ギルは『石像群まんじゅう』が気に入ったみたいで、二つも食べていた。

領民から頂いた食べ物を食べ終わると、私たちはようやく石像群へ向かうことにした。

石像群がある山間部へは、乗り合い馬車や普通の馬車、貸し出し用の馬などが用意されている。

馬車を借りてもいいのだが、石像群は全長一キロにも及《およ》ぶ大作なので、馬車から降りたあとに歩いて観光するのはまぁまぁ大変だ。馬は山間部に到着後もそのまま乗れるので、私たちは馬を借りていくことにした。

私はバーベナの頃の癖《くせ》でさっさと馬に乗ると、鞍《くら》の後方に下がり、ギルが前に乗れるように前方を開けた。

「ほら、ギル。前に乗っていいよ」

「オーレリア、僕をいくつだと思っているのですか？　さすがにもう一人で馬に乗れます！」

「えぇっ」

昔のギルは乗馬が苦手だった。たぶん男爵家では習わなかったのが原因だろう。

戦時中だったのもあり、ギルが一人で乗馬しなければならない時もあったが、見ているこちらがハラハラするような乗り方だった。そのため一緒に移動出来る時は、ギルを私の馬に乗せてあげていたのだが。

私がいない間に上手になったのか。偉《えら》いなぁ、ギル。

「すごいじゃん、ギル。じゃあ、もう一頭馬を借りようか」

「いえ。オーレリアが前に移動してください」

ギルは鐙《あぶみ》に足を掛けると、器用に私の後ろへと乗り上げてきた。

「今日は僕が馬を走らせますので、オーレリアは安心して前に乗っていてください」

ギルはそう言って両腕を私の脇腹の横に通し、馬の手綱《たづな》を握った。

とりあえず私はクリュスタルムが入った鞄の位置を確かめ、揺れで落とさないように注意する。

ギルが慣れたように馬に出発の合図を出すと、馬はスムーズに走り出した。

本当に危なげなく馬を操っていることへの驚きと感動がごちゃまぜになり、私は「ギル、すごい！」「ちゃんと安全に馬を操縦できてるよ！」「成長したねぇ」と、何度もはしゃいだ声をあげてしまった。

馬を御《ぎょ》すのに集中しているギルの側でうるさかったかな、と思ったが、彼は満更《まんざら》でもなさそうな声で「今の僕なら、貴女のことをどこへでも連れて行って差し上げられますよ」と答えた。

背中からギルの体温や息遣《いきづか》いが伝わってきて、とても安心する。

なんだかギルにもっとくっつきたくなって、背中をギルの胸板へと押し当てた。

「どうしたんですか、オーレリア？　疲れましたか？」

まだ馬に乗ってからそれほど時間も経っていないのに、ギルはそんな心配をしてくれた。

「ううん、疲れてないよ。ただ頼もしい私の旦那様にくっつきたくなっただけ」

私はそう答えた。

「ギルに馬に乗せてもらうのもいいね。背中にギルがいるせいか、後ろから抱き締められているみたいですごく安心する。すっごく幸せ」

「…………」

「あと、十六歳までのギルしか知らなかったけれど、こんなに立派《りっぱ》な男の人に成長したんだなぁってドキドキする」

「…………何故そういうことを、馬に乗っている最中に言うんですか貴女はっ⁉」

「え？　今思ったから、今言っただけなんだけれど」

なんだか死にそうな声を出し始めたギルに驚いて、振り向こうとすれば。

「今は絶対に振り向かないでください……っ!!」

と、彼はさらに切羽詰《せっぱつ》まった声をあげた。

急に何があったんだ、ギルよ。

首を傾《かし》げようとしたが、ふいに手綱を握るギルの手が視界に入った。その男性らしい骨張った手の甲は、真っ赤になっている。

はっは～ん。私の夫はなんとも可愛らしいことで。

▽

〈この延々《えんえん》続く巨大な像の群れを　オーレリアが作ったというのか⁉　見事な出来じゃのぉ　実に根気のいる作業だったじゃろう〉

「いや、指示された箇所《かしょ》を爆破魔術でドカーンってしただけだけれど」

「オーレリアの爆破魔術は並大抵の魔術師では辿り着けない境地《きょうち》まで極めていますよね」

「気が付いたら爆破のプロになっていて……。あれ？　これ、昔『チルトン領のおたより』のインタビューで答えたな」

「なんですか、それ？」

私たちは馬に乗ってゆっくりと道を歩きながら、石像群を見上げた。

リドギア王国が信仰する神々の巨大な像や、聖書に登場するエピソードが盛り沢山に彫り込まれた全長一キロの崖は、制作者の一人である私の目から見ても見事な出来だ。

お父様が学者たちに歴史偽造がバレたとおっしゃっていたけれど、学者たちもよくこんな立派な石像群を見た上で歴史の捏造《ねつぞう》に気が付いたなぁ。学者ってすごいんだなぁ。

他の観光客も石像群を見て、感心した様子で道を進んでいる。私たちのように馬に乗っている人もいれば、歩きの人もいる。いつの間にか人力車も導入したらしく、力自慢の若者たちが働いていた。ガイド役も練り歩いており、観光客に質問されると色々答えているようだ。

道の脇《わき》には観光客向けの飲食店やお土産屋さんがチラホラあり、疲れたお客さんにお茶を出していた。

チルトン領有識者会議で町興しに頭を抱えていた日のことが、本当に遠い昔のように思える。

領地の繁盛《はんじょう》っぷりを誇らしく思っていると、道の途中でこれまた懐かしい二人組に出会った。

「おや、オーレリア様。チルトン領へ里帰りなされていたのですね。おかえりなさい」

「オーレリアお嬢様……じゃなくて、今はオーレリア夫人だったな！　お元気そうでなによりだ！」

「神父様！　地形学のおじいちゃん！」

かつて一緒に石像群を作り上げた、神父様と地形学のおじいちゃんだ。

ギルに二人のことを紹介してから、「石像群の管理ですか？」と私は二人に尋ねる。

「いいえ。我々はこの先にある、朔月花の群生地へ向かう予定なのですよ」

「祭りの準備のために集まっているのさ。チルトン侯爵様やアシル坊っちゃまもいらっしゃっているはずだぜ、オーレリア夫人」

そういえばお祭りの開催場所である朔月花の群生地は、ここから少し離れた場所にあるのだった。

私は馬に乗ったまま、ギルに振り返った。

「ねぇギル！　石像群を見終わったら、私たちも群生地へ行ってみない？　まだ花は咲いていないけれど、お父様たちもいらっしゃるし、景色の良い場所だよ」

「もちろん構いませんよ。オーレリアにとって懐かしい人たちが集まっているのならばご挨拶がしたいですし、貴女の思い出の場所を僕も知りたいですから」

「ありがとう、ギル！」

「では、また後程」「先に儂《わし》らは行っているからな、オーレリア夫人！」と去っていく二人を見送り、私たちは残りの石像群を見ることにした。


石像群を観光し終えると、私の道案内でギルが馬を走らせ、朔月花の群生地に到着した。

群生地の入り口の方では、神父様や地形学のおじいちゃんをはじめとした領民がお祭りの準備をしていた。当日に楽器の演奏や歌が披露されるので、そのための野外ステージを建てているのだ。

その脇ではダンススペースを作るために子供たちがせっせと草むしりをしていた。

けれど、例年のお祭りの準備の時より人が少なく感じる。石像群の人気のおかげで観光客が多くて忙しいから、お祭りの準備に来られない領民が多いのだろうか？

神父様にお父様や弟妹たちの居場所を尋ねると、群生地の中の方にいらっしゃるとのこと。私とギルは馬を預け、手を繋いでそちらに向かうことにした。

「あれ……？」

私は朔月花の茎《くき》や葉っぱを眺めながら、首を傾げる。

「どうかしましたか、オーレリア」

〈何事じゃ？〉

周囲の風景を楽しんでいたギルとクリュスタルムが、私の声に反応してくれた。

「なんだか、朔月花の蕾《つぼみ》がちっとも見当たらないみたい」

朔月花は真夏の新月の夜にだけ咲く、ロマンチックな植物だ。リドギア王国ではそこまで珍しい植物ではないけれど、領民からとても大事にされてきた。その甲斐あって、朔月花は毎年お祭りの夜に盛大に咲いてくれていた。

けれど今年は花の蕾が見当たらない。たまに葉っぱの裏に隠れている蕾を見つけても、すごく小さい。例年ならすでにたくさんの蕾をつけている時期なのに。不安が過《よぎ》る。

「メアリーたちも組紐を編んで、お祭りを心待ちにしているんだけれどなぁ。大丈夫かな……」

「先程、果汁水店の側で話していた子供たちのことですね。組紐は何かお祭りに関係があるのですか？」

「朔月花祭りは、チルトン領の若者の一大告白イベントなんだよね。男性から告白された女性は、返事の代わりに組紐を贈るという風習があるの」

私がさらっと説明すると、ギルは手を繋いでいない方の手を顎《あご》に当てて、ちょっと思案気《しあんげ》な表情になった。

「あっ。お父様たちがいる！　朔月花についてお父様に聞いてみよう！　行こう、ギル」

「えっ、……ええ。分かりました」

ぼんやりしていたギルの手を引いて、私はお父様のオリーブグリーンの髪を目印に群生地の中を歩いていった。

「ヤマタノオオガメが、川の上流にここ最近までずっといた？」

「ああ。そのせいで川の流れがかなり塞《せ》き止められてしまってな。生活用水や農業用水を確保するのに少々難儀《なんぎ》しておったのだ。だが先週になってようやくヤマタノオオガメが上流から移動したので、川の流れが元通りになったのだ。だが、朔月花の群生地はこの有様というわけだ……」

お父様が眉間《みけん》にシワを寄せながら、周囲に視線を向けた。

ヤマタノオオガメは首が八つに分かれて頭も八個ある、巨大な亀《かめ》だ。一ツ目羆のように人を襲ったり、農作物を荒らす生き物ではないので、討伐対象外になっている。

地域によってはヤマタノオオガメを長寿《ちょうじゅ》や子孫繁栄《しそんはんえい》を司《つかさど》る聖獣《せいじゅう》として崇めているので、そういった理由からも手が出せない生き物だ。だからお父様も、ヤマタノオオガメが自ら移動するのを待つしかなかったのだろう。

「新月までになんとか蕾の数を増やそうと、人の手で朔月花に水を与えているのだがなぁ。ヤマタノオオガメが滞在した場所が荒らされて、そこにも人を遣《や》っている関係で人手が足りんのだ」

「だからお祭りの会場準備にいつもより人が少なかったのですか？」

「うむ」

ヤマタノオオガメが滞在していたという川の上流には、天然のダム湖がある。たぶんそこが荒らされてしまったのだろう。

ヤマタノオオガメは人家並みに巨大だ。少し移動するだけで木々を薙《な》ぎ倒し、岩を粉砕《ふんさい》してしまう。ヤマタノオオガメはダム湖でちょっと泳いでいただけのつもりだったのかもしれないが、色々破壊されてしまったのだろう。まぁ、チルトン領に棲《す》みつかなかっただけ良かったと考えるべきか。

「今回は私の爆破魔術では、お父様のお役に立てそうにないですね……」

「オーレリアが気にすることではない。お前は嫁に行った身であるし、何事にも向き不向きというものがある」

破壊の限りを尽くすことなら得意なんだけれどなぁ、本当に。

そんな暗黒の帝王みたいなことを私が考えている横で、ギルが声を上げた。

「川の上流の修復でしたら、僕が手伝いましょうか？　実際に現場を見てみなければ分かりませんが、土魔術で直せると思います」

バーベナの頃、爆破の限りを尽くした場所をまだ少年だったギルがよく修復してくれたっけ……。

私の旦那様、頼もしいなぁ。

「本当かね、ギル君⁉」

助かったという表情でお父様はギルを見つめた。

ギルは私でもあまり見たことのないような爽《さわ》やかな笑みをお父様に向けた。

「はい。ここは僕の妻の大事な故郷ですから、僕も皆さんのお役に立ちたいのです」

「かたじけない、ギル君！　とても助かる」

「有り難きお言葉です、お義父様。オーレリアとの縁を結んでくださったお義父様には、一生をかけても返しきれないご恩がありますから。僕の力が必要でしたら、なんでもおっしゃってくださいっ‼」

「……いや、そこまで重く考えなくていいのだが」

ギルの勢いにお父様は若干引《じゃっかん》きぎみだったが、再度感謝の言葉を伝えた。

〈朔月花に蕾をつけさせたいのなら簡単じゃぞ！　妾を使えばよいのじゃ！〉

さらに斜めがけバッグの中からクリュスタルムがそう言った。

バッグから取り出すと、水晶玉の中がキラキラ光っている。

〈妾は豊穣の宝玉なのじゃ‼　妾ならこの程度の育成は朝飯前じゃ‼〉

「有り難い申し出なんだけれど、クリュスタルムを勝手に使ったら、国際問題に発展したりしない？　君、隣国トルスマン皇国の宝玉でしょ」

〈ハンッ！　妾がいいと言うておるのじゃ！〉

悩む私より早く、お父様が許可を出した。

「チルトン領領主オズウェル・チルトンが、正式に豊穣の宝玉クリュスタルムへ依頼しよう。そなたの望む報奨を差し上げるし、トルスマン皇国へも金品をお渡しすると約束する。だから、そなたの力でこの地の朔月花の育成を促してはくれんか？」

〈お主《ぬし》はオーレリアやその弟妹たちの良き父親じゃ　報奨などいらぬのじゃ　そして我が国にも金品など要求させせぬ〉

クリュスタルムはそう言うと、私に水晶玉を捧《ささ》げ持つようにと注文した。

〈たまには力を使って　皆からさらにチヤホヤされねばなっ！〉

「それがクリュスタルムの本音かぁ」

クリュスタルムは〈ふははははは!!〉と高笑いを上げながら、その本体から激しい閃光《せんこう》を放った。

目を開けていられないほどの白い光が、一瞬で朔月花の群生地に広がる。

周囲からお父様や弟妹たちの驚きの声が聞こえてきたが、目がチカチカして確認出来ない。

思わず足元がふらついてしまった私の体を、ギルが「大丈夫ですか、オーレリア!?」と支えてくれた。私の近くにいたギルも、たぶん目がチカチカして大変だろうに。優しい。

視界が正常に戻ってから周囲を見回せば、先程まで蕾が全然見当たらなかった朔月花に、大きな蕾がたくさんついていた。

これだけあるならば、お祭りの夜に一斉に咲く姿は見ごたえのあるものになるだろう。

「おおっ！　さすがは豊穣の宝玉だ。朔月花に例年以上の蕾がついておるぞ！」

「クーちゃん、凄いですね！」

「クーちゃん、ありがとう!!」

〈童たちよ　もっと妾を崇め奉《たてまつ》るのじゃ～！〉

お父様や弟妹たちが喜び、祭りの準備をしていた領民も朔月花の蕾を見て歓声をあげている。クリュスタルムは私の弟妹たちの手に移り、たくさんチヤホヤされて満足げだ。

「僕もクリュスタルムに負けてはいられませんね。役に立つ夫であることを、チルトン家や領民の皆さんに示さなくては！」

私はギルに「勝ち負けなんかないから気にしなくていいよ」と言ったのだけれど。ギルはそのままお父様に連れられて、ヤマタノオオガメが壊してしまったという川の上流へ向かっていった。


ギルはお父様と一緒に修復作業に行ってしまったし、クリュスタルムは弟妹たちと遊んでいる。一人になってしまったので、お祭りの設営でも手伝おうかな。

「あれ？　またオーレリア様だ！」

「さっきぶりだね、メアリー」

二時間ほど前に果汁水屋さんの前で会ったメアリーとまた再会した。どうやらお友達とはあそこで別れたらしく、一人の様子だ。

メアリーは私の周囲をきょろきょろ見回し、「あのイケメンの旦那様は？」と尋ねてくる。

「ギルはヤマタノオオガメが破壊したところを直す手伝いに出掛けたよ」

「ああ、上流のところね。格好良い上に働き者の素敵な旦那様だね！　メアリーもそういう旦那様が欲しいなぁ。素敵な男性を摑まえる秘訣《ひけつ》を教えてくださいよ、オーレリア様」

「まず、屋敷を爆破します。すると心優しいお父様が『こんな娘を嫁に出せる家はどこだ⁉』と必死になって嫁入り先を探してくれます」

「微塵《みじん》も参考にならないんですけれどぉ」

私もそんな気はしたよ。

「それじゃあオーレリア様は今、一人で何をしてるんですか？」

「暇だからステージ設営でも手伝えないかなぁと思って」

「オーレリア様は全部爆破しちゃいそうだから、誰も設営は手伝わせてくれないと思う」

「えぇー。じゃあ何をして待とうかなぁ。ちなみにメアリーは何をしにここに来たの？」

「メアリーは神父様に子供たちのことで連絡があって来たの。それもさっき終わったけれど」

孤児院育ちのメアリーは、今は大通りにあるお店で住み込みで働いているらしい。けれど孤児院へもまめに顔を出し、子供たちの世話を手伝っているとのこと。メアリーはいい子だねぇ。屋敷を爆破しなくてもきっと素敵な人と結婚すると思うよ。

「そうだ、オーレリア様！　暇ならメアリーと一緒に組紐を編みましょうよ！」

「組紐って、さっきメアリーがお友達と作っていたやつ？」

「うん。こういうのは皆で恋バナしながらやらないと、メアリーは頑張れないから。オーレリア様に材料あげるから、一緒に作りましょ！」

「ふーん。いいよ」

メアリーに促されて、設営の道具や材料が入っていた空の木箱をテーブルと椅子代わりにし、組紐編みを始める。メアリーは様々な色の糸を持っていて、「好きな糸を使って、オーレリア様」と私に勧めてくれた。

「最近の流行りの組紐はねぇ、自分と相手の瞳の色の二色で糸を編んだやつですよ」

「私とギルの瞳の色だと、アッシュグレーと黒で暗い気がするんだけれど平気かな？」

「男性が使う組紐としては使いやすいと思う。メアリーなんて、オレンジとピンクという摩訶《まか》不思議カラーだし」

「メアリーの瞳はオレンジだから、狙っている男の子、ピンクの瞳なんだ。珍し……。あーっ‼ 私、メアリーの相手が誰か分かったたっ‼」

「言わないでぇ！　口に出さないでぇ！　心にそっと秘めておいてぇぇぇ！」

「なんだよメアリーったら、素敵な旦那が欲しいとか言っておいて。すでに素敵な人を見つけてるんじゃん。ぴゅ～っ、ぴゅ～っ」

「オーレリア様、口笛《くちぶえ》下手《へた》過ぎ」

そんなふうに恋バナを楽しみつつ、組紐を編んでいく。

メアリーは私の手元を見ながら、「オーレリア様って爆破魔術以外のことも出来るんだね～」と無邪気《むじゃき》に言った。

前世は庶民《しょみん》暮らしだったから、料理も掃除《そうじ》も裁縫《さいほう》も一通り出来るよ。他人からあんまり信じてもらえないんだけれどさ。

組紐を半分ほど編んだところで、ギルがお父様と共にこちらへ戻ってくるのが見えた。

「あ、オーレリア様の旦那様だ。ほらオーレリア様、早く旦那様のところへ戻った方がいいよ」

「うん。組紐作りに誘ってくれてありがとう、メアリー。材料ももらっちゃって、悪いね」

「いいよ、そんなこと気にしなくて。オーレリア様は昔、白い貝殻のイヤリングを一ツ目羆から取り返してくれた、メアリーのヒーローだもん」

そう言って愛らしく笑うメアリーに手を振り、私は作り途中《とちゅう》の組紐をポケットに仕舞う。そして、お父様や領民に囲まれてお礼を言われているギルの元へと向かった。

ギルはヤマタノオオガメが破壊してしまった箇所を、土魔術でちゃちゃっと直してきたらしい。一緒に付いていったお父様や、自力で復旧作業をしようとしていた領民から、ギルは称賛《しょうさん》の嵐を受けた。

私もとても誇らしい気持ちになり、いっぱいギルの頭を撫でてあげた。

▽

それから数日、私はギルをチルトン領の色んな場所に案内した。クリュスタルムが私たちに同行したのは最初の一日だけであとは弟妹たちと遊んでくれたので、ギルと二人で観光を楽しむことができた。

「実に立派な川ですね。川幅が広くてまっすぐです」

「ここは昔はもっと細くて蛇行《だこう》した川が複数流れていてね、雨季《うき》に氾濫《はんらん》するから一帯にある川全部『暴れ川』って呼ばれていたんだよ。でも私が八歳の頃に、ばーちゃんから『あと三日で大洪水です』って御告《おつ》げを受けて、当時趣味《しゅみ》で地形学をやってたおじいちゃんと作ったんだ。この新しい川を」

「石像群だけではなく、川まで作ってしまうとは……」

あの時は大変だったなぁ。ばーちゃんに無茶振りされて、すぐさま地形学のおじいちゃんのもとに向かったんだよなぁ。

当時のおじいちゃんは地形学研究よりほとんど農業で生計《せいけい》を立てていたのだが、領地視察で出会ったときに「昔はここに大きな沼《ぬま》があった」とか「百年前に大きな土砂災害があったという文献《ぶんけん》が残っている」とか、チルトン領のことをよく知っていて、頼るならあのおじいちゃんしかいないと思ったのだ。

「地形学のおじいちゃーんっ！　大至急、大雨が降ったとき決壊《けっかい》しそうな川の場所を特定してくださーい！」

突然家にやって来た領主の娘の無茶振りに、おじいちゃんはニヤリと笑った。

「そんなもん、とっくの昔に調査済みだ！　オーレリアお嬢様、刮目《かつもく》せよ!!　毎年調整を加えて完成した最新のハザードマップがこれだっっっっ!!」

「さすが兼業地形学研究家!!」

私は三日後に来る大雨までというタイムリミットの中、地形学のおじいちゃんと一緒に領地中を駆け回った。

川の決壊しやすい場所を爆破して川幅を広げたり。「ここは本流と支流の流れの速さが違ってな。支流の水が本流に流れ込めず、バックウォーター現象が起きて洪水になりやすい箇所だ」と言われて、なんと川の合流地点をさらに下流に作り直す作業を敢行《かんこう》した。

最後に念のため、お父様に避難勧告《ひなんかんこく》を出してもらおうと執務室《しつむしつ》へ訪れたら、めちゃくちゃ怒られたっけ。

「オーレリア、『ここ数日、お宅のお嬢様が領地中の川や土地を爆破している。どんな子育てをすればあんな子に育つんだ』と領民からクレームが上がってきておるぞ！　いったいどういうことなのだ!?」

「夢の中でおばーちゃんの御告げを受けまして。あと半日でチルトン領に大雨が降ります！　地形学研究家のおじいちゃんと一緒に川の危険な箇所を、魔術でドカンドカンと工事しておきました！」

「な、なんと、曾祖母《そうそぼ》オーレリア様が、この子に本当に加護を与えてくださったのか……！」

いや、チルトン家のひいばーちゃんではなく、バーベナのばーちゃんの方ですね。

「予算や人材の都合でまだ河川工事まで出来ずにおったが、大雨で大災害が起きれば、より大変なことになっておったな……」

「お父様、念のため、川の近くに住む領民に避難勧告を出してください」

「そうだな。よし、急いで避難勧告を出し、領主館の大ホールを領民に開放しよう。兵たちにも指令を出さねば。よくやったぞ、オーレリア。しかしせめて事前報告せいっ!!」

「はーい、お父様」

こうしてチルトン領は大洪水を免《まぬが》れ、おじいちゃんはお父様から表彰されて、今では地形学研究家の方が本業の兼業農家になったのである。今度は農業を趣味にしたらしい。

「だから今は『暴れ川』じゃなくて『爆破川』って呼ばれてるの」

「由来は違うはずなのに、名称はあまり変わった気がしませんね」


「ここはチルトン領で一番大きな漁港だよ～」

「活気にあふれていますね。あの大きな建物は漁港のものですか？　……あれ、石壁に銃弾《じゅうだん》の跡があるような気が……」

「前にトルスマン皇国の海賊が来たことがあって……」

私が十四歳の頃、チルトン領は空前のダイヤモンドラッシュに沸いていた。

そもそもどうしてダイヤモンドラッシュが起こったかというと、私がチルトン家の屋根を吹っ飛ばしたからである。

「ごめんなさい、お父様！　魔術の新しい論文を試してみようとしたら、失敗して屋敷の屋根をぶち壊しちゃいました！」

「オーレリアぁぁぁ!!!!　そこに正座《せいざ》せいっっっ!!!!」

「本当に申し訳ありませんでしたー!!!!」

お父様にめちゃくちゃ怒られたあと、罰としてチルトン鉱山に新しい坑道《こうどう》を造ってこいと言われ、指示通りの場所を爆破した結果、なんとダイヤモンドの原石がゴロゴロと出てきた。

これにはお父様も大喜びで、「でかしたぞ、オーレリア!!　おまえの爆破魔術もたまには役に立つわい!!」と一発で機嫌を直してくれたし、屋敷の屋根も無事に修理することが出来たのだ。

で、空前のダイヤモンドラッシュのなにが問題かというと、人手不足である。

私も貴族令嬢なので日々の習い事もあるから、そんなに毎日鉱山で爆破ばかり出来ない。鉱山の人員増加をしようと募集をかけても、危険な仕事にすぐに人は集まらない。

どうしたものかとお父様と一緒に頭を抱えていた時、執事《しつじ》が血相《けっそう》を変えて執務室に飛び込んできた。

「大変でございます、旦那様！　オーレリアお嬢様！」

「どうしたのだ、執事よ」

「何ごとですか？」

「領内に海賊が現れました！　どうやらトルスマン皇国の元漁師たちが漁だけでは食べていけなくなったせいで、あちらこちらで海賊行為をしていたようです！　ついにチルトン領までやって来ました……！」

お父様がすぐさま「こちらの被害や、海賊の装備は？」と質問した。

「現在漁港を占拠《せんきょ》し、港にいた漁師や加工作業をしていた婦人たちを人質にしている模様です。今のところ人質に怪我人などはいないようですが、海賊たちは剣だけではなく、戦時中に使われていた銃も多く所持していると目撃情報が上がっております！」

戦争で使われていた銃が回収しきれず、犯罪行為やテロ活動に使われてしまっているのでなかなか治安が戻らないのである。困ったものだ。

「……オーレリア」

「はい、お父様」

かつて王国軍少将《しょうしょう》であったお父様が、アッシュグレーの瞳をギラギラさせている。どうやら戦闘モードに入ったようだ。

「行くぞ。海賊共を全員引っ捕らえて、鉱山送りにしてくれるわいっ‼」

「一石二鳥《いっせきにちょう》ですね、お父様！」

そして私は数人の兵を護衛として引き連れ、海賊が占拠しているという漁港組合の建物正面玄関へと向かった。

漁港の周囲は兵たちに規制線を張ってもらったのだが、領民が野次馬《やじうま》に集まっていて大変だった。

「海賊は銃を持っているから危ないよー！　みんな下がって！」

と、私は必死に警告したのだが。

「オーレリアお嬢様〜！　海賊を燃やしちまってくださーい！」

「きゃーっ！　最強の爆弾魔《ボマー》オーレリアお嬢様の出番が来たわよー！　きゃー！」

「オーレリアお嬢様よりおっかない銃火器《じゅうかき》なんてこの世に存在しないよ！　人型最終兵器お嬢様をぶっ倒そうっつうんなら、大砲《たいほう》でも持ってきやがれってんだ、この貧乏《びんぼう》海賊共めっ‼」

という感じで、誰も警告を聞いてくれなかった。

漁港組合の正面玄関には、領民の声援に気付いた海賊がゾロゾロと集結している。それぞれ銃や剣を持った男たちが、ざっと二十人くらい。建物内にもまだいるのかもしれない。

ふと建物の窓を見上げれば、人質になっている漁港の人たちが見えた。

「オイ、お前らやばいぞっ！　オーレリアお嬢様がいらっしゃいやがったぞー！」

「お嬢様マジでお願いです！　今日水揚《みずあ》げされたばかりの魚は爆破しないでくださーい！　マジのマジのマジで俺たちの生活がかかってるんですー！」

「お嬢様ぁぁぁぁ！　加工場の干物《ひもの》も爆破しないでぇぇぇ！　爆破したら恨《うら》みますぅぅぅ！」

みんな無事なようで何よりだ。

領民の異様な声援に、海賊が『どうやらこの少女は強敵のようだ』と警戒レベルを上げた。私に向かって一斉《いっせい》に銃を構えたが、そんなもの、私にとっては無意味だ。

さっと手を掲げて、魔術式を展開。私が見える範囲のすべての銃の内部をボンッ！　と爆破させる。

「うわぁ！　突然銃が爆発した！」

「急にどういうことだ⁉」

「くそっ、使い物にならねぇ！　ちくしょう、剣だ！　剣であの女を切り刻んじまえ！」

壊れた銃を投げ捨てた海賊は剣を構え、私に向かってくる。

——だが。

「私の娘に剣を向けたところで、勝てる相手ではないということが分からんのか。愚《おろ》か者共めが」

漁港組合建物の裏手《うらて》からすでに突入を果たし、建物内の海賊を一掃《いっそう》。人質も全員解放したお父様が、悠々《ゆうゆう》とした足取りで正面玄関から出てきた。チルトン兵も後ろからゾロゾロとやって来る。

「なっ、なんなんだ、こいつらは⁉」

「なかの連中は全員やられちまったのかっ⁉」

慌てふためく海賊に、お父様は少将時代に愛用していた大剣を構えて叫ぶ。

「もはやオーレリアが魔術を行使する必要さえない。この私、オズウェル・チルトンが参《まい》るっっっ‼　兵よ‼　私に続けぇっ‼」

「「「イエス、サー‼‼」」」

そこからはお父様の独擅場《どくせんじょう》だった。お父様はいつの間にか鞘《さや》に戻した大剣で海賊をゴンゴン叩《たた》きのめして失神させると、兵に次々と捕縛《ほばく》させて鉱山送りにしたのだ。

そんな思い出話を聞いたギルは、驚愕《きょうがく》に目を見開いていた。

「何故そのような大事件が王都に伝わっていないのですか⁉」

「チルトン領じゃそんなに珍しい話じゃないし……。鉱山の人手不足解消に味を占めたお父様と、山賊《さんぞく》狩りとかもしたし……」

「この領地、たくましすぎませんか⁉」

色んな場所を訪ねる度に、オーレリアとしての思い出が蘇《よみがえ》ってくる。その大事な記憶をそのままギルに話せば、彼は笑ったり絶句《ぜっく》したり蒼褪《あおざ》めたり声を荒《あら》らげたりした。

ギルと再会する前の私の暮らしを、すべて分かち合うことは不可能だ。でもこうして思い出話をして、少しでも出会う前のことを分かってもらえたらいいなぁと思う。分かり合うことでお互いが再会するまでの空白を埋められたらいい。

ギルも似たようなことを考えてくれているみたいで、観光を終えて屋敷に帰ると、私のお母様に「オーレリアの幼い頃の念写《ねんしゃ》などはありませんか？　いくらでも払《はら》います」と頭を下げている姿を見かけた。

その結果、ギルとお母様は仲良くなった。

「いいですか、ギル殿。まずは全裸になり、ケモミミを装着して、獲物が来るのをひたすらベッドで待つのです。これが夜這《よば》いの秘訣《ひけつ》です」

「その場合どのような種類のケモミミがいいのでしょうか、お義母様《かあさま》？」

「やはり麒麟《きりん》でしょう。その神々《こうごう》しさに、聖人のような心を持つ子が生まれてきてくれそうですから」

「さすがお義母様、目の付けどころが違いますね。実に勉強になります」

そんなふうにコソコソ話し合っていた。

ギルよ、お母様の夜這い方法は全戦全敗の必敗法だから、聞いても意味がないぞ。ちなみに麒麟の耳って、どんなやつだったっけ……？

観光以外では、領主館広報課の『チルトン領のおたより』から、「『今月の新婚さん』コーナーに載せたい」と言われて取材を受けたりもした。

実にのんびりとチルトン領を満喫《まんきつ》した。

▽

そして、朔月花祭り当日の夕暮《ゆうぐ》れがやって来た。

会場にはたくさんのランプが吊《つる》され、橙色《だいだいいろ》の炎が夏の夜を彩《いろど》っている。今夜は新月だから、余計にランプの明かりと星の輝きが際立《きわだ》って綺麗だ。

設営されたステージには、この日のために呼ばれた楽団と歌姫が準備をしている。

端《はし》の方には飲食が用意されたテーブルがあり、ジュースやお酒、串焼きなどの軽食が並んでいる。

係りの人が配っているそれらを、子供も大人も嬉しそうに受け取っていた。

多くの領民が会場に集まった頃には、先程まで夕暮れの色だった空もすっかり夜の色に染まっていた。

一番星が輝き、夏の星座が姿を表していく。どんどん新月の夜になっていく空を見上げながら、皆口々に「もうそろそろ時間だね」「今年も綺麗に咲くと良いな」と言い合っていた。

そんなお祭り前のひと時に、「キャア！」と叫び声が聞こえてきた。

「キャァァ！　ヤマタノオオガメが山から下りて来たわ！」

「このままでは群生地が荒らされてしまうぞ!!」

「朔月花が駄目になっちまうっ！」

山の方から木々が薙ぎ倒される音が聞こえ、朔月花の群生地にヤマタノオオガメの巨大な姿が現れた。

八つの首から伸びるオオガメの頭には、どこか眠たげで穏やかそうな瞳がついていた。領民が混乱し大声をあげながら逃げまどっているのを、オオガメは不思議そうに眺《なが》めている。

「運悪く迷い込んじゃったみたいだねぇ」

「敵意はまったくないようです」

人間を襲う気はまったくないようだが、このままお祭り会場を横断して破壊されても困る。せっかくお父様や領民が頑張って開催させようとしたイベントなんだから。

「さ〜てと！　じゃあ久しぶりに、私がチルトン領を救っちゃいますか！」

私は腰に両手を当て、胸を張ってそう言った。

だがその途端に、お父様や領民から制止の声が沸《わ》き起こる。

「止めるのだ、オーレリア!! ヤマタノオオガメは討伐対象外生物だ!! やつを爆破すれば生物愛護団体がしゃしゃり出てくるぞ!!」

「お父様のおっしゃる通りです、オーレリアお姉様! ヤマタノオオガメ信仰のある地域からもクレームの手紙がわんさかと来てしまいますよ!」

「過激派希少生物保護組織の連中に目をつけられたら、マジのマジのマジで俺たち領民の生活がヤベェです、オーレリア様ぁぁぁ!!」

ヤマタノオオガメって扱《あつか》いが大変だなぁ。

私が遠い目をしていると、ギルが私の肩《かた》を支えてくれた。

「では僕が」

ギルはそう言って、素早《すばや》く片手で魔術式を展開し始める。

「ヤマタノオオガメを眠らせましょう。――睡眠魔術」

展開された魔術式から虹色《にじいろ》の靄《もや》が現れ、ヤマタノオオガメを素早く包み込む。

虹色の靄が晴れた時には、すでにヤマタノオオガメが眠った後だった。

「睡眠の効果は二十四時間です。明日の午前中にでも、ヤマタノオオガメを人家のない場所へと運べば大丈夫でしょう」

「さすがはギル君。実に鮮《あざ》やかな手腕《しゅわん》だったぞ!」

「すごいです、ギルお義兄様! これで生物愛護団体からも過激派保護組織からも目をつけられずに済みましたね!!」

「ロストロイ様のお陰《かげ》で、俺たちの生活が守られたぞぉぉぉ!!!!」

チルトン領、もはやギルのファンクラブみたいになってきちゃったな。

私が笑ってギルのことを見ていると、ギルは嬉しそうに顔を近づけてきた。

「僕は貴女の代わりに、貴女が守りたかったチルトン領を救えたでしょうか?」

「もちろん! 完璧ですよ、私の旦那様」


「オーレリア、見てください。開花が始まりますよ」

「うん」

ようやく朔月花の開花が始まった。

クリュスタルムの力で大きくついた蕾が、一斉に花開いていく。

開花した朔月花の花びらはまるでガラスのように薄く透明で、その花脈《かみゃく》は銀色だ。花の中心にある雄《お》しべと雌《め》しべが発光し、白銀に輝いている。

すべての朔月花が花開くと、群生地はまるで地上に広がった天の川のようになった。

光り輝く朔月花の群れが夜風に揺れ、光の波がさらさらと広がっている。思わずため息が出るような、美しい光景だった。

いつもはお喋りな領民も、花開いた朔月花の前では静かになってしまう。誰もが息を潜めて、夏の新月にだけ訪れる神秘を見守っていた。

しばらくすると、お父様がステージに上がった。

「みなの者よ。今年の『朔月花祭り』の開催を、私オズウェル・チルトンがここに宣言する。今夜はぜひ楽しんでいってくれ」

お父様の遠くまでよく通る声が、お祭りの開催を宣言した。その途端、止まっていた時間が動き出したように領民が大歓声をあげた。

ステージでは演奏が始まり、ダンススペースでは年配の夫婦たちが踊り始める。小さな子供たちが笑い声をあげながら朔月花の群生地に向かって駆けていき、私の弟妹たちもクリュスタルムを連れて、「クーちゃんを飾る花冠《はなかんむり》を、朔月花の花で作りましょう」と乗り込んでいった。

そして今夜の主役である若者たちが、一組ずつそっと群生地の中へと消えていく。

真《ま》っ赤《か》な顔をしたメアリーが、ピンク色の瞳の少年と群生地に入っていく姿も見かけた。ぴゅ〜ぴゅ〜。

「ぼっ、僕たちも！　花を近くで見に行きましょうか⁉」

「うん」

群生地へ一歩足を踏み入れると、どこまでも白銀に光る花が続いている。まるで星の絨毯《じゅうたん》のようだなと私は思った。

「一夜《ひとよ》限りしか咲かないなんて、本当にもったいないよね」

「……」

「毎晩咲いていれば楽しいのに」

「……」

「でもそうすると珍しいものではなくなるから、お祭りの機会が一つ消えちゃうか」

「……」

「ねぇギル、なんでずっと無言なわけ？　花に感動し過ぎて声が出ないとか、そういう感じですか？」

「オーレリア……ッ!!」

ギルが突然、その場に跪《ひざまず》いた。

無数に咲く朔月花の光に下から照らし出されて、ギルはキラキラと輝いていた。まるでおとぎ話に出てくる、お姫様に忠誠を誓う黒騎士のようだ。まぁ、ギルは騎士ではなく魔術師なんだけれど。

「どうしたの、ギル？　膝《ひざ》が汚れるよ」

起こしてあげようとギルに片手を差し伸べれば、彼は両手で私の手を握った。

「どうか僕と結婚してください、オーレリア」

『はぁ？』と言いそうになった口を慌てて閉じる。

結婚してくださいって言われても、私たちもうとっくに結婚してるじゃん？　そう思った自分を封じ込めておく。決して表情にも出してはいけない。

今はギルに対してたった一言でも答えを間違えてはいけない瞬間だと、自分の直感が言っていた。

「バーベナとしての貴女と結ばれることは叶いませんでした。なので今度こそ、オーレリアとしての貴女と生きる人生を、僕は何一つ取り零《こぼ》したくありません。どうかオーレリアとしてのこれから先の人生を、僕と共に生きてください。そして共に命が尽《つ》きたあとも、ヴァルハラで夫婦として暮らしましょう。僕と結婚してください、オーレリア」

ギルはやり直そうとしているのだ。私たちの始まりを。

お見合いをすることもなく、婚約者として心の距離を縮める時間も作らず、ただ結婚してしまった私たちの始まりを、――プロポーズから。

嬉しいな。

プロポーズされたいとか、まったく考えていなかったけれど。ギルがこうして一生懸命考えて、このお祭りの夜に伝えようとしてくれたことが、たまらなく嬉しい。

「はい。プロポーズをお受けします！」

私はそう言うと、ポケットに手を突っ込んだ。そして数日前に編み上げていた、黒とアッシュグレーの組紐をギルに渡す。

まさか組紐を用意されているとは思わなかったのか、銀縁眼鏡《ぎんぶちめがね》の奥のギルの瞳は丸くなっていた。

「メアリーに誘われてね、作ってたんだ」

「そうなのですか……」

「ギル、嬉しい？」

「ええ、もちろん。生涯《しょうがい》大切にします」

受け取った組紐を、ギルはぎゅっと握りしめて自分の胸元に押し当てた。

そんなに喜んでくれたのなら、作っておいて良かった。

「オーレリア」

ゆっくりと地べたから立ち上がったギルが、私の名前を呼んだ。

その声の響き方にハッとして顔を上げる。

ギルの右手がゆっくりと私の左頬を撫で、彼の顔が近付いてくる。目を瞑《つむ》ると、まだ朔月花の光が瞼《まぶた》の裏にチラチラと瞬《またた》いているような気がした。

ギルから伝わる熱が私の肌を撫で、彼の唇《くちびる》のしっとりとした柔らかさが私の唇に降ってくる。

私はすかさずギルの首に両腕を回し、深く唇を重ねた。

ああ、私、ギルが大好きだ。ギルの妻になれたことが、とてもとても嬉しい。オーレリアの人生は喜びで溢れているよ。

嬉しさが爆発したような気持ちで何度も口付けていたら、ギルの体がふらついてきた。びっくりして目を開ければ、ギルが真っ赤な顔で目をぐるぐる回している。……ちょっとはっちゃけ過ぎたらしい。

「ギル、大丈夫～？」

「だいじょうぶです……」

その後、力が抜けきっているギルをお姫様抱っこして、私は朔月花の群生地を散歩した。

「私たちのプロポーズも初チューも、すっごいロマンチックだったねぇ。子供が出来たら一生語り継げそう！」

「僕がお姫様抱っこをされる側だったことは、僕たちの子供には一生秘密にしておいてください……」

ギルの苦悶《くもん》の表情に、思わず笑ってしまう。

私たち夫婦の秘密にしておきましょうね、旦那様。

▽

「なに？　豊穣の宝玉クリュスタルム様が見つかっただとっ⁉」

トルスマン皇国大神殿、その中央にある宝玉の間で空っぽの台座《だいざ》を眺めていた老人は、その知らせに目を大きく見開いた。

「場所はどこだっ⁉」

焦燥感《しょうそうかん》の混じった老人の問いかけに、報《しら》せを持ってきた者は頭を下げたまま答える。

「隣国リドギア王国でございます、アドリアン大祭司様」

「リドギア王国だと？」

「さようでございます。こちらにリドギア王国からの手紙が」

「寄越《よこ》せ」

アドリアン大祭司は手紙を広げ、その内容と署名をじっくりと確認してから深くため息を吐いた。

「……あのような蛮族《ばんぞく》の王に会って頭を下げねばならんのは業腹《ごうはら》だが、クリュスタルム様がこの国にお戻りになるためならば仕方がない」

トルスマン大神殿は戦時中、侵略戦争を提唱《ていしょう》する皇帝と手を組んで戦争協力をした。信者から寄付金や貴金属を受け取り、戦争資金として皇帝に献上《けんじょう》した。そして多くの信者を鼓舞《こぶ》して戦争に送り、野戦病院で傷付いた兵士に慈愛《じあい》の言葉をかけて再び戦場に立たせ、その命を最後まで使わせた。

敗戦後に皇帝や国の上層部全員が処刑されたが、アドリアン大祭司を始めとした大神殿の人間は処刑を免れた。信者たちが盾《たて》となって大神殿を守ろうとし、その様子を見たリドギア王が「いま大神殿の連中を処刑しちまったら、戦後処理がまったく進まなくなっちまうなー」と判断したためである。

それから十六年。自分を一度は処刑しようとしたリドギア王になど会いたくはなかったが、失われたはずのクリュスタルムが返還されるとなれば重い腰を上げないわけにはいかない。

「今に見ておれ、リドギア王ガイルズよ。クリュスタルム様さえお戻りになればトルスマン皇国は国力を回復し、我らトルスマン大神殿もかつての栄華《えいが》を取り戻すであろう。そして我らはすべての邪教徒《じゃきょうと》を踏みつぶし、大陸中にトルスマン大神殿の教えを広めてさらなる地位を手に入れるのだ。各国の王さえも私にひれ伏すほどの地位を……」

アドリアン大祭司は不敵《ふてき》に笑うと、手紙をびりびりと破り捨てた。

あとがき ◆ Afterword

初めまして、三日月《みかづき》さんかくと申します。

この度は『前世魔術師団長《ぜんせまじゅつしだんちょう》だった私《わたし》、「貴女《あなた》を愛《あい》することはない」と言《い》った夫《おっと》が、かつての部下《ぶか》』一巻をお手に取っていただき、誠《まこと》にありがとうございます。

この作品と同タイトルの短編が、アニメイト様と小説家になろう様のコラボ企画《『耳《みみ》で聴《き》きたい物語《ものがたり》』コンテスト２０２２女性主人公編《じょせいしゅじんこうへん》》で大賞を受賞させていただきました。

アニメイト様から受賞連絡をいただいた時にはすでに長編版をＷｅｂで連載《れんさい》しておりまして、ご縁《えん》あってＧＡノベル様から書籍化させていただくことになりました。これが私のデビュー作なので、とても嬉《うれ》しいです。

短編版「前世魔術師」は、朗読《ろうどく》動画化していただきました。小説家になろう様の公式ＹｏｕＴｕｂｅにて絶賛《ぜっさん》配信中です。声優の梶裕貴《かじゆうき》様に朗読していただき、本作のイラストを担当してくださった、いちかわはる先生のイラスト動画付きです。ぜひご視聴《しちょう》よろしくお願いいたします。

というわけで、この場をお借りして多くの方々に感謝の気持ちを述べさせていただこうと思います。

コンテストを開催《かいさい》してくださったアニメイト様、小説家になろう様、短編に命を吹き込んでくださった梶裕貴《かじゆうき》様、的確なアドバイスをくださった担当編集者様、出版社の方々、Ｗｅｂ版を応援してくださった読者の皆様、そしてこの書籍をお手に取ってくださった皆様、本当にありがとうございました！

そしてＧＡノベル版のイラストを担当してくださった、しんいし智歩《ちほ》先生、本当にありがとうございました！　オーレリアもギルもとっても可愛《かわい》くて格好《かっこう》良いうえに、脇役《わきやく》たちまで素敵《すてき》なキャラデザにして頂けて幸せです！

さて、この一巻には、バーベナとしての前世を引きずっているオーレリアが、ギルにまるごと愛されることによって現世と正面から向き合えるようになる、というテーマがありました。

本当かよ？　って感じですよね。コメディー部分が強すぎます。

そんな一巻でしたが、お楽しみいただけたなら幸《さいわ》いです。

元気いっぱいなオーレリアと残念イケメンなギルという新婚バカップルが、本当に爆発している拙作《せっさく》を、ぜひ応援していただければ嬉しいです。

実は『前世魔術師』はコミカライズ企画も進行中ですので、そちらの方もぜひ楽しみにしていてください。まぁ、私が一番コミカライズを楽しみにしているのですけれども。

では、二巻でも皆様にお会い出来ることを祈っております！

GAノベル

前世魔術師団長だった私、「貴女を愛する
とはない」と言った夫が、かつての部下

2023年6月30日　初版第一刷発行

著者　三日月さんかく

発行人　小川 淳

発行所　SBクリエイティブ株式会社
〒106-0032　東京都港区六本木2-4-5
03-5549-1201　03-5549-1167(編集

装丁　AFTERGLOW

印刷・製本　中央精版印刷株式会社

ISBN978-4-8156-1860-5
Printed in Japan

ファンレター、作品のご感想をお待ちしております。

〒106-0032　東京都港区六本木 2-4-5
SBクリエイティブ株式会社
GA文庫編集部 気付

「三日月さんかく先生」係
「しんいし智歩先生」係

本書に関するご意見・ご感想は
下のQRコードよりお寄せください。
※アクセスの際に発生する通信費等はご負担ください。

https://ga.sbcr.jp/

祈りの国のリリエール３

著：白石定規　画：あずーる

GAノベル

「カレデュラ、また出たのね」

　リリエールさんとボクことマクミリア＋イレイナさんは、危険な礼物を売っている『古物屋カレデュラ』を追っています。彼女は人を破滅に導く災害みたいな危険人物なんだけど、いつもあと一歩のところでボクらは逃げられてばかり……。

「私が何年前からカレデュラを追っていると思ってるの？」

　しかし、今回のリリエールさんは一味違うみたい。万全の作戦と祈物、切り札的なボクも活用して宿敵カレデュラを追い詰める!?

『祈りの国クルルネルヴィア』建国にまで遡るという、リリエールさんとカレデュラの数奇な運命と悲しい因縁が明かされます!!

「もう随分と昔のことだし、忘れてしまったわ」